講談社文庫

親鸞　完結篇(上)

五木寛之

講談社

親鸞《しんらん》 上

完結篇　目次

親鸞《しんらん》　完結篇

下巻目次

親鸞

完結篇

上

第二部までのあらすじ

第一部『親鸞』青春篇

青年期（八歳〜三十五歳）九歳で出家するも、下山して法然の門下に

下級官人の家に生まれた忠範《ただのり》は、伯父の家に引き取られて幼少期を過ごす。九歳のとき白河房《しらかわぼう》に入室。三年後には比叡山《ひえいざん》の横川《よかわ》に入山し、範宴《はんねん》と名のって修行に励む。二十九歳にして範宴は下山を決意、法然《ほうねん》の門下となる。数年のうちに師に認められ善信《ぜんしん》の名をもらうが、念仏禁制《ねんぶつきんぜい》の弾圧を受け、師は讃岐《さぬき》へ、善信は越後《えちご》へ流罪《るざい》となる。別離に際して親鸞《しんらん》と名を改めることを師に認められ、妻・恵信《えしん》とともに配流地へ旅立った。

第二部『親鸞』激動篇

壮年期（三十六歳〜六十一歳）流罪の地・越後から、信念を胸に東国へ

越後に流された親鸞は、地元の民に崇《あが》められる外道院《げどういん》の、貧者・病者・弱者を区別しない生き方に衝撃を受ける。やがて届いた師・法然の訃報《ふほう》。「わたしは独《ひと》りになった。自分自身の念仏をきわめなければならない」。そう心に決めた親鸞に東国《とうごく》から誘いがかかり、常陸国《ひたちのくに》で二十年説法をつづける。そして、六十一歳にして京へ戻ることを決意した。

逢魔《おうま》が刻《とき》の客

申丸《さるまる》は、その知らせをきいて、一瞬、耳を疑った。

「なに？　覚蓮坊《かくれんぼう》さまが──」

本当にご自身でここにおみえになるというのか、と申丸は少しうわずった声で常吉《つねきち》にきいた。

「はい」

常吉は、ふだんから無口な男である。必要なことだけを、投げだすようにいう。主人の申丸に対してもそうだ。

なにしろ先代のころから、その商《あきな》いを陰でささえてきた一徹《いってつ》な老人である。いまは商売がえをして京の堀川《ほりかわ》に材木商として店《たな》をかまえてはいるが、かつては牛馬、武具などを扱うという荒《あら》っぽい商売だったからこそ、愛想《あいそ》なしで長年つとまってきたのだろう。

「で、覚蓮坊さまは、いつおこしになるというのだ」

「明日《あす》、です」

申丸は、え、と声をのんだ。明日とは、あまりに唐突《とうとつ》な話ではある。

申丸が口をとがらせて何かいおうとするのを、常吉がさえぎって、

「明日、日の暮れがたに訪ねたいが、そちらのご都合はいかがかと」

使いの坊さまからのおたずねでした、と、ぼそぼそという。

「それで、なんと答えた」

「お待ち申し上げております、と」

「わしにたずねもせずに、おまえが勝手に返事をしたのか」

「はい」

仕方がございませんでしょう、と常吉の目がいっている。相手が相手ですからね、と。

〈それもそうだ〉

申丸は不承不承《ふしょうぶしょう》にうなずいた。

「わかった。もういい」

頭もさげずに常吉が引っ込んだあと、申丸は縁側にでて、ぼんやりと庭に目をやっ

た。

さきほど急な夕立ちが通りすぎたばかりである。雨に濡れた草木の緑がまぶしい。

彼は目をほそめて腕組みすると、心をしずめるために大きく息をした。

〈あの覚蓮坊《かくれんぼう》さまが、わざわざこの堀川《ほりかわ》までおこしになるというのは、一体、どういうことだ〉

ただごとではない、と中丸《さるまる》は思う。

急に風がでてきた。庭先の楓《かえで》の葉が、踊るように揺れている。申丸は、体の奥に異常にざわつくものを感じて身震いした。

堀川に店《たな》をかまえる材木商、葛山《くずやま》申丸といえば、京でも一応は名の通った商人である。

それにくらべると、覚蓮坊のことを知る者は決して多くはない。

申丸にしても、覚蓮坊の存在はずっと謎だった。

覚蓮坊と申丸とのつきあいは、ほぼ五年あまりになる。先代の葛山犬麻呂《いぬまろ》が武家相手の商売から身を引いて隠居する時に、はじめて引きあわせてもらったのだ。

そのとき、犬麻呂はこういった。

「世間では、葛山の店や財産を大したものだと思っているだろう。だが——」

そんなものは何の頼りにもならない、と彼は笑った。

「わしがおまえにゆずるいちばん大きな財産は、金でもなければ店でもない。この覚蓮坊さまとのご縁こそ、世の中がどう変わろうと変わらぬ大きな財産なのだ。ある意味ではおそろしいお人だ。そのことを決して忘れるな」

申丸はその言葉を肝《きも》に銘《めい》じて守ってきたつもりである。これまでどんなに苦しい時でも、覚蓮坊に対してだけは、一度も不義理をしたことはない。

しかし奇妙なことに、はじめて紹介された時からきょうまで、ほとんど会うことがなかったのはなぜだろう。仕事はすべて伝言か書簡によってすすめられたし、個人的な交流も皆無だった。

ただ申丸にとって、覚蓮坊の存在が、陰に陽に大きなものだったことは事実である。

申丸は危《あや》うい場面で、これまで何度か覚蓮坊の名前にすくわれたことがあった。ひどく強欲な商人たちや、物騒《ぶっそう》な武士、山法師などが、覚蓮坊の名前をだすと、一瞬、表情を変え、たじろぐ気配があったのだ。

その道の人びとのあいだでは、覚蓮坊は、たぶんよく知られた人物であるにちがいない。

覚蓮坊《かくれんぼう》と称するのは、船岡山《ふなおかやま》のあたりに覚蓮寺《かくれんじ》という小さな寺をかまえていることによる。さびさびとした山寺で、ふだんはほとんど隠遁僧《いんとんそう》といった暮らしぶりらしい。

近所の子供たちからは、

「カクレンボさん、カクレンボさん」

と、親しまれていると聞くが、それは覚蓮坊のほんの一面にすぎないと、申丸《さるまる》は察している。

先代の犬麻呂《いぬまろ》は、覚蓮坊の身の上について、とんでもないことをいっていたが、あれは本当だろうか。

「あの覚蓮坊さまは、若いころ比叡山《ひえいざん》で修行されておられたのだ」

ふと犬麻呂がもらしたことがある。

「なみいる秀才のなかでも、一頭地《いっとうち》を抜いた学生《がくしょう》であられたそうな。将来はお山を背おって立つ大器と期待されていたとか。名家の出といわれているが、じつは比叡山の座主《ざす》を四度もつとめられた慈円《じえん》さまのご真弟《しんてい》だという怪しい噂《うわさ》もあったくらいだからのう」

けげんそうな表情の申丸に、犬麻呂は笑いながら、

「真弟、というのは、要するに御落胤《ごらくいん》ということさ」

と、小声で説明してくれたのだ。

「まあ、慈円さまにとりわけ寵愛《ちょうあい》されていたことへの、嫉妬《やきもち》半分の噂だろうがな」

それほどの人物が、どうして比叡山を離れて船岡山のあたりに隠れるように暮らしているのだろう、と中丸は思う。

しかも、表の顔とまったくちがう不思議な権力を養っておられるとは。

こんどの突然の来訪には、どんな事情があるのだろう、と中丸は考えこんだ。

まさか、例の借銭《しゃくせん》の話ではあるまい。

中丸が覚蓮坊の口ききで運用させてもらっている、ある大寺《おおでら》の金だ。

しかし、返済の期限はまだまだ先だし、ちゃんと五文子の利息をつけて返す予定もたっている。

相当な金額とはいえ、覚蓮坊さまがわざわざその話でやってくるとは思えなかった。

中丸は五年前に、はじめて会ったときの覚蓮坊の印象を思いうかべた。

あのころは色白の、ふっくらとしたお坊さまだった。すでに六十をすぎた年齢《とし》だと聞いていたのに、少年のような艶《つや》やかな肌がまぶしかった。

若いころは、さぞかし美しい僧だったにちがいない。大きな耳と、朱をはいたような形のいい唇が目にやきついている。

たしか比叡《ひえい》のお山におられたころは、良禅《りようぜん》とよばれていたらしいと耳にしたことがあった。

山を下り、覚蓮坊《かくれんぼう》という冗談めいた名前をみずから名乗るようになったことの背後には、何かしら深いいきさつがあったと察せられる。

常吉《つねきち》は、覚蓮坊のことを嫌っていた。いや、おそれているのかもしれない。

明日《あす》だ、と申丸《さるまる》は大きく息を吐いた。

申丸は、親を知らない。

ものごころついた時には、河内《かわち》、大和《やまと》あたりを流れ歩く遊芸人《ゆうげいにん》の仲間に養われていた。

世間からは傀儡師《くぐつし》とも、また傀儡回しともよばれる男女の一行である。

クグツとは、人形のことだ。デクとも、またカイライともいう。

それを巧みにあやつり、おもしろおかしく物語る。歌もうたい、楽器をかき鳴らして市井《しせい》の人びとを楽しませるのが仕事である。

「クグツがきたぞ！」

と、だれかが叫ぶと、子供たちは大騒ぎでむらがってくる。大人たちは眉をひそめて、

「気をつけろよ」

と、ささやきあう。そのくせ、だれもが人目を気にしながら集まってくるのだった。

傀儡師のなかの女たちは、傀儡女《くぐつめ》とよばれた。化粧をし、派手な衣裳《いしよう》をつけて、媚《こび》を売る。男たちに身をまかせるのも、大事な生業《なりわい》のひとつである。ときには盗みや、追《お》い剝《は》ぎをする者たちもいた。

申丸は赤ん坊の時から、そんな傀儡の女たちに育てられた。

五、六歳のころには、彼はすでに一人前の芸人だった。驚くべき身の軽さと、天成の美声にめぐまれていたからである。

申丸が切々とうたいあげる清水坂《きよみずざか》の子別れの物語に、涙しない見物人はなかった。多くの投げ銭を集めて、たちまち申丸は幼いながらも仲間うちの稼《かせ》ぎ頭《がしら》となった。

そのころは、サルとよばれていた。妙に腕が長く、身軽なところが小猿ににていた

のだろう。

子供のころから、なぜか銭勘定《ぜにかんじょう》が好きで、計算にも天賦《てんぷ》の才があった。仲間の銭を一手《いって》にあずかって、一度もまちがいをしでかしたことがない。

日だまりの中で、背中を丸めて銭を数えていると、親方の千早丸《ちはやまる》から、

「猿のノミ取りそっくりやな」

と、からかわれたものだった。

葛山犬麻呂《くずやまいぬまろ》に出会ったのは、サルが十歳の時だった。少年の身で深夜の賭場《とば》の手伝いをしていた際に、いきなり声をかけられたのだ。

犬麻呂は、京の六波羅《ろくはら》に居をかまえる大物商人だという。彼は大金を払って、千早丸からサルを買いうけたのである。

その夜から、サルの運命が一変した。

「あのとき、なぜ大金を払って、わたしを買われたのですか」

と、申丸《さるまる》はいちど先代の犬麻呂にたずねたことがある。

それは葛山犬麻呂がまだ五十代で、脂《あぶら》が乗りきった豪気な商人《あきんど》だったころのことだ。

「ふむ」

そのとき犬麻呂は、ちょっと笑ってからいった。

「それは、おまえの銭勘定の仕方が気に入ったからさ」

「銭勘定ですか」

「そうだ。あの晩、はじめて会ったときのおまえは、賭場に出入りするには幼すぎる餓鬼《がき》だった。だが、わしには何《なん》か感じるものがあったのだよ」

中丸はだまって犬麻呂の話に耳をかたむけた。

「博奕《ばくち》というものは――」

と、犬麻呂は話しはじめた。

「運もあれば、ツキに左右されることもある。だが、それだけではない。若いころ賭場で働いていたこともあるわしの目から見れば、結局のところ銭勘定だ」

おまえにその才覚があることは、すぐにわかった、と犬麻呂はいった。

「わしは商売は得意だが、勘定は苦手だ。だからあの晩、おまえを見ていて、この男が必要だと思ったのさ」

「見込みちがいではなかったでしょうね」

「大当たりだ。おまえがいなければ、この葛山の店はつづかなかった。いずれわしが隠居するときには、この家も店も、ぜんぶおまえにゆずることになるかもしれん。そのときにはおまえも、葛山申麻呂《くずやまさるまろ》と名のるようにしろ」

「わたしは一生、申丸《さるまる》で結構です。旅芸人のサルが、都で申丸になっただけでも大出来ですから」

十歳で犬麻呂《いぬまろ》のもとに引きとられ、商売を一から学んだ。そしてサルが申丸に変わった。五年前に犬麻呂が隠居すると、申丸がすべてを受けついだ。

三年前に犬麻呂が亡くなった。

申丸は店を六波羅《ろくはら》から堀川《ほりかわ》に移し、商《あきな》いも大きく方向を変えた。いまは表向きは材木商の看板を出している。

ときどきふと犬麻呂の最後の言葉を思いだすと、どきりとすることがある。

申丸の主人、葛山犬麻呂は、下人《げにん》の出身だったという。

幼いころ、彼は京の東の市《いち》で男や女たちとともに、売りにだされていた。それを哀れに思って買いとったのが、日野《ひの》家の末流《まつりゅう》である日野範綱《のりつな》という人物だったらしい。

「運のいいことに、大変やさしいご主人さまでな。それまでただイヌと呼ばれていたわしに、犬丸《いぬまる》という名前までつけてくださったのだ」

その話を犬麻呂は、生前、何度となく申丸に話してきかせたものである。

犬丸は日野家につかえて、四十年以上も骨身おしまず働いた。陰で怪しい仕事などにも手をだして、せっせと銭《ぜに》を稼いでいたらしい。

やがて日野家の当主が亡くなったあと主家を離れて独立した。

その後、めきめき商才を発揮して財産をきずいた。犬丸の名もあらためて葛山犬麻呂と名のった。

最初のころは、牛飼童《うしかいわらわ》、馬借《ばしやく》、車借《しやしやく》など非人《ひにん》とよばれた男たちの口入れ稼業だったが、次第に商売の手を広げていった。

合戦のうちつづくなかでの、武者《むさ》や領主《りようしゆ》を相手の危《あや》うい商売である。軍馬、武具、食糧などの調達はもとより、軍資金の融通《ゆうずう》の手助けもした。

比叡山《ひえいざん》や祇園社《ぎおんしや》などとも取り引きをはじめ、のちには鎌倉殿《かまくらどの》の御用達《ごようたし》もつとめるようにまでなった。

犬麻呂はじつに壮健な老人だった。八十歳なかばまで商売をつづけて、五年前にようやく隠居した。そして中丸にすべてを托《たく》し、三年前に世を去ったのである。

その葛山犬麻呂には、子供がいなかった。

それがさびしかったのか、幾人か縁ある家の子をあずかって育てていた。しかし、はたの見る目はともかく、その子らに自分の商売をつがせる気は、なかったようである。

犬麻呂《いぬまろ》は自分とそっくりな運命をせおった申丸《さるまる》に、たぶん最初から後事《こうじ》を託《たく》するつもりだったらしい。

申丸は、いまの自分があるのは、すべて先代の犬麻呂のお陰だと思っている。ひそかに自分の父親のようにも感じていた。

だから犬麻呂の遺志《いし》は、固く守りとおしてきたつもりだ。しかし、それがいま、いつのまにか少しずつ逆の方向へ動きつつある。

先代の葛山《くずやま》犬麻呂が亡くなったあと、申丸は、いくつか思いきった手を打った。これまで六波羅《ろくはら》にかまえていた店と住まいを、すべて堀川《ほりかわ》に移したのである。

堀川は、船岡山《ふなおかやま》の東麓《とうろく》に源《みなもと》を発する自然の河川だった。その流れを利用して、河幅《かわはば》四丈《じょう》あまりの運河がつくられた。

平安京の造営当時から、堀川は洛中《らくちゅう》洛外《らくがい》の木材の輸送に用いられてきた。いまも河岸には京の材木商人の店が多く軒《のき》をつらねている。

申丸は、犬麻呂の店を引きつぐと、これまでの商売の幅を一挙に削《けず》りおとした。口入れ稼業からは手を引いた。牛馬の売買や武具の取り扱いも、徐々にへらしていった。

そして覚蓮坊《かくれんぼう》の口ききで、あちこちの寺社《じしゃ》に木材を納める仕事をはじめた。やがて材木商として一応の商《あきな》いのめどがつくと、後は常吉《つねきち》にまかせて、自分が昔からやりたかった商売に専念した。

「商いだけが銭《ぜに》をうむのだ」

というのが、犬麻呂の最後に残した言葉だった。

「銭が銭をうむのではない。そこをまちがえるでないぞ」

しかし、申丸はそうは思ってはいない。

〈銭が銭をうむ時代なのだ〉

と、若いころから感じていた。

犬麻呂には申し訳ないが、時代は刻々《こくこく》と変わっていく。公家《くげ》の世界も変わる。武家も変わる。堀川も、鴨川《かもがわ》の流れも変わる。変わらぬものは、世間の底を音もなく動きつづける銭の流れだ。

先代への忠誠は、変わりゆく時代に押し流されずに、この店を守りぬくことだと心にきめている。

〈犬麻呂さまは、わしの銭勘定《ぜにかんじょう》の腕を見こんで後を託されたのだ〉

と、内心ひそかに信じてきた。

使用人をたばねる常吉老人は、そんな申丸の気持ちを見抜いているのだろう。黙々と材木の商《あきな》いに専念しながらも、いつも不機嫌そうな目で申丸《さるまる》を眺めている。

「覚蓮坊《かくれんぼう》さまとは、あまりお仕事をなさらないほうがよろしいのでは――」

と、いつか常吉《つねきち》にいわれたことがあった。

「なにをいう。犬麻呂さまが、あのかたを生涯かけて大事にせよと遺言されたのだぞ」

そのときは一蹴《いっしゅう》したが、常吉の言葉はずっと胸に刺さった棘《とげ》のように残っている。

それは一体、なんだろう？

常吉は、夜の道を綾小路《あやのこうじ》へむけて足早《あしばや》に歩いていた。

とても八十にちかい老人とは思えぬ健脚《けんきゃく》である。

ふだん仕事のときは、つとめてのろのろと動くようにしていた。いかにも年寄りくさく見せるために、意識的にふるまってきたのである。

先代の犬麻呂《いぬまろ》が隠居し、主人が申丸にかわってからは、ことにそうしてきた。

「常吉さんはもう、ボケがきている」

などと陰口をきかれて、内心にんまりしていた。たぶん、主人の申丸も、そう思っているのだろう。常吉はなおも足をはやめた。

京の闇《やみ》はふかい。

風もなく、じっとりと肌にからみつく夜気《やき》である。

綾小路のあたりには、ほとんど人影がなかった。どっしりとした倉や、屋敷のあいだをぬけて、常吉はめざす家の前でたちどまった。

とざされた木の扉を、三度たたいて、二度たたき、最後に一度つけくわえる。いつもの合図である。

やがて、足音がして扉がわずかにあいた。

「どなたかな」

男の声に常吉は小声で返した。

「葛山《くずやま》の家の常吉でございます。竜夫人《りゅうふにん》さまに急ぎお知らせしたいことがあり、参上いたしました」

扉があき、黒い影が常吉を迎えいれた。

「どうぞ、こちらへ」

案内されたのは、いつもの竜夫人の居室《きょしつ》だった。

明かりのなかで、巨大な翡翠《ひすい》の仏像が輝いている。床《ゆか》には唐草《からくさ》模様の緞通《だんつう》がしきつめてあった。螺鈿《らでん》の机と椅子《いす》。奇妙な形の楽器が壁に飾ってある。

〈まるで異国にきたようだ〉

常吉《つねきち》は敷物の上に正座して首をふった。

「よい知らせか、わるい知らせか」

いきなり声をかけられて、常吉はぎくりとした。

背後から音もなく姿をあらわしたのは、ふしぎな形の長衣《ながぎぬ》をまとった竜夫人《りゅうぶにん》だった。

〈まるで牡丹《ぼたん》の花のようだ〉

と、いつも常吉は思う。

年甲斐《としがい》もなく、胸がざわつくのである。寝るときも化粧をおとさないというのは、本当だろうか。

竜夫人を町で見かけた人びとは、みな唖然《あぜん》とするらしい。

「なんと、まあ、よう肥《こ》えてはること」

近ごろ世間の人びとは、ほとんどが痩《や》せ細っているのがふつうだった。寛喜《かんぎ》の大飢饉《だいききん》以来、打ちつづく凶作や天災、そして疫病の流行などのためである。

そんな時代に、まるまると肥え太った竜夫人の姿は、まさしく異様だった。

「ぎょうさんおいしいもん、食べてはるんやろ」

だが、それでもこうして間近で見る竜夫人は美しい。

常吉は呆《ほう》けたように竜夫人をみつめた。

唐《から》ふうの長い衣《ころも》のせいで、体の線は隠されている。しかし、巨大な胸のふくらみは、まるで小山がのしかかってくるかのようだ。

顎《あご》や頸《くび》の分厚い肉づき、手首の太さなどもただごとではない。しかし、常吉の目には、それらのすべてがまぶしかった。

真珠のように光沢のある滑らかな肌。形のいい鼻と、黒く隈《くま》取られた双の目の輝き。

そして虫を誘いこむ花弁のような妖《あや》しい唇。

〈なんというい い匂いだ〉

常吉は陶然《とうぜん》と竜夫人を見あげた。

こうして目の前に坐《すわ》っているだけでも、極楽浄土《ごくらくじょうど》にいるような心地《ここち》がする。

「なむあみだぶつ――」

常吉は思わず手を合わせて心の中で念仏した。自分からつとめる自力《じりき》の念仏はだめだ、と何度もきいている。

「仏さまからいただいた念仏こそ、本当の念仏なのだ」

そう教えられても、なかなか納得できなかった。それがいま、ようやくわかったような気がする。これこそ阿弥陀《あみだ》さまからいただいた念仏でなくてなんだろう。おのずと念仏があふれでるのである。それは、この老人の枯木のような体の奥から、自然にわきあがってくる念仏なのだ。

牡丹《ぼたん》の花がくずれるように、竜夫人《りゅうぶにん》の唇が動いた。

「なぜ、わたしを拝《おが》むのだ、常吉《つねきち》」

「あまりにお美しくていらっしゃいますので」

「口上手な年寄りは、信用できぬ」

白い喉《のど》をふくらませて笑うと、

「わたしのことを、いくつだと思っておる?」

「世間では――」

と、常吉はいいかけて口をおさえた。

世間では竜夫人の年齢《とし》をめぐって、さまざまな噂《うわさ》がとびかっていた。

「たぶん四十代とちがうか」

と、いう者もいれば、

「いや、どうみても五十はすぎてはるで」

と、ささやく者もいる。

なかには訳知り顔に、あの女《ひと》はとうに六十をこえてはるやろ、という者もいた。

しかし、竜夫人の本当の年齢は、だれも知らない。

その身元も、これまでのくわしい経歴も謎である。

世間に知られているのは、竜夫人が二年前に綾小路《あやのこうじ》に店をかまえた女借上《おんなかしあげ》である、ということだけだった。

あとは噂《うわさ》に尾ひれがついて、さまざまな話がとびかっている。常吉は、そんな噂のすべてを、ひとつとしてききもらさぬように大事に集めてきた。それはこの年齢になって、生まれてはじめて女性《にょしょう》に憧《あこが》れる気持ちになったせいだ。

常吉は三年前に竜夫人と知りあっている。竜夫人が京へ上ってきて、綾小路に大きな倉つきの家を買った時である。店の改修に用いる木材を常吉が世話したのがきっかけだった。

綾小路は古くから富裕な商人たちが住む、由緒のある町である。その場所に、このところ借上とよばれる金貸しが多く店をかまえるようになった。それもなぜか名のある寺社に縁のある女たちが目立っていた。

借上《かしあげ》という商売の内実を、常吉《つねきち》もくわしくは知らない。ただ、いろいろ耳にして、大きな金をあつかう仕事だということぐらいは知っている。

洛中《らくちゅう》には、庶民相手に質物《しちもつ》をかたに銭《ぜに》を貸すところがあちこちにあった。常吉も若いころはしばしばお世話になったことがある。

しかし、借上となると運用する金の額がけたはずれに大きい。貸す相手もちがう。身分の高い公家《くげ》、権門《けんもん》、幕府の御家人《ごけにん》、各地の領主などが客である。ときには官人や商人《あきんど》たちにも大金を用立てる仕事だ。

借上が融通《ゆうずう》する大金のほとんどは、南都《なんと》北嶺《ほくれい》の名だたる寺社から流れ出ているという。その寺社の経営にあたる要人が、家族や縁ある女たちをつかってやらせていると噂されていた。

だが、竜夫人《りゅうぶにん》は、それらとまったくちがう新しい借上のようである。

「で、今夜はどんな知らせをもってきたのか」

正面の椅子《いす》に身をゆだねると、竜夫人はたずねた。

「はい」

常吉はあわてて坐《すわ》りなおした。

「明日《あす》、主人の中丸《さるまる》のところへ、めずらしいお客がおみえになります」

「船岡山《ふなおかやま》からだな」

「は？」

「おどろくことはない。そろそろ覚蓮坊《かくれんぼう》が姿をあらわす頃だと思っていた」

自分だけが竜夫人の耳の役をつとめていると考えていたのは、勝手な思いあがりだった、と常吉は身をすくめて頭をさげた。

「覚蓮坊は、明日のいつくる？」

「日暮れどきだそうで」

「逢魔《おうま》が刻《とき》、とはな」

と、竜夫人は微笑していった。

「それで、そなたは、そのことが気にくわぬらしい。そうだな？」

「はい」

「そなたは主人のことを、申丸という。申丸さまとはいわずに」

「わたくしめは、申丸が葛山《くずやま》の家にやってくるずっと前から、先代につかえておりましたゆえ」

主人の犬麻呂《いぬまろ》が隠居したら、自分が店をつぐことになるだろうと、常吉はひそかに思っていたのだ。しかし、そうはならなかった。はるかに若い申丸に、先代はすべてをゆずったのである。

「なるほど、わかった。しかし、あの二人が直接《じか》に会うとはおもしろい。しっかりきき耳をたてておくのだぞ」

「承知いたしました」

竜夫人《りゅうぶにん》は起《た》ちあがろうとする常吉を手で制して、

「どうせ眠れぬ夜だ。一杯、つきあってくれぬか」

竜夫人は棚から酒壺《さかつぼ》を引きよせると、足のついた青磁の盃《さかずき》に黄金色《こがねいろ》の酒を注いだ。

常吉《つねきち》は恐縮しながらすすめられるままに、盃に口をつけた。

「ふしぎな味でございます。唐《から》の酒でございますか」

宋《そう》の都の酒だ、と竜夫人はいうと、じっと常吉の顔をみつめた。

「ちと、ききたいことがある」

「どうぞ、なんなりと」

常吉がうなずくと、竜夫人はきいた。

「そなたは念仏をするのか」

一瞬、間をおいて、常吉は答えた。

「はい。ふだん人前では申しませぬが」

「なぜ人前では申さぬのだ」

「ご存じでございましょう。いま公《おおやけ》には念仏は禁じられておりまする」

それはちがう、と、竜夫人は黄金色《こがねいろ》の酒をのみほして首をふった。白い喉《のど》があでやかに動く。

常吉はさきほどからの唐《から》の酒が、五臓六腑《ごぞうろっぷ》に熱くしみわたるのを感じた。

「ちがう、と申しますと？」

「念仏といってもいろいろある。仏の徳をたたえる讃嘆念仏《さんだんねんぶつ》。仏と出会う観想念仏《かんそうねんぶつ》。そして浄土往生《じょうどおうじょう》をねがう口称念仏《くしょうねんぶつ》など、さまざまじゃ。いまもこの国では、南都北嶺《なんとほくれい》のゆゆしき寺はもとより、朝廷でも幕府でも、念仏そのものはきわめて大切にされておるのだぞ」

「でも——」

「承元《じょうげん》、嘉禄《かろく》の念仏禁制《ねんぶつきんぜい》など、きょうまでしばしば取り締まりがくり返されてきたのは、念仏そのものを禁じているのではない。法然上人《ほうねんしょうにん》の専修念仏《せんじゅねんぶつ》、それのみが禁じられているのだ。専修念仏とは、ただナムアミダブツと口でとなえるだけでよい、戒律を守ることもいらぬ、修行もいらぬ、善をなすこともいらぬ、悪人も、罪人《つみびと》も、念仏ひとつですくわれるという恐るべき念仏。だからこそ目の敵《かたき》にされている。そうであろうが」

常吉《つねきち》はうなずいた。

たしかにその通りだ。朝廷や大寺《おおでら》がもよおす法会《ほうえ》や祈禱《きとう》では、いまもつねに念仏は大事にされている。比叡山《ひえいざん》でも毎朝、念仏を勤《つと》めているし、不断念仏《ふだんねんぶつ》など定められた行《ぎょう》も多い。

竜夫人《りゅうぶにん》はしばらく黙って手の中の空の盃《さかずき》をみつめていた。

やがて、ふとやさしい声になって常吉にいった。

「わたしが宋《そう》から帰朝した商人《あきんど》であることは、そなたも知っているであろうな」

「はい、おぼろげに、でございますが」

「わたしは昔、人買いに売られて小浜《おばま》から宋へ送られたのじゃ。その頃はこんなに肥《こ》えてはいなかった。若くて器量もそこそこであったから、村の奴隷《どれい》としてではなく、町で遊女《あそび》として働くこととなったのだよ」

竜夫人は盃に唐の酒をみたすと、長衣《ながぎぬ》の裾《すそ》をまくって、ふくよかな左の足先を常吉の前にさしだした。

白いふくらはぎがちらと見えた。

「この足裏にふれてみるがよい」

常吉《つねきち》は息をのんだ。

〈こんなことがあっていいのだろうか〉

ひそかに竜夫人の手先《てさき》をつとめるようになってからきょうまで、こんな話をしたことは一度もない。

夢をみているような心地で、常吉はいわれるままに目の前の白い足にふれた。

「足の裏をさわってみよ」

指で足裏をまさぐる。体がしびれそうになるのをこらえて、指先に気を集中すると、異様な突起にふれた。

「これは」

「焼《や》き印《いん》じゃ。遊女《あそび》となったとき、㊢《ひ》という字を足裏に押されたのだ」

罪人《つみびと》や奴隷《どれい》に焼き印を押すことがあるのは、常吉も知ってはいた。だが、実際にたしかめるのは、はじめてである。

「遊女として三年働いたのじゃ。やがて当時の宋《そう》の都からこられた竜大人《りゅうたいじん》という富商に身請《みう》けされた。あれは幸運だったとしかいいようがない」

竜夫人は目をとじて、ひとりごとのように続けた。

「竜大人《りゅうたいん》は、志《こころざし》のある大人物であり、また立派な商人《あきんど》であられた。西は波斯国《はしこく》から南は天竺《てんじく》まで、あらゆる国と商《あきな》いをされていた。この日本国とも長く取り引きを続け、宋船を送っていたのじゃ。ひところは毎月のように竜家の船が大輪田泊《おおわだのとまり》に着いたそうな」

竜夫人はため息をついた。

「竜大人は異国の女であるわたしに、本当にやさしくしてくださった。そしてわたしが閨房《けいぼう》の技《わざ》以外にも才覚があることを見抜いて、商いの道に導《みちび》き入れてくださったのじゃ。最初は日本からくる品々の値づけの仕事をしていたのだが、やがてその売りさばきまでまかせてくださった。月日がたつうち宋《そう》の言葉にもなれて、何軒かの店もあずけられた」

いつしか周囲からも一人前の商人として認められるようになっていた竜夫人に、竜大人は口ぐせのようにこういっていたという。

日本は小さな島国だが、大陸にないすぐれた文化をもっている。なによりも人間が賢い。宋のように身分にこだわらず、人びとに活気と創意工夫がある。商売相手としては、今後もっともおもしろい国だ。わしの死後、おまえは故国《くに》に帰って、大陸と島国とのかけ橋になるがいい。商いで二つの国をつなぐのだ。それがおまえの運命というものだろう。

常吉は息をひそめてその話をきいている。

覚蓮坊《かくれんぼう》の夢

堀川《ほりかわ》の店の奥の部屋に、ふたりの男がむきあって坐《すわ》っている。中丸《さるまる》と覚蓮坊である。

せっかく用意した夕餉《ゆうげ》も、酒《ささ》も、あっさり断られて、申丸はいささか戸惑っていた。

「珍《めずら》しい茶が届いておりますが」

と、申丸がすすめるのに、覚蓮坊は、

「白湯《さゆ》でよい」

と、にべもなく応じただけだった。

灰色の衣《ころも》に袈裟《けさ》をかけた覚蓮坊は、以前に会ったときより少し痩せたようにみえる。柔和《にゅうわ》な目と、赤い唇だけは昔のままだ。朗々《ろうろう》とよく響く声は、お山で誦経《ずきょう》、唱導《しょうどう》にはげんだ時代に鍛《きた》えたものだろう。左右の大きな耳は、申丸の記憶どおりだった。

「先代の犬麻呂《いぬまろ》どのが亡くなられてから、何年が過ぎたかのう」

覚蓮坊が腕組みして、おだやかにたずねた。

「三年たちました」

「早いものだ。そなたはよくやっておる」

「きょうのお話は、そのことで」

「いや。そうではない」

覚蓮坊は首をふると、中丸の目をみつめた。

「じつは、親鸞《しんらん》という男のことだ」

「え？」

中丸はおどろいてきき返した。

「あの、親鸞さま、でございますか」

「そうだ」

覚蓮坊はさりげない口調でいった。

「先代の犬麻呂どのの遺志を引きついで、そなたがいろいろと面倒をみていることは知っておる。西洞院《にしのとういん》あたりに住んで、愚禿《ぐとく》親鸞と称しておるとか」

「たしかに先代はあのかたとは深いおつきあいがあったようでございます。しかし、わたくしはとりたてて親鸞《しんらん》さまのお世話をしているわけではございません」

「しかし、いまあの男が住んでいる家は、葛山《くずやま》家のものだろう。そのほかに越後《えちご》や東《とう》国《ごく》との文《ふみ》のやりとりなども手助けしているとか」

「それがなにか――」

中丸《さるまる》は目をそらさずに覚蓮坊《かくれんぼう》にいった。

「お話の中身がよくわかりませぬ」

覚蓮坊はうなずいて、

「あの男が東国から京へもどってきて、何年になる?」

「そうでございますね。たぶん九年ほどはたちましょうか。京へこられたのは、あの寛喜《かんぎ》の大飢饉《だいききん》の三年後のことでございましたから」

中丸は親鸞が京にもどってきた当時のことを、いまもはっきりとおぼえている。

あのときは、八十をすぎた葛山犬麻呂《いぬまろ》が、まるで少年のような昂奮《こうふん》ぶりだったのだ。

「親鸞どのがもどってこられるぞ」

と、犬麻呂は居ても立ってもいられないような風情だった。

そして中丸や常吉《つねきち》を相手に、熱っぽく昔話をした。

かつて諜者《ちょうじゃ》として仕えた後白河法皇《ごしらかわほうおう》のこと。白河《しらかわ》の印地《いんじ》の頭《かしら》、ツブテの弥七《やしち》のこと。そして香原崎浄寛《かわらざききよひろ》や、法螺房弁才《ほうらぼうべんさい》のこと。

そんな思い出話のなかで、ことに犬麻呂が熱をこめて語るのが、親鸞という人物のことだった。

犬麻呂は親鸞の幼いころのこともよく知っていた。親鸞が伯父の猶子《ゆうし》として養われていた時代のことである。

その後、親鸞は比叡山《ひえいざん》に入山《にゅうざん》し、十七年の修行のあと、山をおりた。そして法然上人《ほうねんしょうにん》の念仏門に帰依《きえ》したが、専修念仏禁制《せんじゅねんぶつきんぜい》の院宣《いんぜん》により越後へ流罪《るざい》となったという。やがて東国へ移ってそこで暮らし、九年前に何十年ぶりかで京へもどってきたのだ。

申丸が知る親鸞の身の上は、その程度のものである。先代の犬麻呂があれこれ熱心に帰京後の親鸞の世話をやくのを、ずっと他人事《ひとごと》のように眺めていただけだった。

いま西洞院《にしのとういん》の住居を提供しているのも、越後や東国との手紙のやりとりを手伝っているのも、先代の気持ちを大切にしているからにすぎない。

突然、覚蓮坊から親鸞の名前をもちだされて、申丸は正直、当惑するばかりだった。

「ひとつ、おうかがいしても――」

と、申丸《さるまる》はきいた。覚蓮坊《かくれんぼう》はうなずいた。

「覚蓮坊さまは、あの親鸞《しんらん》さまとお知り合いなのでございますか」

覚蓮坊は目を閉じて腕組みした。そして、つぶやくような口調でいった。

「そうだ。わしが若いころのことじゃが、ともに比叡山《ひえいざん》で修行した仲であった。こちらは学生《がくしよう》、あの男は堂僧《どうそう》で、身分こそちがうが同じ仏教歌唱の師について学んでいたのだ。すべてにつけてわしよりすぐれた先輩であった。当時は親鸞ではなく、範宴《はんねん》といったかのう。わしはひそかに彼に憧《あこが》れていたのだ。しかし、あの男は突然、山をおりた。比叡山に背をむけ、恩義ある慈円《じえん》さまを裏切って、法然《ほうねん》のもとに奔《はし》ったのじゃ」

法然のことは、もちろん知っておるであろうな、と覚蓮坊は念をおすように申丸にいった。

「はい。一応のことは」

没後、三十年以上たったいまでも、法然の名を知らぬ者は世間にいないだろう。法然房源空《ほうねんぼうげんくう》。浄土宗《じようどしゆう》の開祖として、念仏する人びとの熱い尊崇《そんすう》を集めつづけている名高い上人《しようにん》である。

中丸はなんとなく弁解するような口調で続けた。

「しかし、あまりくわしいことは存じておりません。たしか晩年に、専修念仏停止《せんじゅねんぶつちょうじ》の宣旨《せんじ》をうけて四国に流されたとか。やがて許されて京へおもどりになったのち、お亡くなりになったときいております」

「うむ」

月日のたつのははやいものだ、と覚蓮坊はつぶやき、しばらく黙りこんだ。

「縁《えにし》というのは、ふしぎなものじゃのう」

と、やがて覚蓮坊はいった。

「法然も、親鸞も、また、このわしも、ともに比叡山で天台《てんだい》を学び、修行した身じゃ。やがて、それぞれに思うことあって、山をおりた。法然四十三歳、親鸞二十九歳、わしは四十九歳のときであったか。そして法然は世を去り、親鸞は越後《えちご》、常陸《ひたち》で二十七年をすごして、九年前に京へもどってきた。一方、比叡山をおりたわしは船岡《ふなおか》山《やま》に隠れ、いまは裏天下《うらてんか》の口入人《くにゅうにん》とよばれておる」

覚蓮坊は唇をゆがめて、かすかに笑った。

中丸はだまって覚蓮坊の話に耳をかたむけた。

「口入人、というのは、要するに口きき屋、ということだ。朝廷、寺社、武家はもとより、商人《あきんど》、神人《じにん》、山法師、借上《かしあげ》、非人《ひにん》の世界まで、その道ではわしの名の通らぬところはない。領地の売買《うりか》いから請文《うけぶみ》や替銭《かわし》の保証など、この覚蓮坊《かくれんぼう》の名前ひとつで成りたっている。そなたにも、これまでずいぶんと役立ってきたはずじゃ」

申丸《さるまる》はうなずいて、頭をさげた。

覚蓮坊には、たしかに返しきれないほどの借りがある。いまも比叡山《ひえいざん》や祇園社《ぎおんしゃ》からは、覚蓮坊の仲介で巨額《きょがく》の銭《ぜに》を融通《ゆうずう》してもらっているのだ。

〈どうやら、その借りを返さなければならない時がきたらしい〉

申丸は心をきめた。それがどんな申し出であっても、自分は覚蓮坊の頼みにこたえなければならない。

先代の犬麻呂《いぬまろ》の言葉を、申丸はあらためて思い返した。申丸は覚蓮坊の目を見ていった。

「なんなりと、わたくしめにお申しつけください」

「そうか。ではひとつ、頼みがある」

覚蓮坊はかすかに笑っていった。

「人を殺せ、とか、そういう物騒《ぶっそう》な話ではない。そんなきつい目をしてわしをにらむな」

中丸は思いきってきいた。

「なにか親鸞《しんらん》さまにかかわりのあるお話だそうで」

「そうだ」

覚蓮坊はいった。

「親鸞は、京へもどってきて以来、なぜかひっそりと目立たぬように過ごしておる。ときどき訪ねてくる者と話をしたり、自分の書いたものに手を入れたりと、市井《しせい》に隠遁《いんとん》したかのような暮らしぶりじゃ」

「たしかに、そのようで」

「わしはあの男が比叡山《おやま》をおりてからきょうまで何十年もずっと注目しつづけていたのだ。親鸞という男の生き方が、気になって気になって仕方がなかった。横川《よかわ》でともに学んでいたときも、あの男がお山を捨てて法然《ほうねん》の門弟《もんてい》となったときも、そして越後《えちご》に流罪《るざい》になったのち常陸《ひたち》へ移り住んだころも、あの男のことがずっと心にかかって離れなかった」

覚蓮坊は、ふかいため息をついた。

「それがなぜなのか、わし自身にもよくわからぬ。若いころから、あの親鸞には何かがあったのだ。わしにはない何かがな。いつか世の中をひっくり返すような、とんでもない大仕事《おおしごと》をやってのける男だと感じていたのかもしれぬ。たしかに法然《ほうねん》も大した人物ではあった。しかし、親鸞《しんらん》はいつかきっと法然をこえる大きなことをやらかすだろうという気がしていたのだ。南都《なんと》北嶺《ほくれい》を一気にのみこむような、そんな仕事をな。だが、きょうまで親鸞はなにもしなかった。いまもしていない。ずっと動かぬ。そこが気になる」

覚蓮坊《かくれんぼう》はしばらく無言のまま目を閉じていた。やがて中丸《さるまる》の顔を見て、小さくうなずいた。

「そなたに頼みたいことは、大したことではない。親鸞の手もとから、ひと晩だけこっそり借りうけたい文章《もんじょう》があるのだ」

覚蓮坊の言葉に、中丸は首をかしげた。

「文章、でございますか」

そうだ、と覚蓮坊はいった。

「『顕浄土真実教《けんじょうどしんじつきょう》行証《ぎょうしょう》文類《もんるい》』という六部の書きものが親鸞の手もとにある」

「ケン、ジョウド、なんでございましょう。わたくしには、むずかしくておぼえきれません」

覚蓮坊は、ゆっくりといった。

「『顕浄土真実教行証文類』だ。べつにおぼえなくともよい。要するに親鸞が書きあげた六部の文章のこと。あの男は東国にいたころ、ひそかにその書物の執筆に執心《しゅうしん》しつづけていたらしい。そしてついに心血をそそいで完成させたその文章をたずさえて、親鸞はふたたび京へもどってきたのだ。そして今もなおその書に日々、手を加えつつ、じっと時を待っている――」

「なんの、時、でございますか」

「専修《せんじゅ》の念仏ひとつがこの国全体を支配し、その念仏だけが国の土台となる日を、だ。その時を夢見つつ親鸞は洛中《らくちゅう》に身をひそめておる。あの男は身を伏《ふ》せている竜かもしれない。時がくれば必ずや風雲をまきおこし、天下をゆるがすのではないか。わしには、そう思われてならないのだ」

覚蓮坊の顔は上気《じょうき》し、目は異様な光をはなっていた。覚蓮坊の手が、かすかにふるえているのを中丸は見た。

「それは、むしろ覚蓮坊さまの夢、なのではございませんか」

中丸は思いきっていった。

「わしの夢、だと？　そうかもしれぬ。だが、わしの本当の夢を、そなたは知るまい」

覚蓮坊《かくれんぼう》は赤い唇をゆがめて、かすかに笑った。

「わしが何十年もずっと抱いてきた夢は、親鸞《しんらん》のその野望を叩《たた》きつぶすことだ。法然《ほうねん》から親鸞へと、ひそかに受けつがれてきた念仏立国《ねんぶつりっこく》の願《がん》を阻止し、この国を本来の正しいあり方にもどすのじゃ。わしがお山をおり、卑《いや》しき口入人《くにゆうにん》の立場に身を沈めているのは、そのためなのだぞ」

このかたは狂っておられるのか、と申丸《さるまる》は思った。覚蓮坊のいうことが、申丸にはよく理解できなかったのだ。申丸はいった。

「わたくしはただの商人《あきんど》でございますから、むずかしいことはわかりません。で、要するにわたくしは何をすればよろしいのでしょう」

覚蓮坊はわれに返ったようにまばたきをし、大きく息を吐いた。そして、いった。

「親鸞が西洞院《にしのとういん》の家で、いつも座右においているという六部の文章《もんじょう》に目を通したい。そのために、ひと晩だけでよいから、それをひそかに持ちだして、わしに貸してもらいたいのだ」

「親鸞さまの書かれたものを、盗みだせ、と。そうおっしゃっているのですか」

「盗め、とはいってはおらぬ。ひと晩だけ、自分のこの目でたしかめたいだけじゃ。親鸞の真実の志《こころざし》を大胆にのべた言葉をな。親鸞の師、法然は『選択本願念仏集《せんちゃくほんがんねんぶつしゅう》』

という文章をのこした。そこには他宗のすべてを否定し、この国の道徳を破壊する恐ろしき言葉がつらねられている。それでいて法然は朝廷、権門《けんもん》、幕府などとも旨《うま》くやってきた懐《ふところ》のふかい男であった。一生不犯《いっしょうふぼん》の清僧《せいそう》として世間から崇拝されてもいた。しかし、専修念仏《せんじゅねんぶつ》の本音は、あの文書にはっきりとあらわれている。世の中の神仏を否定し、身分の埒《らち》を破り、勉学、戒律などすべてを不要とする邪悪な考えかただ。だからわしはひそかにその筋にはたらきかけて、あの書の版木《はんぎ》を比叡山《おやま》で焼かせることをくわだてたのだ。親鸞は帰京して九年、さしたる動きもなく、ひっそりと暮らしておる。しかし、その本音は？　わしは疑っておるのじゃ。あの親鸞が心に秘めた真実が知りたい。もし、その野心が、法然を上まわる危険なものだったら――」

「どうなさるおつもりですか」

「竜が風雲に乗ずる前に、叩きつぶす」

それがわしの夢じゃ、と覚蓮坊はいった。

先代の犬麻呂《いぬまろ》がいい残した言葉を、申丸はあらためて心のなかで嚙《か》みしめた。

〈覚蓮坊さまのことを大切にするのだぞ〉

念仏がどうのこうのということは、自分には関係がない。本当に世の中を動かすのは、念仏でもなければ、政《まつりごと》でもない。古い権威でもなければ、武力でもない。

〈戦《いくさ》の沙汰《さた》も銭次第《ぜにしだい》だ〉

と、申丸《さるまる》は思っている。

〈銭が世間を動かしている〉

ここは覚蓮坊《かくれんぼう》の申し出を素直に受けるしかないだろう、と申丸は心をきめた。

「承知いたしました」

申丸は頭をさげた。

「ひと晩だけ、その親鸞《しんらん》さまの書きものをひそかに拝借《はいしゃく》すればよろしいのですね」

そうだ、と覚蓮坊はかすかに微笑していった。

「そちに、なにか当てでもあるのか」

「ないわけでもありませぬ」

申丸はすこし声をひそめて、

「じつは、親鸞さまのご子息に、ちょっとした貸しがございます」

「善鸞《ぜんらん》だな。親鸞の長男であろう」

この人はすべてを知っている、と申丸は舌をまいた。

「そうおどろくことはない。親鸞に関することなら、およそのことは承知している」

「はい」

中丸は一応、恐縮してみせて、ひかえ目に話しはじめた。

「もうご存じとは思いますが、あの善鸞どのは、親鸞さまが越後《えちご》に流されていたころのご長男でいらっしゃいます。四歳のとき、わたくしの先代の主人、犬麻呂《いぬまろ》と親鸞さまとのご縁で、京の葛山《くずやま》の家にあずけられました。当時はたしかヨシノブとよばれておりました。いまは三十五歳におなりのはずです」

中丸は善鸞について手短に説明した。

犬麻呂は最初のころ、将来、ヨシノブに自分の店をつがせようとも思ったらしい。しかし、すぐに商人《あきんど》には向かないと見抜いたようだった。犬麻呂の妻、サヨから猫可愛《ねこかわい》がりに甘やかされたせいもあっただろう。甘えん坊で気の弱い子に育った。色白で、人がみなふり向くような細面《ほそおもて》の美しい子だった。

中丸は周囲からことあるごとに大事にされているその子が嫌いだった。末流《まつりゅう》とはいえ、日野《ひの》家という貴族の血を引いているときけば、なおさらである。

ヨシノブはいつも特別な食事をし、うつくしい服を着ていた。気持ちのやさしいところもあるが、中丸に対しては、子供のころから主人のようにふるまっていた。犬麻呂がいないところでは中丸とはよばずに、いつもサルとよびつけだった。

幼くして漢籍や書を学び、礼儀作法も身につけ、若いころから犬麻呂のつてで、名のある公家《くげ》の人びとともつきあっていたらしい。

サヨのすすめで、いくつかの寺で修行した時期もある。得度《とくど》して、善鸞《ぜんらん》という名になった。しかし、それも長くは続かなかった。

その後、なにをやってもあまりうまくいかず、晩年の犬麻呂《いぬまろ》の悩みの種となっていた。

葛山《くずやま》の家をでたあとの善鸞のことは、申丸《さるまる》はあまり知らない。関心もなかったのだ。

「その善鸞という男のことなら、そなたよりもわしのほうが知っているかもしれぬ」

と、覚蓮坊《かくれんぼう》はいった。

「あれはあれで、なかなか多才な男でな。いささか放埒《ほうらつ》なところもあるが、見かけによらず芯《しん》のつよい一面もあるようじゃ」

「そうでしょうか」

申丸は首をかしげた。

覚蓮坊は話をつづけた。

九年前に親鸞《しんらん》が京へもどってきて以来、長男の善鸞は父親の親鸞と同居している。同居というより、夫婦で転がりこんだといったほうがいいだろう。妻はしかるべき家の娘ときいているが、九歳になる男の子がいるらしい。

　中丸もそれくらいのことは知っていた。

「わたくしが申すのもなんでございますが、五条西洞院《ごじようにしのとういん》のあの家は、先代がさきざき自分の隠居所にするつもりで建てたものでして、そこに弟子や、下人《げにん》などもふくめて、かなりの大世帯《おおじよたい》で住んでおりますから、暮らしむきもなかなか大変らしゅうございまして」

「そなたのほうで布施《ふせ》などもしているのか」

「いいえ。住まいを貸しているだけでございます」

　以前、善鸞が堀川《ほりかわ》の店にやってきて、借銭《しやくせん》を申し出たことがあった。金を借りたいというより、先代が残したものの分け前がほしいといった口調だった。中丸はきっぱり断った。

　金を借りるなら、ちゃんと証文《しようもん》を書くように、と中丸はいった。不服げに顔をしかめながらも、善鸞は証文を書いた。

　その後も、善鸞は中丸を訪ねてきては、たびたび借銭をくり返している。何枚もの証文が中丸の手もとにあった。

　中丸は、善鸞のその借銭は、親鸞一家の生計《たつき》を支える金ではあるまいと考えている。

幼いころから贅沢な暮らしになれた善鸞《ぜんらん》である。かなりの遊び人であるという噂《うわさ》は、常吉《つねきち》からもきいている。

「なぜあの男に銭《ぜに》を貸すのです」

と、常吉は納得がいかないようだった。

「河原《かわら》に銭を捨てるようなものだ」

その捨てた銭が役立つこともあるのだ、と申丸《さるまる》は胸のなかでつぶやいた。

〈こんどは、あの男に、これまでの借りを返してもらうことになる〉

頼んだぞ、と覚蓮坊《かくれんぼう》は念をおすようにいって、たちあがった。

申丸と常吉の見送りをうけて、覚蓮坊は店のちかくに泊《と》めてあった小舟にのりこんだ。

堀川《ほりかわ》のこの場所にくるときは、上流から流れにのって一気にくだってきた。しかし、帰りは川の流れを小舟を引かせてさかのぼるのである。

そのために三人の船人足《ふなにんそく》が待機していた。その男たちが、堀川にそってつくられた側道を、綱を体に巻いて小舟を引いていくのだ。

あたりは暗い。点々と材木屋の店のあかりが見え、遠く比叡山《ひえいざん》の影がのびている。非人《ひにん》や物乞《ものご》いなどの集まる小屋のあたりで、叫び声がきこえ、やがてすぐに静かになった。

舟を引く男たちがうたいはじめた。昔の優艶《ゆうえん》な今様《いまよう》とはあきらかにちがう粗野な節回しである。

〽人買い船が沖をゆく　ヨイショ
売られゆく子のあわれさよ
もしも情《なさ》けがあるなれば　ヨイショ
ないて後追え鷗鳥《かもめどり》

一人がうたうと、後半をほかの男が声をあわせてうたう。小舟を引く重い足どりをはげますかのように、歌声が水面《みなも》をわたっていく。

〈世の中には、さまざまな歌があるものだ〉

と、覚蓮坊は思った。自分が十代のころ、比叡山の横川《よかわ》で学んだのは仏の歌だった。

梵讃《ぼんさん》、漢讃《かんさん》、和讃《わさん》、伽陀《かだ》、祭文《さいもん》、講式《こうしき》、表白《ひょうびゃく》、仏名《ぶつみょう》、諷誦《ふじゅ》、引声念仏《いんぜいねんぶつ》などを、声がかれるまで練習したのだ。

〈あの男も、すばらしい声をもっていた〉

少年のころ、自分がひそかに憧《あこが》れた範宴《はんねん》という若い堂僧《どうそう》の顔を、覚蓮坊《かくれんぼう》は心に思い描いた。

いまはすでに七十一歳になるはずだ。みずから愚禿親鸞《ぐとくしんらん》と称して、洛中《らくちゅう》にひそんでいる。

親鸞は、大きなたくらみを抱いて東国《とうごく》から京へやってきたのだ。まちがいなくそうだ、と、覚蓮坊は信じていた。

法然《ほうねん》の専修念仏《せんじゅねんぶつ》が世間をゆるがしたのは、すでに数十年も昔のことである。酒をのんでもよい。肉をくらっても、妻をもってもよい。すべての戒律を破っても、一向にかまわない、と、法然は教えた。

ただ念仏せよ、それだけで悪人もかならず浄土《じょうど》に往生《おうじょう》できるのだ、と。

しかし、法然が世を去って三十一年、いまその過激な教えは、少しずつ変わってきた。

法然房源空《ほうねんぼうげんくう》。

世間では法然上人《しょうにん》とよぶ。

あれはふしぎな男だった、と覚蓮坊はかすかに揺れる小舟の上で思う。

その相貌《そうぼう》は、どこまでも温厚柔和《おんこうにゅうわ》だった。名門貴族にも、卑《いや》しい非人《ひにん》、遊女《あそび》たちにも、まったくわけへだてなく接した。

説《と》く言葉はわかりやすく、それでいてつよい信念にみちていた。

〈ただ一心に念仏されよ〉

そうすれば、まちがいなく浄土に往生できると説く。

〈疑いながらでも念仏するがよい〉

と、までいった。

地獄に堕《お》ちる、というのが世の人びとの最もおそれることである。浄土往生とは、地獄にいかずにすむということだ。

極楽浄土に憧《あこが》れるよりも、地獄ゆきをまぬがれるほうがありがたい。

この百年余、世の中はさながら生き地獄のような有様《ありさま》である。

たび重なる大火。地震。辻風《つじかぜ》。

旱魃《かんばつ》。凶作。飢《き》餓《が》。疫病《えきびょう》。

土地を捨てて流民《るみん》となる百姓も多く、人買いはごく普通のことだった。

戦《いくさ》。盗賊の横行。

法然《ほうねん》はそれを、末世《まつせ》、と断じた。

いまの世は、末世である。非常の時である。末世には、末世の仏法が必要だ。時機《じき》相応《そうおう》の教え、ということだ。

〈それが念仏である〉

と、法然は説いた。

そこまではよい、と、覚蓮坊《かくれんぼう》も思う。

しかし、問題はそれから先のことだ。

法然がひたすら説いたのは、

〈専修念仏《せんじゆねんぶつ》〉

ということだった。その〈専修〉とは、ただひたすら阿弥陀仏《あみだぶつ》に帰命《きみよう》せよ、という教えである。声にだして「ナムアミダブツ」ととなえる。その〈口称《くしよう》〉ということを第一とした。

徳を積むことも、善行をなすことも、戒《かい》を守って修行することも、すべて雑行《ぞうぎよう》と断定する。

学問をすることも、先祖供養をすることもいらない、ただ念仏だけでよい、と。

それを〈易行《いぎょう》〉であると語った。だれにでもできるやさしい〈時機相応《じきそうおう》〉の教えである、と。

〈時機相応というのは、大事なことだ〉

と、覚蓮坊も思っている。

仏法の真理は一つである。しかし、その伝えかたは時代と人びとの現実に即《そく》していなくてはならない。

かつて仏の教えがわが国に伝えられて以来、仏法は長く国家、朝廷を守る力となってきた。

多くの寺院をつくり、盛大な法会《ほうえ》を催すのも、鎮護国家《ちんごこっか》、朝家安泰《ちょうけあんたい》を祈念するためだった。

国が仏法を保護し、仏門は国を守る。

そのために莫大《ばくだい》な援助が寺院に注《そそ》がれた。南都北嶺《なんとほくれい》をはじめとする寺々は、ひたすら仏事に専念すればよかったのだ。

その体制が崩れてきたのは、いつごろからのことだろうか。

覚蓮坊が比叡山延暦寺《ひえいざんえんりゃくじ》に学んでいたころ、当時の慈円座主《じえんざす》が真剣に悩んでおられたのもそのことだった。

「国や幕府にたよりきりでは、比叡山《おやま》はもう、もつまい」

と、慈円座主《じえんざす》がもらしていたときのことを、覚蓮坊《かくれんぼう》はいつも思いだす。

「国を守り、国から護《まも》られる。そんな時代はもう終わったのだ。そこから一歩をふみださねば法灯《ほうとう》は危うい。僧兵どもが神輿《みこし》をふりたてて朝廷にゆさぶりをかけても、時代は動かぬ。時機《じき》相応《そうおう》の仏法を求めるときがきたのじゃ」

と、慈円座主はいっていた。

「鎮護《ちんご》国家《こっか》の仏法と同時に、世人《せじん》救済の仏法をきりひらかねばならぬ。しかし――」

と、慈円座主は苦笑してつぶやいた。

「わたしにその力はない。わたしは門閥《もんばつ》の支えでこの地位についた男じゃ。多少の歌もよみ、ものを見る目もないではないが、しょせん文弱の徒にすぎぬ。この比叡山《おやま》を国や幕府の保護なしでもやっていける自立の聖域《せいいき》とし、世人救済への一歩をふみだす役目を、良禅《りょうぜん》、そなたに托《たく》そうと思うが、どうじゃ」

「わたくしには無理でございます」

「いや、やれる」

慈円座主はしずかにいった。

「法然《ほうねん》らが比叡山《やま》をおりたのは、時機相応の仏法を新たにおこすためであったろう。しかし、あの者たちは比叡山《やま》を捨てたのだ。そなたもいつか比叡山《やま》をおりる時がくるかもしれぬ。それは比叡山《やま》を捨てるためではなく、よみがえらせるためだ。そのことを肝《きも》に銘じておくがよい」

法然は許せない、と慈円座主は思っておられた。覚蓮坊は、そのことがよくわかっていたつもりである。

だがその慈円座主の心には、もっと深いものがあったのだ、と、最近は思う。

〈いかなる悪人も、念仏をとなえればすくわれる〉

と、法然は説《と》く。

その教えに感激したのは、いわゆる殺生《せっしょう》を生業《なりわい》とした人びとばかりではない。武士という者たちも、また人を殺すことを仕事とする集団である。殺生を悪とすれば、これほど罪深い職業はない。

貴族、女官《にょかん》たちのなかにも、罪業《ざいごう》の意識をいだく者は少なくなかった。

〈悪人もまたすくわれる〉

という法然の言葉は、どれほど多くの人びとの心を鼓舞《こぶ》したことだろう。闇のなかに光を見たような歓《よろこ》びに、体が震えたにちがいない。

しかし、と、覚蓮坊《かくれんぼう》は思う。

〈だが、それは法然《ほうねん》の発見ではない〉

覚蓮坊が比叡山《ひえいざん》の学生《がくしょう》、良禅《りょうぜん》として学んだ仏説のなかに『阿弥陀新十疑《あみだしんじゅうぎ》』という書物があった。そこに、凡夫《ぼんぷ》といえども念仏によりて往生す、という意味の文章があったことを、はっきりとおぼえている。

凡夫とは、どうしても煩悩《ぼんのう》を捨てることができないわれら、ということだ。

真言《しんごん》や天台《てんだい》、法相《ほっそう》などの世界でも、仏が悪人をもすくう、という説は少なくない。

十悪五逆《じゅうあくごぎゃく》の悪人や、罪業《ざいごう》多しとされる女人《にょにん》たちも平等にすくわれる、という教えは新しくもなんともない。すでに南都北嶺《なんとほくれい》では、これまでさまざまに説かれてきたことである。

法然はそれを、人びとに直接《じか》に声高に語っただけだ。むしろ法然の言葉の鮮烈さは、〈専修《せんじゅ》〉ということにつきるといっていい。

念仏を唯一の大事とし、その他の諸宗《しょしゅう》、諸行《しょぎょう》をすべて排除しようとする、その激しさにおいてきわだっている。

すなわち法然の本領は、他宗排除の徹底ぶりにあった。

それが覚蓮坊の理解である。

慈円座主《じえんざす》もいっておられた。

「法然は『選択《せんちゃく》本願念仏集《ほんがんねんぶつしゅう》』という文章《もんじょう》のなかで、そのことを徹底してのべておる。しかし――」

慈円座主は、そのとき皮肉な笑みをうかべて、言葉をつづけた。

「法然は、慎重な男だ。その本意を無理に世間におし通そうとはしない。わたしの兄である九条兼実《くじょうかねざね》をはじめとして、公家《くげ》、武家などの尊崇もあつめ、自分自身は僧としての戒律をきびしく守りつづけてきておる。愚者《ぐしゃ》になれと人には説きつつ、本人は無《む》類《るい》の清僧《せいそう》であり、碩学《せきがく》である。その本意は、『選択本願念仏集』にあきらかだ。あれを一読すれば、だれもが慄然《りつぜん》とするだろう。古今無双のおそるべき書物じゃ」

覚蓮坊は、慈円座主なきあとも一日たりともその言葉を忘れたことはない。

覚蓮坊が比叡山《おやま》をおりたのも、その遺志をなんとか実現しようとする思いからである。

比叡山《おやま》が朝廷の庇護をうけて生きのびる時代は過ぎた、と考えたからだった。

これからは外部の力にたよって寺門を維持するのではなく、自力で比叡山《おやま》を再建するのだ。

荘園や寺領などからの年貢にたよっているわけにもいかない。比叡山《おやま》がもっているさまざまな特権や財産を生かして使う。また多くの神人《じにん》、職人、商人《あきんど》などの権利を再編して、整然とした組織をつくる。

まず自立。そして次に、新たな世人《せじん》救済の仏道をひらく。鎌倉《かまくら》の武力をおそれることなく、朝廷にたよらない、毅然《きぜん》と独立した比叡山《おやま》をつくる。そして世人に働きかける。対等に接することのできる仏門を立てる。

それが覚蓮坊《かくれんぼう》の夢だった。

法然《ほうねん》、親鸞《しんらん》たちは、山をおりて野の聖《ひじり》として生きる道をえらんだ。

自分も比叡山《おやま》をはなれて今日まで、金貸しや商人、そして世間から非人《ひにん》とさげすまれている人びとの間にまじって、口入人《くにゆうにん》として生きてきた。

いま、その志《こころざし》は、少しずつではあるが実現しつつある。

法然の死後、その過激な教えは次第に角《かど》がとれて、おだやかなものに変わってきはじめていた。法然の弟子たちは、師の慎重な処世のほうをまねて、朝廷や他宗ともそれなりの関係をたもとうとつとめているようだ。

〈だが、しかし――〉

ただ一人、法然の隠された鋭い本意を正面から世に現そうとたくらんでいる男がいる。

〈それが親鸞だ〉

西洞院《にしのとういん》の家

はげしく言い争う声がきこえた。

つづいて、何か物のこわれる音。

そして男の怒声と、甲高い女の悲鳴がひびく。

親鸞《しんらん》は板敷《いたじき》の居間で、机にむかって礼状をしたためているところだった。

〈また、あの二人が――〉

筆をとめて、大きなため息をつく。

隣室からきこえてくるのは、親鸞の長男、善鸞《ぜんらん》と、その妻とのいさかいの声である。

筆をおいて立ちあがろうとして、親鸞は思いとどまった。荒々しく戸のしまる音と、遠ざかる足音がきこえたからだ。

どうやら善鸞が外へとびだしていった様子である。

しばらく女のすすり泣きの声がつづいた。やがてそれもきこえなくなった。

〈如信《もとのぶ》が、かわいそうだ〉

と、親鸞は腕組みして孫のことを思う。

〈子供ごころに、両親の不仲ほどつらいものはない。わたし自身がそうだった〉

酒に酔ってはしばしば母に手をあげる父。

昼から血をしたたらせながらも絶対に父に許しを乞《こ》おうとしなかった母。

その両親の姿を、親鸞はいまもまざまざと思いだす。

〈せめてこの家に恵信《えしん》がいてくれれば――〉

親鸞の妻の恵信は、いまは生まれ故郷の越後《えちご》で暮らしている。

親鸞が京にもどるとき、恵信はいなかった。

子供たちをつれて、実家にもどっていたのである。やがて京へやってきた末娘の覚《かく》信《しん》をのぞいて、子供たちは、それぞれに越後の地で暮らしているという。

越後の人びとの暮らしも、筆舌《ひつぜつ》につくせない大変なものだったようである。恵信の実家も、恵信のやってくるのを心待ちにしていたらしい。

読み書きも達者で、都じこみの才覚もあり、しかも有力な人びとにも顔のきく恵信である。傾きかけた地方の旧家には、まことに頼もしい存在だったようだ。

〈しかたのないことだ。なによりも自分には、妻や子供たちを養う力というものがない〉

親鸞《しんらん》は唇をかみしめて、筆をとりあげた。

「親鸞さま」

と、そのときかすれた女の声がした。

「お仕事中でございますか」

戸の外からたずねたのは、善鸞《ぜんらん》の妻の涼《すず》だった。

「いや、かまわぬ。なにごとかあったのか」

「おききください、親鸞さま」

戸をあけるなり涼は親鸞の前ににじりよった。

細面《ほそおもて》の美しい女である。ふだんはやさしく、善良な性格だった。ただ、気性に激しいところがあり、まれに怒ると額に青い筋がうかぶ。

いまはほつれた髪の毛が頰《ほお》にはりついているのが、病みあがりの女のようだ。浅黄《あさぎ》無地《むじ》の麻の小袖《こそで》の襟元《えりもと》が乱れて、白い肌がはだけてみえる。

肩で息をしながら、訴えるようにいう。

「善《ぜん》さまも、あまりといえばあまりではございませんか」

「さきほど、いさかいの声がきこえて気になっていたのだ。善鸞がどうかしたのか」

「どうかしたどころではありません」

涼は震える声でいった。

「まもなくやってくる端午《たんご》の節会《せちえ》に、宇治《うじ》の親戚をたずねることになっているのはご存じでしょう。みな如信《もとのぶ》に会いたがっているのです。ですから、せめて無理をしてでも如信にちゃんとした恰好《かっこう》をさせたいと、はやくから善さまにお金の工面をたのんでおりました」

親鸞はうなずいた。

そのことなら善鸞から相談されて知ってはいた。ただ、銭《ぜに》を用立てる当てがなかったため、そのままになっていたのである。

「堀川《ほりかわ》の葛山《くずやま》の店から借銭《しゃくせん》するから大丈夫、と善さまはいっておられたのですが、それもだめらしゅうございまして」

ついに自分が命より大事にしていた珊瑚《さんご》の櫛《くし》をかたにして、金を用意する決心をしたのだ、と涼はいった。

「それを善さまに頼んだのです。ところが」

「どうした？」

「善《ぜん》さまが、そのお金を――」

涼《すず》は親鸞《しんらん》の膝《ひざ》を手でゆするようにして叫んだ。

「帰ってくる途中で、盗まれたというのです。そんな話、だれがまともに信じるでしょう。ひどいではありませんか。これまでどんなに苦しいときにも放さなかった大事なあの櫛《くし》をかたに借りたお金なのに」

ひどい、あんまりです、と涼は床を手で打ちながら泣きふした。

「善鸞《ぜんらん》は、その金を盗まれたといっているのか」

親鸞は涼の肩に手をおいていった。

「それは本当のことかもしれない」

涼がきっと顔をあげて親鸞をみつめた。

「よくそんなことを」

と、涼はいった。

「親鸞さまは、ご自分の血をわけたご子息だからそんなことをおっしゃるのです。あのかたが、どんな男であるのか、おわかりにならないのです。善さまが、親鸞さまのことを陰でどんなふうにいっておられるかご存じですか」

親鸞は首をふった。

自分は血をわけた息子である善鸞のことを、実際にはなにも知らない。わかっているのは、善鸞を幼いときに手放して他人の手にゆだねたことだ。

そして六十歳をすぎてふたたび京へもどってきたときまでの長い年月、ほとんど便りもせずに放りっぱなしにしていたことである。

自分には親としての資格がない、と親鸞は思っていた。

親としてだけではない。人の子としても、夫としても、まともではない。そもそも家族に対する本来のやさしさが自分には欠けている。

父親に対してもそうだった。母親に対してもそうだ。幼い弟たちを見捨てて、自分ひとりで出家したときもそうだった。

そもそも家族というものの深いきずなを、親鸞はこれまで身にしみて感じたことがない。

十悪五逆《じゅうあくごぎゃく》の極悪人。

その文字をみるたびに、心がふるえる。

父を殺す。母を殺す。

それはおそろしい悪人のしわざだ。しかし、殺すよりも、もっと罪の重いことがある。

それは、無関心、ということだ。

いや、自分は決して家族に対して無関心なわけではない。父を思い、母を思うことはある。弟たちに対して心が痛むこともある。恵信《えしん》を大切に思い、敬愛する気持ちも本物だ。しかし、善鸞《ぜんらん》が誕生したとき、自分は天にものぼるような歓《よろこ》びを感じただろうか。親として。

「寝物語で、あの人が親鸞《しんらん》さまのことをどのようにいっていたか、お教えしましょうか」

と、涼《すず》がかさねていった。

「いや、聞かなくともよい」

親鸞はため息をついた。

いまは善鸞とのいさかいで気がたっているのだろうが、根は思いやりのある我慢づよい女なのだ。その涼がここまで取り乱すとは、よくよくのことだろう。

「ご存じのように、いまは亡きわたくしの父は、むかし禁裏《きんり》の典薬寮《くすりのつかさ》に薬草を納める薬の商人《あきんど》でございました」

知っておる、と、親鸞はうなずいた。

そのことなら、これまでに何度となく聞いている。引退してのちは、宇治《うじ》で隠居がてらに茶の栽培《さいばい》をしていたとかいう話だった。

善鸞がどういういきさつで涼と夫婦《めおと》となったのか、その辺のことはよく知らない。善鸞が話さないところをみると、たぶん何か複雑な事情があったのだろうと察してはいる。

目頭《めがしら》をおさえて涼はいった。

「如信《もとのぶ》は、ほんとうに素直な、良い子でございます。すこしもひねくれたところのない、おだやかな子に育ちました」

「その通りだ。よくよくそなたの育てかたが良かったのだろう」

と、親鸞はやさしくいった。父親の善鸞ににて、やや線の細いところはあるものの、まことにおっとりと気立てのいい男の子である。

子供はもっと乱暴でもいい、と、ときに思うこともないではない。しかし、親鸞は如信のそのおだやかさの底に、なにか大きな世界がひそんでいるような気がしている。

「ですから如信のことを、身内の者に自慢したいのです。立派な恰好《かっこう》をさせて、これが日野《ひの》家の血をひく親鸞さまのお孫さまですといいたいのです。この子の曾祖父《ひいじい》さまは、皇太后宮《こうたいごうぐうの》大進《だいしん》でいらしたのですよ、と」

涼の言葉をきいて、親鸞《しんらん》はなんともいえない複雑な気持ちになった。

病身の母と子供たちを見捨てて、突然、家を出てしまった父。放埒《ほうらつ》の人とされた祖父。

これまで思い出すことを自分に禁じて、封印してきた日々のことが、不意によみがえってくる。

「わかった。善鸞《ぜんらん》のことはわたしからあやまらせてもらう。すまない。で、如信《もとのぶ》の衣服をととのえるためには、いかほどの銭《ぜに》が必要なのか」

「善《ぜん》さまが盗まれたといっているのは、百五十文《もん》でございます。それをきいて、どうなさろうというおつもりですか」

涼は白い手で胸元をかきあわせながら、かすれた声でつぶやく。

「こんなことなら、如信をつれていくなどと約束しなければよかった」

親鸞はすこし考えてから、部屋の隅においてある木箱を引きよせた。いつも大事なものをしまっておく頑丈《がんじょう》な箱である。

六部の書き物と、白い布の包みが中にはいっていた。

六部の書き物は、『顕浄土真実教行証文類《けんじょうどしんじつきょうぎょうしょうもんるい》』である。略して『教行信証《きょうぎょうしんしょう》』となる。

それは親鸞が東国、常陸《ひたち》にいたころから筆をとり、一応の草稿ができたあと、ずっと推敲《すいこう》をつづけてきた書き物である。

京都へもどったのちも、絶えず加筆、訂正をくり返してきた。はたしていつ完成するかは自分にもわからない。自分が生きているのは、この書物を書きあげるためだとも思うことがある。

「これを――」

と、親鸞はいいながら、『教行信証』のそばにおさめてあった白い布包みをとりだした。

涼《すず》はけげんそうに親鸞の手もとをのぞきこんで、

「それは、なんでございますか」

「銭だ」

と、親鸞はいった。

ずしりと重い布包みを、涼の前におしやりながら、

「ここに二百文の銭がある。けさ早く葛山《くずやま》の店の常吉《つねきち》がとどけてくれた志《こころざし》だ。先代の犬麻呂《いぬまろ》どのから生前、ひそかに申しわたされていたとかで、おりおりに届けてくれる銭なのだが、あとで涼どのにおわたしするつもりだった。これを如信のためにつこ

うてくだされ。残りは暮らしの足しに」

涼《すず》は布包みをひらいて、かすかな声をあげた。一文《もん》の宋銭《そうせん》およそ百箇ずつを紐《ひも》でとおして輪にした銭《ぜに》が、二緡《ふたさし》ある。

「あの、ほんとによろしいのですか、親鸞《しんらん》さま」

と、涼はあえぐように声をふるわせた。

「そなたにも苦労をかけて、すまない」

と、親鸞は頭をさげた。

「ありがとうございます」

涼はその銭を布につつみなおし、おしいただくようにして礼をいった。

「ついとり乱して、おはずかしいところをお見せしてしまいました。ほんとうは善《ぜん》さまは、心のやさしい、思いやりのあるお人なのです」

「わかっておる」

「さきほど申しました善さまの言葉のことですが——」

「いや」

親鸞は微笑して涼の言葉を制した。

「それは聞かずともよい。涼どのも気にかけないことだ。だれしも、ときには心にもないことを口にしたりすることもあろう。わたしは善鸞《ぜんらん》を信じているのだよ。そのうちきっと、わたしの考えていることを、正しくわかってくれるにちがいない。陰でなにをいおうと、気にしたりはしない」

涼は申しわけなさそうにうつむいた。

「さきほどは気持ちがたかぶって、ついあんないいかたをしてしまいました。ほんとうは逆なのです」

「逆とは？」

「あの人がわたくしに愚痴《ぐち》をいうのは、自分のふがいなさなのでございます。親鸞さまに日夜《にちや》、あれほど懇切丁寧《こんせつていねい》に念仏のことをお教えいただきながら、どうしても心の底から納得がいかないことを、つくづく情けなく思い、自分を責めているのです。親鸞さまのお教えは深すぎて、ついていけない、と」

親鸞はうなずいた。

涼は目をふせて、ためらいがちにいった。

「善さまは、よく、こんなふうになげいておられるのです」

親鸞は、だまって涼の言葉にききいった。

「親鸞さまは、幼少のころからご苦労をかさねられたかただ、と、いつもそう申しております。その七十年の歩みとくらべると、自分はそもそも生きてきた道がちがう。それでも親鸞《しんらん》さまに認めていただきたいと、必死につとめればつとめるほど空回《からまわ》りしてしまう。そんな自分がいやになる、そうおっしゃっては、そっと涙をこぼされるのでございます」

そのとき、突然、庭のほうで子供の悲鳴がした。

涼《すず》がはじかれたようにたちあがった。

「如信《もとのぶ》！」

親鸞もいそいで窓のところへいき外の様子をたしかめた。

せまい庭だが、茄子《なす》や大根《だいこん》、豆などの畠《はたけ》になっていて、柿の木が一本そびえている。

西日のさすなかで、その柿の木の根元に、ひとりの子供がたおれているのがみえた。

「如信どの！　どうなされた」

大声をだして姿をみせたのは、弟子の唯円《ゆいえん》だった。親鸞に従って上洛したが、いったん常陸《ひたち》にもどったあと、数年前にふたたび上京して、西洞院《にしのとういん》の家に住みついた若者である。

大柄ではないが、ひきしまった体つきの唯円が、ぐったりとした如信をだきあげてなっている。

「しっかりされよ。大丈夫か、え？」

「如信！」

涼がはだしでかけよった。親鸞もいそいで庭におりて唯円にだかれた如信の顔をのぞきこんだ。

「どうやら、この柿の木にのぼって、高い枝から落ちたようです」

と、無骨な口調で唯円がいう。

「柿の木に？」

涼が胸をおさえて息をはずませながら、不審《ふしん》な顔をした。

「これまで木登りなど一度もしたことのない子でしたのに」

「男の子だから、木にのぼることもあろう」

親鸞がいった。

如信は両親に似て、色の白いほっそりした男の子である。九歳になるが、大人びた気づかいのある子だった。

きらめくような才はみせなくとも、学ぶことは嫌いではなさそうだった。父親の善《ぜん》鸞《らん》や、唯円《ゆいえん》たちに親鸞《しんらん》が教えているときも、部屋の隅でじっと聞きいっていた。幼いながらに、ひととおりは漢文も読め、いくつかの経文も暗記している。涼《すず》の自慢の息子である。

「どうしたのじゃ」

と、親鸞は如信《もとのぶ》の額に手をあててきいた。

「ごめんなさい」

如信は母親の顔をみて小声でいった。

「柿の木にのぼって、足をすべらせました」

「どうして柿の木などに——」

せめるような涼の言葉をさえぎって、唯円がいう。

「とりあえず部屋へ」

善鸞夫婦の部屋は、親鸞の居間のすぐとなりにあった。

涼は手ばやく敷物をひろげ、ぐったりとしている如信の体をそこによこたえた。

如信が睫毛《まつげ》のながい目をみひらいて、ごめんなさい、とかすかな声でいう。

「そんなことはいい。それより、どこか痛めたところはないか」

親鸞がたずねるのに如信は眉《まゆ》をひそめて、

「あの、右のほうの足首が――」

親鸞は如信のほそい脚をさぐった。たしかに右の足首がすこしはれているようだ。

「ここか」

「痛っ」

如信がぴくっと体をふるわせた。親鸞は涼に、だいじょうぶだ、といった。

「どうやら心配するほどのことでもなさそうだ。骨が折れたり、くじいたりしている様子はない。とりあえず冷たい水にひたした布をあてて、動かさないでおこう。なにか薬をもとめてきて塗れば、ほどなく治るはずだ」

親鸞は比叡山《ひえいざん》で修行していた時期に、ちょっとした怪我《けが》や病《やまい》の手当ての仕方も学んでいる。越後《えちご》や常陸《ひたち》にいたころも、よく薬草を用いたものだった。

「がまんするのだ、如信。すぐによくなるからな」

唯円が木の桶《おけ》に井戸の水をみたして運んできた。その水にひたした布で如信の足首をつつむ。

唯円は万事につけ、きびきびとよく体をつかう若者だった。なにかを命じられるまえに、さっと自分から動く機敏《きびん》さがある。

「わたくし、お薬をもとめにそのあたりまでいってまいります。さきほどのものを、つかわせていただいてもようございますか」

涼《すず》は気が気でない表情だった。親鸞《しんらん》がうなずくと、涼はあわただしく部屋をでていった。唯円《ゆいえん》は庭の野菜の手入れをしなければ、と姿を消した。

如信《もとのぶ》とふたりきりになると、親鸞は腕組みして、しばらくだまっていた。やがて、如信の右手をつつむように骨太の手でにぎって、しずかな声できいた。

「如信、そなたどうして柿の木から落ちたのだ」

「いたずらがすぎたのです」

「それは嘘だろう」

「いいえ。嘘ではありません」

と、如信はいった。親鸞は首をふった。

「わたしには、わかっているのだよ」

如信は目をそらせて、唇をかみしめた。

「そなたは、嘘をついている。だが、それはそなたのやさしい心から生じた嘘だ。わたしには、それがわかる。おなじ気持ちをいだいてすごした幼いころがあったからだ。両親のいさかいほど子供にとってつらいことはない。そうだのう、如信」

不意に親鸞の目にうかんだ涙をみて、如信はかすかに鼻水をすすりあげた。

「ごめんなさい」

と、如信はふるえる声でいった。

「わたしは嘘をつきました。柿の木にのぼって、自分からとびおりたのです」

親鸞はだまっていた。如信はつづけた。

「この数日、父上と母上はずっといい争いがたえませんでした。端午《たんご》の節会《せちえ》に、母上の宇治《うじ》の親戚をたずねることになっていたからです」

「そのことは知っている」

「母上はがまんづよくて、やさしいかたです。でも、どうしても長男のわたしに立派な身なりをさせて、親族のかたがたにみせたいと願っておられました。そのことをずっと夢のように考えつづけておられたのです」

親鸞は、ほつれた髪の毛が頰にはりついた涼の顔を思いうかべた。彼女の気持ちも痛いほどにわかってはいる。

「それでお金が必要となり、父上を責めておられました。それもこれも、このわたしに着飾らせて親戚の家につれていくためです。もし、わたしが怪我《けが》をして、それができなくなれば、父上もあれほど責められずにすむのでは、と」

如信《もとのぶ》は訴えるようなまなざしで親鸞《しんらん》をみあげた。

「嘘をついて、ごめんなさい」

親鸞は無言《むごん》で如信の顔をみつめた。

自分が怪我《けが》をすれば、端午《たんご》の節会《せちえ》に親戚の家をたずねることもできなくなる。そうなれば、自分の服装をととのえる費用もいらなくなる。如信はそう思って柿の木からとびおりたのだろう。

「こわくはなかったか」

と、親鸞は微笑してきいた。

「ちょっと、こわかった」

と、いって、如信もはずかしそうに笑った。


夜ふけの空は暗く、星も見えない。

綾小路《あやのこうじ》の竜夫人《りゅうぶにん》の家から、数人の男たちの影があらわれた。

先頭の男が、あたりの様子をうかがってうなずくと、頭巾《ずきん》をかぶった人物を守るようにして足ばやに去っていく。

常吉《つねきち》は倉の陰からそれを盗み見ていた。

男たちが姿を消すのをみはからって、こぶしでそっと竜家の扉をたたいた。音もなく扉があいた。

いつもの部屋にとおされた常吉は、椅子《いす》にかけた竜夫人の前にひざまずいて頭をさげた。

「客人がたがおみえでございましたか」

「いま、帰ったところだ」

竜夫人の化粧がいつもより濃いように常吉は感じた。

「西国《さいごく》の名ある領主の使者だ。わけあって内緒で大金を用立ててほしいといってきた」

「大金と申しますと」

「二千貫文《かんもん》」

「ひえっ」

おどろく常吉に竜夫人が笑っていう。

「しかるべき口入人《くにゅうにん》もたてず、借金のかたもとらずに渡せる額ではないが、いちおう貸すことにした」

「わたくしどもには見当もつかぬお話で」

首をすくめる常吉《つねきち》に、竜夫人《りゅうぶにん》はさりげなく、

「一昨日の覚蓮坊《かくれんぼう》と申丸《さるまる》との話の中身は、どうやらつかむことができなかったようだな」

「申し訳ございません」

常吉はくやしそうに、

「なんでございますか、妙に用心ぶかくて部屋に近づくことさえできませんでした」

竜夫人は、まあ、よい、とつぶやいて、しばらく考えたあとできいた。

「で、その後の動きは？」

「はい。主人の申丸が親鸞《しんらん》さまのご長男の善鸞《ぜんらん》どのと会って、なにごとか相談を」

「なに、善鸞どのに？　それはいつのことだ」

「昨日《きのう》です。堀川《ほりかわ》の店の奥の部屋で、ふたりでひそひそ話をしておりました」

竜夫人は、ゆたかな顎《あご》に白い指をそえて、

「おそらく覚蓮坊の話と関係があるにちがいない。なにを話していたのだろう」

常吉は腕組みして唇をかむと、ひとりごとのようにいった。

「そういえば、たしか――」

常吉は目をとじて、そのときの記憶をよびもどそうとつとめた。

「奥の部屋にちかづけないので、庭の茂《しげ》みにかくれてきき耳をたてていたのです」

と、常吉はいった。

「はっきりとはきこえなかったのですが、たしか、『ケンなんとかモンルイ』を、ひと晩だけ持ちだせぬか、とか、そんなふうなことを善鸞どのに申しておったようでした」

「『ケンなんとかモンルイ』だと？」

竜夫人は、その言葉を何度も小声でくり返し、眉間《みけん》にしわをよせて考えこんだ。

不意に竜夫人の声色《こわいろ》がかわった。

「常吉、しばらくここでまて」

「はい」

竜夫人はゆたかな体ににあわぬ素早い動作でたちあがると、長衣《ながぎぬ》をひるがえして部屋をでた。そばを通りぬけるとき、つよい香の匂いがした。常吉は鼻の穴をひろげて、そのかぐわしい匂いを大きくすいこんだ。

この年齢《とし》になって、これほど心がときめくとは、どういうことだろう。

〈夫人《ぶにん》のためなら死んでもいい〉

常吉《つねきち》は心のなかでつぶやく。

きょうまで妻《さい》もめとらずに生きてきたのは、竜夫人《りゅうぶにん》にであうためだった、とも思う。

〈思ってどうなる〉

どうにもなりはしない。

ただ夫人の耳となり、手足となれれば、自分はそれでいい。この末法《まっぽう》の世に八十年ちかく生きながらえて、慕《した》う人にあえただけでも儲《もう》けものではないか。

竜夫人の白い足裏が脳裏《のうり》にうかんだ。卑《ひ》という肉の盛りあがりと、薄桃色の爪。

「急げ」

常吉の妄想をたちきるような声がした。竜夫人の手が目の前にあった。

「この文《ふみ》をもって白河《しらかわ》へいくのだ」

「白河へ？　どなたにおとどけすればいいのでしょうか」

「白河の印地《いんじ》御殿《ごてん》は知っておろうな」

常吉はごくりと唾をのみこんだ。

「あの、吉田山《よしだやま》のふもとの――」

「そうだ」

竜夫人は一通の文《ふみ》を常吉に手わたした。

「白河印地の党の長老、弥七《やしち》どのに、これをじかにわたすのだ」

竜夫人の目が、はじめて見るような鋭い光をはなっている。

常吉は無言でうなずいて、たちあがった。

白河印地《しらかわいんじ》の党

常吉《つねきち》は、夜の町をとぶように駆《か》けていた。

八十歳にちかい老人でありながら、常吉の走りの技《わざ》は尋常《じんじょう》ではない。

そこらじゅうにうろつきまわっている野犬たちも、風のように走りぬける常吉の影に、おびえて逃げだすほどだ。

常吉の若いころには、並はずれた技の持ち主が異常に世間にもてはやされたものだった。

大石をかるがると頭上にもちあげる「力持《ちからも》ち」。

一瞬のうちに相手の烏帽子《えぼし》をむしりとる「早業《はやわざ》」。

増水した鴨川《かもがわ》の流れを泳ぎこえる「水練《すいれん》」。

自分より大きな相手を投げとばす「相撲《すもう》」。

甲冑武者《かっちゅうむしゃ》をも一撃でたおす投石《とうせき》の技、「石子《いしなご》」。

無双《むそう》の強弓をひくのが武者《むしゃ》の技なら、一晩中やすまずに駆けどおす「早走り《はやばし》」も、人びとの注目をあつめる技のひとつだった。

常吉は少年のころから、荷物をかついで走るのが得意だった。さして大きな体ではないが、「筋《すじ》がつよい」と、よくいわれたものである。

十里《り》を駆けても息が切れない、それが自慢だったが、いまでは二、三里が精一杯《せいいっぱい》だろう。それでも、技《わざ》はまだおとろえてはいない。

〈体は錆《さ》びても、技は錆びない〉

それだからこそ「技」である。常吉は走りながら、そう自分にいいきかせた。

夜の京の町には、危険がいっぱいだ。

刀の斬れ味をためそうという物騒な田舎侍《いなかざぶらい》もいる。塀の上から弓で矢を射《い》かけて遊ぶ愚かな若者もいる。物盗《ものと》り、強盗《ごうとう》はめずらしくもない。

〈女盗《めと》り子盗《ことと》りは世のならい〉

という言葉さえあった。怨霊《おんりょう》、鬼神よりも怖いのは人間だ。

鴨川の橋にさしかかると、むっとする臭いがただよってきた。打ちすてられた死人《しびと》の臭いである。

それにくわえて、塀の陰、辻の溝《みぞ》などから汚物の異臭が鼻をつく。

路地や河川の清掃《せいそう》はかつて公務の一つだった。キヨメといわれる者たちが、その仕事をまかされていたが、いくら掃除をしたところで都の隅々《すみずみ》まで片づけるわけにはいかない。

黒々とした大塔の影がちかづいてきた。法勝寺《ほっしょうじ》の八角九重塔《はっかくくじゅうのとう》である。白河《しらかわ》だ。常吉の走りが一段とはやまった。

巨大な寺々と屋敷のあいだをぬけて、常吉は吉田山《よしだやま》をめざした。

深夜の白河は、無気味なほどに静まりかえっている。

印地御殿《いんじごてん》のありかは知っている。十年以上前に、牛の売り買いのことで話をつけにいったことがあったのだ。当時はその建物も、まだできたばかりだった。

「白河の印地が、御殿をたてたそうな」

と、都じゅうの評判だった。

印地、または印地打ち、ともいう。

「飛礫《ひれき》の徒《と》」

などとむずかしい言葉もあるが、常吉の知るかぎりでは、要するに石を投げる技《わざ》にたけた連中だ。

常吉も子供のころに石を投げあって遊んだことがある。石合戦《いしがっせん》というのは、あぶないけれども、おもしろい。

常吉の育った村では、正月とか祭りの時期に、きまって石合戦がおこなわれたものだった。

これという取りきめもなく、きっかけも、場所も、人数も、定まってはいない。川をはさんで、隣村の子供たちと盛大に石を投げあう。

ときには大人たちもくわわって、怪我人《けがにん》がでたりもする。

しかし、その遊びには、危険ではあってもはげしく血がさわぐところがあった。耳もとをピュッと音をたてて飛ぶ小石。叫び声と悲鳴。いい放題の悪態《あくたい》。日ごろの憂《う》さや、世間のおきてを吹きとばす昂奮《こうふん》と爽快感が石合戦にはあったのだ。

なぜ人は石を投げあうのか。

そこにはなにか、この世ならぬ気配もある。祭礼のときや、神社の前で石を投げあう人びとの表情には、どこか神がかった陶酔の色があったように思う。

やがて河原の小石、礫《つぶて》などを投げるのを、みずからの得意技として誇示する輩《やから》もでてくる。武器をもたない非人《ひにん》、河原者《かわらもの》とよばれる人びとのあいだには、自衛のためのツブテ打ちの集団もうまれてきた。

向かいツブテ、印地打《いんじう》ち、などと悪党あつかいされながらも、その力はときには僧兵、武士らにひけをとらぬ勢いをしめした。

白河《しらかわ》の印地は、それらツブテを打つ者たちのあいだで、ひときわ名高い集団だった。

それには理由がある、と常吉《つねきち》は知っている。

石を投げる、ツブテを打つ、ということを職人の技として磨《みが》きあげたのが白河の連中だ、と常吉は考えていた。

竜夫人《りゅうぶにん》からきいた話だと、唐天竺《からてんじく》はもとより異国では、千年の昔から投石《とうせき》は合戦の大きな武力だったという。

白河の印地たちは、ある領袖《かしら》のもとに一団となってその技を磨いた。

ただ小石を投げるだけでは、武士の弓矢にはかなわない。そこで白河の男たちは、白布にくるんだ石を頭上でぶん回し、鴨川《かもがわ》の対岸まで投げる技をもあみだした。

雨あられと飛んでくる矢を、風車のように石布《いしぬの》を両手で回して叩《たた》きおとす技ももっているという。噂《うわさ》によると五尺の石球《いしだま》を強牛にひかせ、勢いをつけて騎馬武者《むしゃ》の群れにころがしこむ大技《おおわざ》もあるらしい。

その白河の印地らは、なにか事あるときなど、そろいの白衣《しろぎぬ》に白覆面《しろふくめん》、領袖《かしら》だけが赤衣《あかぎぬ》をまとうといわれていた。

〈白河印地の党〉と称されたのは、石打ちを遊びとしてでなく、職人の技として工夫と修練をかさねてきたからだろう。さらに白河印地の党が名をたかめたのは、「日本一の大天狗《だいてんぐ》」といわれた後白河院《ごしらかわいん》が、白河印地の党を私兵としてひそかに利用したことだ。

その白河印地の党は、やがて年とともに盛衰をくり返しつつ、京じゅうの商人や職人たちの用心棒となり、官と民とのあいだの仲裁役ともなってきた。

いまは吉田山《よしだやま》のふもとに堂々たる本拠をかまえて、印地御殿《ごてん》とよばれている。

京の大きな祭礼には、白衣、白覆面の一党が御輿《みこし》をかついで参加する。その御輿のなかには、「生身の本尊《しょうじんのほんぞん》」とよばれる、印地の党の長《おさ》の人形がおさめられていると聞いていた。

その長こそ、白河印地の党をここまで育てあげてきた伝説の頭目《かしら》である。かつては「ツブテの弥七《やしち》」とよばれていた男だ。

すでに年齢は九十歳をこえているときく。外部の者たちにはもちろん、身内にもほとんど顔をみせないらしい。

一日一回の食事と水。外出もせず、暗い小部屋の御簾《みす》奥にひねもすじっと坐《すわ》っているという。

「ほんまはもう亡《の》うなってはるんやないか」

などと噂《うわさ》する者もいたが、常吉《つねきち》は現にこうして竜夫人《りゆうぶにん》からの文《ふみ》をあずかっている。

走りをとめると、すでに印地御殿《いんじごてん》の前だった。

高い塀にかこまれたその建物は、御殿というより砦《とりで》のようにみえた。暗いのでよくわからないが、櫓《やぐら》のような高い影もそびえている。

寺とも、公家《くげ》の館《やかた》ともちがう無骨なかまえである。

「何者だ」

音もなくちかづいてきた男が、押しころした声で誰何《すいか》した。常吉は懐《ふところ》から竜夫人の文をとりだして用件をつたえた。

「なに、お頭《かしら》に、だと。ほんとうか？」

相手はおどろいたようにききかえした。

「はい。竜夫人からの急なおしらせと、お伝えください」

男ははじかれたように門内にかけこんだ。

まもなく二人の男があらわれて、常吉の体を手でさぐり、ついてこい、といった。

迷路のように入りくんだ建物のなかを通って、奥まった小部屋の前にでた。

「お頭《かしら》——」

と、男の一人が声をひそめてよんだ。

「つれてまいりました」

なにか石をこすりあわせるような奇妙な声がした。

「はいれ、とおっしゃっている」

暗い部屋に灯《あか》りが一つともっている。正面に竹であんだ御簾《みす》がかかっており、そこから地底からわきあがるような声がきこえた。

「竜夫人からの文をおもちしました」

と、つきそってきた男の一人がいった。常吉より少し年下のようだが、小柄で屈《くっ》強《きょう》な老人である。

常吉が手渡した文を、老人は御簾の下からさしこんだ。

しばらく沈黙がつづいた。

常吉は息をひそめて顔をふせていた。なにか御簾のほうを正視してはいけないような気配だったのだ。

やがて、ふたたび石をこすりあわせるような奇妙な声がした。常吉にはその声がなにをいっているのか、まったくわからない。そばの老人がいった。

「竜夫人《りゆうぶにん》はお達者か、ときいておられる」

「はい。ますます――」

お美しくていらっしゃいます、といいかけて常吉《つねきち》は口をつぐんだ。また異様な声がした。なにかを命令するかのような語調だった。

「承知いたしました。万事おまかせを」

と、老人は頭をさげた。そして常吉にむかって、少々うかがいたいことがある、といった。

「なんなりと」

暗い部屋のなかで、相手の影が壁にゆれているのをみながら常吉は返事をした。もう一人いたはずの男は、いつのまにか姿を消している。

「あんたは竜夫人の手の者かね」

老人は急にざっくばらんな口調になった。白い眉毛《まゆげ》が異様に長くのびている。くぼんだ目に鋭い光があった。

〈技師《わざし》だな〉

と、常吉は感じた。どんな技を使うのやら見当もつかないが、ただ者ではない。小柄で猫背の老人だが、手をだせば一瞬で天井まで跳ねとびそうな気配がある。

「わたしは堀川《ほりかわ》の材木屋で常吉といいます。ちょっとしたご縁で、竜夫人の陰のお手伝いを」

「そうか。堀川の者《もん》か」

老人は納得したように、

「それなら安心だ。われら白河《しらかわ》の印地《いんじ》と堀川の連中は、昔、ともに後白河院《ごしらかわいん》に加勢した仲間。わしは猫屋《ねこや》の叉造《またぞう》だ。猫叉《ねこまた》とよんでくれ」

猫叉と名のった老人は、ごほんと咳《せき》をひとつして、すこし得意そうにつづけた。

「わしらのお頭《かしら》は、もう生き仏さんみたいなもんでな。この猫叉と若頭《わかがしら》以外に話が通じる者はだれもおらん。なにしろあの調子だ。いまこの白河印地の党を仕切っているのは、わしと、さっきいた田辺《たなべ》の勘太《かんた》の二人でな。一応、やつが若頭ということになっておる」

「お頭さまは、さきほどなんとおっしゃったのですか」

「腕のたつ連中を五、六人、船岡山《ふなおかやま》の覚蓮寺《かくれんじ》のまわりに見張りにたてろ、とのご命令だ。それと、西洞院《にしのとういん》の親鸞《しんらん》どのの住居《すまい》のあたりにも、二、三人、ひそめておけとおっしゃっておられた。勘太がぬかりなく手配するだろう」

「なにかおきそうな気配でも？」

「わからん。竜夫人《りゅうぶにん》からお頭《かしら》への至急のご連絡なのでな。わしも西洞院《にしのとういん》のほうに、いかねばなるまい」

「わたしも一緒につれていってください。年寄りですが、馬よりもはやく走れますから」

「ほう」

猫叉《ねこまた》は、あらためて常吉《つねきち》をながめて、ははあ、と合点がいったようにうなずいた。

「そうか。おまえが早走《はやばし》りの常吉、か」

いいだろう、と猫叉はいった。

石をこすりあわせるような奇妙な音が、ふたたび御簾《みす》の奥からひびいた。

猫叉老人は、ちょっとまて、というように常吉に手で合図すると、すばやく御簾の前にひざまずき、耳をかたむけた。

「はあ。なるほど」

と、猫叉はうなずいて、

「つまり、その文章《もんじょう》が覚蓮坊《かくれんぼう》の手にわたらぬようにすればよろしいのですね」

奇妙な音がそれにこたえた。猫叉はしばらくその音をきいていたが、やがて、わかりました、といってたちあがり、常吉にうなずく。

「ついてきなされ」

部屋をでて建物の入口までくると、四、五人の男たちが無言で頭をさげた。

「こちらは堀川《ほりかわ》の常吉さんだ。いっしょに西洞院までいく。若頭《わかがしら》はどうされた」

手勢をつれて船岡山《ふなおかやま》へ、と、男のひとりが答えた。

「何人つれていった？」

「念のためと、十人ほど」

「よし」

猫叉は常吉をうながした。

「では、いこう。話は途中で」

常吉と猫叉のあとを五人の男たちがつづく。ほとんど足音をたてない歩きかただ。

「竜夫人の文《ふみ》には、どんなことが書いてあったのかね。こっちはさっぱり事情がのみこめないんだが」

常吉がきくと、猫叉は足ばやに歩きながら小声で、はなしはじめた。

「お頭《かしら》の弥七《やしち》さまがいつも気にかけておられるのが、親鸞《しんらん》というお坊さまのことだ。なんでもそのかたとは、若いころからのお知りあいだとか」

「なるほど」

「その親鸞《しんらん》さまが、命より大事になさっている文章《もんじょう》があるそうな。それを持ちだそうというくわだてがあるらしい」

「なんのためだ」

「わからん」

猫又《ねこまた》は足をはやめながら首をふった。常吉《つねきち》はきいた。

「そのくわだての張本人が船岡山《ふなおかやま》の覚蓮坊《かくれんぼう》か」

「そうだ。やつがそなたの主人の申丸《さるまる》に話をもちかけ、申丸がそれを――」

「善鸞《ぜんらん》どのに命じたのか」

常吉は絶句《ぜっく》した。

「善鸞どのは、親鸞さまのご長男だぞ」

と、常吉はいった。

「いくらなんでも自分の父親が命より大事にしておられるものを勝手に持ちだすなどということは、考えられぬ話だ。そんなばかな」

「まあ、いい。いずれわかる」

銭《ぜに》のためなら親でも殺すのが今の世の中だからな、と、猫又は笑っていった。

「ところで常吉さん。おたくの主人の申丸が善鸞にその話を持ちかけたのは、昨日《きのう》のことだそうだな」

「竜夫人《りゅうぶにん》の文《ふみ》に、そこまで書いてあったのか」

「お頭《かしら》はそういっておられた。すでに昨夜のうちに盗みだされているのでは、と、心配されておられたが、どう思う？」

「それはない」

常吉はきっぱりといった。

「もしそうなら、善鸞どのは堀川《ほりかわ》のうちの店のほうにとどけにくるはず。きょうの主人の様子からして、それはなかった。堀川の店でわたしの耳にはいらぬことはないのだ」

「たいしたものだな、常吉さん」

猫又は、からかうように首をふって、

「わしよりうんと年上みたいだが、目、耳、足腰、そして口まで達者なもんだ。竜夫人から頼りにされているのも無理はないのう」

「いや、それほどでも」

と、常吉は思わず口もとがゆるみかけて、あわてて足をはやめた。西洞院《にしのとういん》はもうすぐだ。

「善鸞《ぜんらん》とやらが大事なものを盗みだすとなれば、やはり真夜中だろう」

と、猫叉《ねこまた》がいった。

「その相談をしていたのが昨日《きのう》なら、今夜か、明日《あす》の晩あたりがあぶない。悪事《あくじ》というものは、その日は決心がつかず、三日たてばおっかなくなる。そういうもんだ。自分が悪党だから、そのへんはお見通しなのさ」

常吉《つねきち》は猫叉の自信ありげな口調に、なんとなく納得するところがあった。

善鸞のような男でも、きっと大変な決心がいることにちがいない。たぶん断るに断れない事情があってひきうけたのだろう。昨夜はひと晩、まんじりともせずに悩み抜いたのではあるまいか。

「ここだ」

と、常吉は足をとめていった。

こぢんまりとした造りながら、その辺の町家《まちや》ではない。

一応、垣根でかこわれた一軒家である。せまいながらも庭もあり、裏手には井戸もみえる。

子《ね》の刻《こく》をすぎた夜中なので、どの部屋からも明かりはもれていない。

「親鸞《しんらん》さまとやらは、ここにおすまいなのか」

猫叉がおしころした声できく。

男たちは家の周辺に、それぞれ目だたぬよう物陰に身をひそめている。

「東国《とうごく》から京へおもどりになられたとき、うちの店の先代の主人が用意してさしあげたお住まいだ。長男ご家族と、弟子や下人《げにん》などのほかに、ときおり田舎《いなか》からの客人などもこられるから、まあ、大所帯といってもいいだろう。みなに食べさせるだけでも、けっこう大変らしい」

「で、ふだんはなにをなさっておられるのか」

「もっぱら書きものに精をだしておられるようだ。毎月二十五日の法然上人《ほうねんしょうにん》さまを偲《しの》ぶ集まりには、欠かさずおでかけになられるようだが」

竜夫人《りゅうぶにん》からの文《ふみ》には、と、猫叉が常吉の耳もとでささやく。

「その親鸞さまのお手もとに、なにか大事な文章《もんじょう》があるそうだ。ご長男に盗みだすようにしむけたのは、おたくの主人の申丸《さるまる》だが、どうやら覚蓮坊《かくれんぼう》が親鸞さまをおとしいれる謀《はかりごと》をめぐらしているとのこと。船岡山《ふなおかやま》の覚蓮坊といえば、比叡山《おやま》の僧兵《そうへい》どもも恐れる怪物だぞ。なめてかかると大火傷《おおやけど》をするから気をつけろ、とお頭《かしら》から念をおされたのだ」

「それくらいは知っている。清水《きよみず》の坂の者たちも、大津神人《おおつじにん》らも、散所《さんじょ》の法師らも、自在にあやつる力をもっていると聞いている。しかし、その覚蓮坊《かくれんぼう》がどうして——」

「しっ」

猫又《ねこまた》が物陰に常吉《つねきち》をひっぱりこんで、指で闇の先をさした。

「こっちへやってくるやつらがいる。身を隠すのだ」

垣根の下の雑草の中に身をふせると、むっとする汚物の臭いが鼻をついた。

忍びよる人影がみえた。すこしはなれた場所から、親鸞《しんらん》の家の様子をうかがっているらしい。

どこかで野良犬の遠ぼえがきこえた。


善鸞《ぜんらん》は寝がえりをうった。

となりで如信《もとのぶ》の寝息がきこえる。

涼《すず》もぐっすり眠りこんでいるようだ。

家全体がしんと静まり返っている。湿気が部屋中にこもって、じっとりと肌が汗ばんでくる。

善鸞は闇のなかで、今から自分がしようとしていることを考えた。

昨日《きのう》、堀川《ほりかわ》の材木屋の奥の部屋で、申丸《さるまる》がいった言葉を思いだして唇をかんだ。

〈申丸ごときにおどされるとは〉

何枚もの借銭《しゃくせん》の証文を前に、どうするかと迫られたのだった。

「親鸞さまにこれをお見せして、相談をいたしましょうか。それとも、わたしの頼みをきいてくださいますか。どちらでも結構です」

と、申丸はうわべだけは丁重な口調でいったのだ。

申丸の頼みというのは、奇妙な依頼だった。父親の親鸞が手もとにおいている六部の文章《もんじょう》をひと晩だけ貸してほしい、というのである。

「かならずお返しいたします。どうしてもそれを自分の目でご覧になりたいというかたがおられまして」

その文章というのは、父親の親鸞が常陸《ひたち》に住んでいたころ書きあげたという六部の著作である。

親鸞はそれに今も毎日のように目を通しては、加筆したり、削ったりしていた。

『顕浄土真実教行証文類《けんじょうどしんじつきょうぎょうしょうもんるい》』

という、その文章を、善鸞はまだ読ませてもらったことがない。

ときどき訪れてくる古い弟子たちの中の数人には、親鸞がそれをひろげて、くわしく説明したりすることもあった。よほど難しい内容であろうかと、勝手に想像するだけだ。

申丸《さるまる》は、その六部の文章《もんじょう》をひと晩だけ借りだしてほしい、と頼んだのである。いったいどこのだれがそれを見たいというのだろう。

その文章が父の親鸞《しんらん》にとってどれほど大切なものであるかは、わかっている。それを無断で持ちだすことは、父親を裏切ることだ。しかし、盗もうというのではない。ひと目だけでも見たいという人間に、ひと晩、貸してやるだけだ。それもひそかに見たいという。善鸞《ぜんらん》は申丸の申し出を承知した。それ以外に、道はなかったからだった。

善鸞はそっと身をおこした。

そのとき、涼《すず》と善鸞のあいだに寝ている如信《もとのぶ》が、びくっと体をふるわせて、なにかいった。

善鸞はあわてて元の姿勢にもどった。

如信はどうやら夢でもみているらしい。ぶつぶつとなにかつぶやくと、ふたたびおだやかな寝息をたてはじめた。

〈もうしばらく待ったほうがよさそうだ〉

善鸞は闇のなかに身をよこたえたまま、あれこれととりとめのない雑念《ざつねん》にふけった。

幼いころの自分と今の如信とでは、どちらが不幸なのだろうか。

〈この子のほうが、まだ幸せだ〉

と、いう気もする。節会《せちえ》の日にあたらしい衣服もそろえてやれないような父親だが、こうしてそばにいてやれるだけでもましかもしれない。

涼の大事な櫛《くし》をかたに借りた銭《ぜに》を、自分は賭け双六《すごろく》ですってしまった。二度と賭けごとには手をださないつもりでいたのに、情《なさ》けない自分ではある。

しかし如信には、こうして一緒に暮らす母親もいれば、父親もいる。

自分はそうではなかった、と善鸞は思う。

ものごころついたときには、両親のもとをはなれ、他人の家にいた。どれほどやさしく大事にされたところで、親子ではない。

越後《えちご》で暮らしていた両親は、四歳の自分を手ばなすことが辛《つら》くはなかったのだろうか。自分は生まれたときから愛されていなかった子なのかもしれない。

京の商人《あきんど》の家につれてこられて、贅沢に育てられた日々だった。育ての親の犬麻呂《いぬまろ》も、その妻のサヨも、本当の親のようにかわいがってくれた。

しかし、それがなんだろう。たとえ貧しく苦しい北国の暮らしだったとしても、自分は父や母とともに生きていたかった。

九年前に父親と対面したとき、父上《ちちうえ》、と、どうしてもよべなかったのはなぜだろう。

「親鸞《しんらん》さま」

と、そのとき以来、ずっとそうよんできた。

それでも善鸞《ぜんらん》は、両親のことを大切に思っている。善鸞の心からの願いは、父、親鸞に長男として認められたいということだった。それは本当だ。

〈それなのに、おれは今――〉

善鸞はため息をついて、涼《すず》と如信《もとのぶ》の様子をうかがった。

〈ゆっくり、ゆっくり。落ち着いてやるのだ〉

善鸞は自分にいいきかせながら、おきあがった。涼も如信もしずかな寝息をたてている。

善鸞は部屋の隅にぬぎすててあった小袖《こそで》と小袴《こばかま》を身につけ、足音をしのばせて部屋をでた。万一、涼が目をさまして、なにかたずねられたときのいいわけは用意してある。

「眠れないので少し外を歩いてくる」
と、いうつもりだ。このところ悩みごとが多いので、と、うつむいてため息をつい
てみせれば察してくれるだろう。
　長年のあいだ、ずっと善鸞の不平、不満、愚痴《ぐち》などを親身になってきいてくれた涼
である。だれよりも善鸞の立場に本気で同情してくれている相手なのだ。
　善鸞がときに酒に酔って帰ってきても、まれに乱暴な言葉をはいても、涼は涙をみ
せたりはしなかった。だが、櫛《くし》をかたに借りた銭《ぜに》をもちかえらなかった今度だけは、
泣いてつかみかかってきた。それもいまは、なんとかおさまっている。
「なんといってもあなたは親鸞さまのご長男。日野《ひの》家の流れをくまれる尊いおかたで
すから」
　涼は善鸞をなぐさめるときに、いつもそういう。
　涼は親鸞のことを、とても尊敬していた。それはたぶん、親鸞が藤原《ふじわら》家の末流につ
ながる日野家の一族であり、元皇太后宮　大進《こうたいごうぐうのだいしん》の嫡子《ちゃくし》であり、その伯父が文章博士《もんじょうはかせ》だ
ったという家柄のせいだろう。
　しかし、善鸞はそんな身分にこだわる涼をいじらしくも感じ、また心から愛《いと》しくも
思っていた。

この女と、如信《もとのぶ》だけが自分の本当の家族なのだ、と思う。血のつながっているはずの父、親鸞《しんらん》も、越後《えちご》にいる母、恵信《えしん》も、他人のように感じられるのは、なぜだろう。

善鸞《ぜんらん》は親鸞の居間の前に片膝をついて、中の気配をうかがった。そっと戸をあける。

親鸞の寝息がきこえた。ときどき大きないびきをかき、すぐにまたかすかな息に変わる。

胸の鼓動《こどう》がはげしくなってきた。

〈もし親鸞さまが目をさましたら、どうしよう〉

そのときは、覚悟をきめるしかない。

正直に事情をうちあけ、義絶《ぎぜつ》してください、と、お願いする。すべてはそこで終わるのだ。親鸞がなにかいった。善鸞は息がとまりそうになった。

親鸞のつぶやきは、寝言《ねごと》のようだった。

「なむあみだぶつ」

と、いったようにもきこえ、そうでないようにもきこえた。暗い部屋の中で、親鸞が寝がえりをうつのが、感じられた。

やがて親鸞は、いつものを書いている机に背中をむけて、また寝息をたてはじめた。

文机《ふづくえ》の右側に、頑丈《がんじょう》な木箱がおいてある。申丸《さるまる》がいっていた文章《もんじょう》がその中にしまってあることは、善鸞も知っていた。

親鸞に気づかれずにそれをとりださなくてはならない。そして申丸に手渡し、夜が明ける前に、ふたたび木の箱にもどしておかなければならない。

それを引きうけてくれたら、これまでの銭《ぜに》のことはないことにする、と昨日《きのう》、申丸はいったのだ。

「こんどのことの礼は？」

と、もうひと押しすると、申丸は苦笑して、

「いかほど礼をすればよろしいので」

一貫文《かんもん》はほしい、と善鸞はいった。申丸は首をふって、

「五百文ならなんとかしましょう。ただし、その文章の件をちゃんと実行してくれた後に」

そのときのことを思いだして、善鸞は体がかっと熱くなった。かつてサルと呼びつけにしていた男から物乞《ものご》いあつかいされるとは。

しかし、いまは体裁《ていさい》をかまっているときではない。

善鸞《ぜんらん》は息をひそめて文机《ふづくえ》のところへ這《は》っていった。親鸞《しんらん》の寝息はつづいている。木箱をたしかめ、ふたをとった。指でさぐると、和紙をとじたぶあつい六部の文章《もんじよう》がふれた。

かすかに手がふるえている。

音をたてないように、ゆっくりと箱から文章をとりだした。

心《しん》の臓《ぞう》が破裂《はれつ》しそうだ。

用意していた布に文章をつつみ、箱にふたをして元の場所に押しやった。

自分がいま、なにをしているのか善鸞はわかっている。もし、まかりまちがえば、親子の縁が切れることになるだろう。

この家もでていかねばなるまい。涼《すず》がどれほど悲しむことだろうか。

善鸞があとずさりして部屋からはいだそうとしたとき、闇のなかに親鸞の声がひびいた。

「善鸞どのであろう。お待ちなさい」

善鸞の耳には、その声が雷の音のように大きく感じられた。

体がこわばって、返事もできない。

暗いなかで、親鸞のおきあがる気配があった。

「善鸞どの」

ふたたび親鸞の声がした。

「戸をしめて、こちらへ」

善鸞はごくりと唾をのみこんだ。うしろ手に戸をしめて、部屋の隅にうずくまる。

「いま、わたしはそなたにむかって、善鸞、とはよばずに、善鸞どの、といっている」

親鸞の声には、善鸞がこれまで耳にしたことのないような、ふかいかなしみの響きがあった。

「そなたも、わたしのことを父上、とはよばずに親鸞さま、という。実の親子でありながら、なぜそのようにかたくるしいあいだがらになったのだろうか。以前からそのことを、ずっと考えていたのだよ」

善鸞は頭《こうべ》をたれ、無言で親鸞の言葉をきいていた。親鸞は自分で自分の言葉を噛《か》みしめるように、ぽつりぽつりと語りはじめた。

「よいか、善鸞どの。わたしはそなたを自分の息子とは思っていないのだ」

「え？」

善鸞は思わず声をあげた。

「では、わたしは、やはり――」

「いや、ちがう。そなたが思っているようなことではない。善鸞《ぜんらん》どの、そなたはわたしと恵信《えしん》とが越後《えちご》に流されて、流人《るにん》の暮らしを送っていたときに生まれたはじめての子だ。血をわけたわたしの息子なのだ。しかし四歳のころに、京からたずねてきた葛《くず》山犬麻呂《やまいぬまろ》という商人《あきんど》に、そなたを托《たく》した。それは流人だったわたしの子として草深い田舎《いなか》で育てるよりも、都でさまざまな勉学の機会をあたえたかったからだ、と、自分では思うておる。しかし、ほんとうは――」

「ほんとうは、どうだったのですか」

親鸞《しんらん》はしばらくだまっていた。やがて黒い影が床《とこ》からでて、善鸞の前にひざまずいた。

「あれから何十年も、わたしは自分に問いかけてきたのだ。善鸞どの、いや、良信《よしのぶ》、許してくれ。ほんとうは、わたしは慣れない北国での暮らしの中で、幾人もの子を育てることが重荷に感じられていたのかもしれない。正直、よい話だと思うたのじゃ」

「でも――」

と、善鸞は口ごもった。

かすかな嗚咽《おえつ》の声が黒い影からもれた。

「しかし、善鸞どの、これだけは信じてほしい。越後から常陸《ひたち》へ移り住み、ふたたび都へもどってくるまで、わたしはそなたのことを思わぬ日はなかった。恵信はなおさらだっただろう。だが、わたしたちはそのことをお互いに口にしなかった。たぶん、それをさけていたのだと思う」

「嘘でしょう」

善鸞は思わず口走った。自分の言葉をとめようとしても、それができなかった。幼いころから頭をはなれなかった思いが、あとからあとから体の奥にわきあがってくるようだった。

「わたしのことを、いつも思っておられたなら、なぜ便りのひとつでも托《たく》してくださらなかったのですか。どうして弟や妹たちとは一緒にお暮らしになられたのですか。わたしと父上は、いえ、親鸞さまは、九年前に京へおもどりになられたときに、はじめて再会したのです。そのとき、父上、とおよびしようとしたら、親鸞さまはふと咎《とが》めるような目をなさいました。そのことをおぼえておいでですか。その日から、わたしたちは親でもなければ子でもない、と、わたしはさとったのです。親鸞さま、このわたしは、あなたにとって、一体どういう人間なのですか」

ながい沈黙がつづいた。やがて親鸞がいった。

「わたしとそなたとは、親でもなければ、子でもない。わたしはそう思っている。いや、そう思いたいのだ」

善鸞《ぜんらん》は親鸞《しんらん》の言葉の意味をはかりかねて、しばらく無言のままでいた。その沈黙をやぶって親鸞がきっぱりといった。

「善鸞どの。わたしはそなたのことを、ただの息子とは考えてはいない。この親鸞が一生をかけて信じつづけてきた真の念仏の、もっとも大切な担《にな》い手《て》だと思いたいのだ。ずっとそう願ってきたし、いまでもそう信じているのだよ」

善鸞には親鸞の言葉の意味が、よく理解できなかった。真の念仏の担い手だと? それはどういうことだろう。

親鸞はしずかに話しつづけた。水の流れるように、ひっそりした口調だった。

「仏の世界には、師とか弟子とかいうものはない。釈尊《しゃくそん》もはじめは身近な人びとと友達のように接しておられた。念仏の道もそうだ。それを同朋《どうぼう》という。兄弟、仲間という意味だ」

「おっしゃることが、よくわかりません」

善鸞はふるえる声でいった。

「それに、わたしはいま親鸞さまを裏切ろうとしているのです。親鸞さまがなによりも大切になさっていらっしゃる文章《もんじょう》を、ひそかにもちだそうとしているのですから」

「それをどうするつもりだったのか」

と、親鸞はきいた。善鸞は口ごもりつつ答えた。

「今夜中《こんやじゅう》、しばらくお借りしようとしていたのです」

「なんのために？」

「こみいった事情がありまして。お目覚めになる前には、またこっそりお返ししようと思っておりました」

「だれかがそれを読みたがっているのだな」

親鸞はひとりごとのようにつぶやいた。

「しかし、六部の文章にみじかい時間で一気に目をとおすことのできる者が、はたしているのだろうか。もしいるとすれば、信じられないほどの学識の持主《もちぬし》か、異常な天才にちがいない。おもしろい。善鸞どの、それをもってゆきなされ」

「え？」

善鸞は闇のなかで目をこらした。親鸞の表情ははっきりとはみえないが、その口調にはかすかに揶揄《やゆ》するような気配があった。

「かまわぬ。朝のうちに元のところへもどしておいてくれればよい。ただし、どこのだれがそれを読んだかを、ちゃんとたしかめて教えてほしいのだ。さ、はやくいくがよい」

「でも――」

「わたしは、すでに眠っておるのじゃ」

親鸞《しんらん》の影が横になった。すぐにかすかな息の音だけがきこえてきた。

善鸞《ぜんらん》は混乱したまま、しばらく身動きできなかった。やがて頭をふって気をとりなおすと、戸をあけて部屋からはいだした。

隣室の涼《すず》と如信《もとのぶ》の様子をうかがいながら、善鸞が裏口から外へでると、音もなく二つの影がちかづいてきた。善鸞をはさみこむようによりそいながら、一人の男が耳もとでささやいた。

「まず堀川《ほりかわ》へいく。急げ」

善鸞はいわれるままに人気《ひとけ》のない道を駆けた。

すこしはなれて、べつの男たちの影がひそかにその後を追っている。

中丸《さるまる》の店には灯《ひ》がともっていた。

船岡山《ふなおかやま》の夜明け

店にはいると、申丸《さるまる》がすぐに姿をあらわした。

「たぶん今夜あたりと思っておりましたが、やはり当たりでしたね」

頼んだものはもちだせましたか、と、顎《あご》をしゃくってきく。

「ここにある」

善鸞《ぜんらん》は手にさげた布包みをもちあげてみせながら、申丸にいった。

「これをわたす前に、ひとつ頼みがあるのだが」

「銭《ぜに》のほうなら、ちゃんと用意してございますよ」

「銭のことではない。この文章《もんじょう》を読もうという相手のところへわたしも一緒にいきたいのだ。読みおえるのをたしかめて、すぐに西洞院《にしのとういん》までもちかえらなければならない。たとえそなたが保証してくれたところで、大事な品から目をはなすわけにはいかないのでね」

「ほう」

申丸《さるまる》は腕組みしてかすかに笑った。

「こわい相手ですよ。いいんですか」

善鸞《ぜんらん》はうなずいた。

「命にかえても、かならずもちかえらなければならないのだ」

「いいでしょう」

申丸は店の入口でまっている二人の男に手で合図をした。二頭の馬の影が見えた。

「東国《とうごく》のつよい馬ですから、二人をのせてもちゃんと走るでしょう。では、急いだほうがいいですよ」

「どこへいくのだ」

「船岡山《ふなおかやま》へ」

申丸にせかされて店の前にでると、二人の男たちはすでに馬上にいた。

「この人も一緒におつれしてください」

申丸に尻をおされて、一頭の馬の鞍《くら》にまたがると、背後の男が鋭い声をかけた。たてがみを振りたてて、馬が猛然《もうぜん》と走りだした。

善鸞がふりおとされそうになるのを背後の男が巧みにささえながら、夜の町を疾駆《しっく》していく。

家々の影がとぎれると、暗い林をぬけ、小川をこえて、さらに駆けつづける。

行く手に丸みをおびた丘のすがたが浮かびあがってきた。見えない霊気のようなものを感じて、善鸞は身ぶるいした。

道がのぼり坂になった。

やがて暗い木立のなかに、山寺の影がうかびあがった。こぢんまりとした寺だが、どことなくものものしい気配がただよう。

丘の南面を切りひらいて台地とし、そこに寺をたてたらしい。かすかな灯《あか》りが建物からもれている。

善鸞をのせた馬は、庭に面した部屋の前でとまった。先にとびおりた男にうながされて、善鸞はよろめきながら馬からおりた。二人の男は馬をひいて、すぐに姿をけした。

「そなたはたぶん善鸞どのであろうな。じきじきにご持参なされたとは」

声がして、ゆれる灯りの中に人影がうかびあがった。

「わたしをご存じなのですか」

善鸞は僧形《そうぎょう》の人物にきいた。

「顔をあわせるのは、はじめてだが、いろいろそなたの話はきいている。とりあえず、こちらへ」

板張りの部屋には、ひとつだけ灯りがともっていた。二人は対面してすわった。

善鸞《ぜんらん》は文章《もんじょう》のはいった布包みを膝の上において、相手の顔をみつめた。色白の柔和な顔つきの老僧である。唇が女のように赤く、耳が大きい。

「いちおう名のっておこう。わしは、船岡山《ふなおかやま》の覚蓮坊《かくれんぼう》だ」

「お名前は耳にしております」

「なぜ、そなたまで一緒にこられたのか」

「だれが、どのようにこれを読まれるのか、ぜひ見とどけたく思いまして」

「ふむ」

覚蓮坊がうなずいて、

「よかろう。では、その文章をこちらへ」

そのとき、さきほど姿をけした男の一人が、覚蓮坊さま、と、庭先からよびかけた。

「今しがた、見張りの者が、山中にひそんでこちらの様子をうかがっておりました男たちを捕《と》らえてきたそうでございます。いかがいたしましょう」

「斬《き》れ。どうせ白河《しらかわ》の印地《いんじ》の手先だろう」

「逃《のが》れた者が一人いたようです。たぶん火矢《ひや》でもはなって、合図を送ったはず。これを機に、まもなく大勢でおそってくるかもしれませぬ」

「そなえはよいな」

「はい」

覚蓮坊は善鸞に微笑していった。

「では、拝見させていただこうか」

善鸞はいわれるままに布包みをひらくと、六部の文章をとりだして、相手の前におしやった。

「どうぞ、お目をおとおしください」

覚蓮坊は、うなずいて文章をひきよせた。

〈はたしてこれを読みとおすために、どれくらいの時間がかかるのだろうか〉

善鸞は相手の手もとを注視した。

一瞬、覚蓮坊の手がひらめいた。すばやく文章の表紙をめくると、つぎからつぎへと流れるように読みすすんでいく。読むというより、紙面の文字全体をひと目で見切ってしまう感じである。すでに一部の後半にさしかかっていた。

善鸞《ぜんらん》は、これほどはやく文字を読む人間をみたことがない。息もつがず、とぶように指先がおどる。たちまち一部を読みおえ、二部を手にとっていた。

「見事な書体だ。宋《そう》の新しい墨跡なども学んでおるのか」

感嘆するように覚蓮坊《かくれんぼう》がつぶやいた。すでに三冊目をめくっている。

「ん？」

と、覚蓮坊が途中で幾度か首をかしげた部分があった。

「やはりな。なるほど」

またたくまに六部の文章《もんじよう》に目をとおしおえると、覚蓮坊はうなずいていった。

「やはり、思ったとおりだった。この末尾にしるされている〈主上臣下《しゆじようしんか》、法にそむき義に違《い》し、いかりをなしうらみをむすぶ、云々《うんぬん》〉の言葉を、そなたはどう解《かい》される、善鸞どの」

「わたしは未熟者ですから、まだこれを読ませていただいてはおりませぬ。それに、もし読むことを許されても、理解できないことばかりでしょう」

それにしても、と、善鸞はあきれたようにいった。

「あなたは、いまの読み方で、書いてあることがおわかりになったのですか」

覚蓮坊はかすかに笑った。

「比叡山《おやま》で学んでいたときは、もっとはやく読めた。こうでもしないと万巻の経論《きょうろん》に目をとおすことはできないのでな」

善鸞は背筋をのばして一礼していった。

「では、これでお約束ははたしたわけですから、もちかえらせていただきます」

「それはならぬ」

「えっ？」

「この文章はあずかっておく」

覚蓮坊はまっすぐに善鸞の目をみていった。

「これは親鸞《しんらん》を罪に問うための大事な証拠。返すわけにはいかない」

「なにをおっしゃいます」

善鸞は悲鳴のような声をあげた。

「罪に問うとはどういうことですか。それにひと晩でかならず返すという約束だったではありませんか」

「中丸《さるまる》がどんな約束をしたかは知らぬが、この船岡山《ふなおかやま》では、わしのいうことにさからうことは許さぬ。帰って覚蓮坊に大事な文章をうばいとられたと、親鸞《しんらん》にそういうがよい」

「それでは盗人《ぬすびと》もおなじことだ」

「わしは天下の盗人さ」

覚蓮坊《かくれんぼう》はかすかな笑みをうかべていった。

「わかったか。わかったなら帰るがよい。素直にいうことをきくほうが身のためだろう」

覚蓮坊が手をたたくと、庭先から音もなく二人の男が姿をあらわした。

「この男を西洞院《にしのとういん》まで送ってやれ。さからったら斬《き》れ」

善鸞《ぜんらん》の腕を男たちがつかんだ。なにかいおうとしても、声がでない。ひきずられて庭におろされた。

「親鸞《しんらん》につたえておけ」

と、覚蓮坊が背後からいった。

「この文章のなかに菩薩戒経《ぼさつかいきよう》を引いて、こうしるしてある。〈出家の人の法は、国王に向かいて礼拝せず。父母に向かいて礼拝せず〉とな。この覚蓮坊は、それが親鸞の本心だと見てとったのだ。そういう謀叛人《むほんにん》を都においておくわけにはいかない。命がおしければ、すぐに京から去れ、そう覚蓮坊がいったとたしかに親鸞にいうがよい」

善鸞がようやく大声でさけんだ。

「返せ！　親鸞さまの文章《もんじょう》を返してくれ！」

庭にたおれた善鸞の顔を、片方の男が足でけった。鼻がつぶれて、血があふれでるのがわかった。

そのとき、がつん、と乾いた音がして、その男が地面にくずおれた。すぐにもう一人の男が、はじかれたように転がった。

一瞬、なにがおこったのか善鸞にはわからなかった。体をおこすと、数人の男の影が地からわいたように目の前にあらわれた。

「善鸞どの」

と、一人が耳もとでささやいた。

「堀川《ほりかわ》の常吉《つねきち》です」

暗いので相手の顔ははっきりとはみえない。だが、その声はたしかにききおぼえのある申丸《さるまる》の店の常吉老人のものだった。

なにかいおうとする善鸞の口を手でおさえて、ついてくるように、と身ぶりでしめす。

常吉のほかに、二人の男の影があった。

庭の木立をぬけ、草のおいしげった斜面にでると、体を低くしてはいのぼった。やがて大きな岩のあるくぼみにたどりついた。

「ここまでくれば大丈夫でしょう。いや、つかれた」

常吉《つねきち》は岩陰に腰をおろすと、善鸞《ぜんらん》を横にすわらせて、小声でいった。

「こちらの二人は味方ですから安心してください。白河《しらかわ》の印地《いんじ》の党の猫叉《ねこまた》どのと、そのお仲間です」

「いったいどういうことなのだ、常吉。いま、ここでなにがおころうとしているのか、わたしにはさっぱりわからないのだが」

「これには、じつはいろいろと深い因縁《いんねん》がありましてね」

常吉は善鸞に布をわたして鼻に当てさせると、どこか得意気な口調ではなしだした。

「善鸞どのは、車借《しゃしゃく》、馬借《ばしゃく》という者たちのことをご存じですよね」

「知っているというほどではない」

それが車をひいて荷をはこんだり、馬の売買をしたり、馬に荷をつんで各地を往来する職業であることは善鸞もわかっている。無法者としてときに蔑視《べっし》されることもあったが、一方で彼らに憧《あこが》れる女たちもいたらしい。

いろんな町を自由に行き来し、流行《はやり》の恰好《かっこう》をして、金づかいも荒かったからである。一種、独特の気風で、仲間たちの結束も固かった。

「このところその車借、馬借たちをたばねて、大きな勢力となっているのがこの船岡《ふなおか》山《やま》の覚蓮坊《かくれんぼう》です。あの人が首をたてにふらなければ、都では材木一本もうごかない。いまでは各地の船頭衆まであやつっているとか」

それがいまの事態とどういう関係があるのか、善鸞には見当がつかなかった。常吉はそんな善鸞の困惑を無視して話をつづけた。

「一方、京の都でながく威勢《いせい》をふるってきたのが、牛飼《うしかい》たちです。かぶろ頭で異様な風体《ふうてい》をし、人を殺《あや》めるほどの猛牛を自在にあやつる。侍《さむらい》たちもおそれる命しらずで、牛飼童《わらわ》とよばれる連中です」

善鸞は布で鼻をおさえながら、常吉の話をきいた。

ときどき堀川《ほりかわ》の申丸《さるまる》の店をおとずれた折りに、顔をあわせるくらいの知りあいである。無愛想な男だとおもいこんでいたが、それがいまは妙に饒舌《じょうぜつ》だった。

「むかしは都でも牛のほうが多く使われていました。ところが武士の勢いがますにつれて、馬の時代になる。うちの店でも先代のころは牛の商《あきな》いもやっておりましたが、いざ合戦となると、やはり馬ですから」

そこで次第に旗色の悪くなった牛飼勢が団結《だんけつ》してもり返そうと白河の印地の党の傘

下にはいったのだと、常吉《つねきち》は説明した。

「要するにこの船岡山《ふなおかやま》の覚蓮坊《かくれんぼう》は馬借《ばしゃく》、車借《しゃしゃく》らの守護神。一方で白河印地《しらかわいんぢ》の党は牛飼のケツ持ち。そういうことです。両方とも折りあらば相手を叩《たた》きつぶそうと機会をうかがっておりました」

「そんなことより、わたしは大変な失敗をしでかしたのだ」

善鸞《ぜんらん》は常吉の袖《そで》をつかむと、震える声でいった。

「じつは、父、親鸞《しんらん》さまの大事な文章《もんじょう》をうばいとられてしまったのだ。ひととおり目をとおすだけでよいといわれて、持ちだしてきたのだが、読んだあといきなり返さぬ、と相手がいいだした。力ずくでわたしからとりあげたのだ。このままでは、帰れない。どんなことがあっても、とりもどさなくては。命にかえても」

「大丈夫。なんとかします。じつはあるかたが、覚蓮坊が何やら悪いことを企《たくら》んでいるのを見抜かれたのですよ。それですぐ白河にそれを知らせたのです。これは船岡山をやっつけるいい機会かもしれない、と」

「あるかた、とは？」

「あるかた、です。そのかたは不思議な霊感をおもちですから、何もかもお見とおしなのです。そして、なぜか親鸞さまのことを、守ろうとお思いのようです。わたしがこんなことをしているのも、そのかたのためなら命でも投げだす気でいるからでして」

見ろ、と、横から男の一人がささやいた。

「やつら、白河の党が攻めてくるのを察して、守りを固めようとしているらしい。篝《かがり》火《び》をふやし、馬を引いてくる者たちもいる。それも、ただの馬ではないぞ。なんだ、あれは」

目の下の山寺の周囲に異常な動きがあった。

山門から堂宇《どうう》にかけての広場に、十頭以上の屈強《くっきょう》な馬たちがならんでいる。

篝火の光にてらされて、黒光りするその姿は巨大な怪物のように見えた。

頭部は長い面でおおわれている。胸から腹部にかけて、鎖帷子《くさりかたびら》のようなものを巻いていた。脚部は武者の脛当《すねあて》に似たもので守られている。長刀《なぎなた》で斬《き》りつけても、はね返されるだけだろう。

「ただの馬じゃない。あれは馬の化けものだ」

と、常吉がいった。

「あの体の大きさを見ろ。きっと東国《とうごく》から買いつけてきた合戦のための馬だ。あんなのに突っこんでこられたら、甲冑《かっちゅう》武者もふっとんでしまうぞ」

奇怪な馬たちの列から、白い湯気がたちのぼるのを、善鸞《ぜんらん》は悪夢のなかの光景のように見た。

「さきほどの火矢《ひや》を白河《しらかわ》のほうでは気づいたでしょうね、猫又《ねこまた》さん」

常吉《つねきち》の声がきこえた。

「もちろんだ。いまごろは、鴨川《かもがわ》をこえてこちらへ急いでいるはず。都の牛飼童《うしかいわらわ》らが続々とくわわって、何百人もの行列になるだろう」

「わたしにとっていちばん大事なのは――」

と、善鸞はいった。

「だましとられた大事な文章《もんじょう》を、どうとり返すかということだ」

「それも気がかりだろうが、こっちには勘太《かんた》がつれてきた仲間たちが、やつらに殺《や》られたことのほうが大事《おおごと》なんだよ」

猫又とよばれた男が、むっとした口調でいった。

「覚蓮坊《かくれんぼう》とかいう親玉の首に縄をかけて、法勝寺《ほっしょうじ》の八角九重塔《はっかくくじゅうのとう》につるしてやる」

「だいじょうぶですよ、善鸞どの」

と、常吉がささやいた。

「覚蓮坊を捕《と》らえれば、その文章とやらもとり返せるでしょう。外《ほか》のやつらは白河からの助《すけ》っ人《と》たちにまかせて、わたしは覚蓮坊だけを追うことにしますから」

松明《たいまつ》の火が、ゆれながら覚蓮寺《かくれんじ》のほうへ集まってくる。船岡山《ふなおかやま》の周辺だけでなく、あちこちから車借《しゃしゃく》、馬借《ばしゃく》たちが駆けつけてくるらしい。

寺のまわりを固める人影だけでも、すでに百人はくだらないようだ。

篝火《かがりび》の数がふえてきて、山寺が闇の中に漂うようにうかびあがって見える。

きたぞ、と、猫叉がいった。

善鸞は目をあげて、遠くをすかし見た。はるかかなたに、いくつもの松明の火がこちらに近づいてくるのがわかる。

猫叉が声をひそめていった。

「おまえさんたちは、ここを動くな。わしらは山中のどこかに逃げこんでいる勘太をさがしだす。火矢をあげるのは、あいつの役目だ。ほかの連中は殺られても、勘太はきっと生きている。生意気な男だが、印地《いんじ》の党の若頭《わかがしら》だからな。なんとしても、見つけださねば」

いい終わる前に、二つの影は消えていた。

覚蓮寺の前庭には、続々と男たちが集まってきつつあった。黒い馬群をとりかこむように人垣がたちまち厚くなっていく。ときおりキラリと光るのは、長刀《なぎなた》の刃先だろうか。

「覚蓮坊《かくれんぼう》は、たぶん外にはでてこないでしょう」

と、常吉《つねきち》がいった。

「万一のときには、寺の内部に用意されている抜け道から逃げだすはず。わたしは材木屋ですからね。建物の造作《ぞうさく》をみると、どの辺に仕掛けがしてあるか見当がつくんですよ」

常吉はしばらくだまって考えていたが、あの辺でしょうね、と、裏庭から急な崖になっているあたりを指さした。

「抜け道の出口は、たぶん、あの崖上です。内側から梯子《はしご》をのぼるようになっているはず」

「覚蓮坊を捕《と》らえれば、あの文章《もんじょう》がとり返せるのだな」

善鸞《ぜんらん》は唇をかみしめ、心のなかでつぶやいた。

〈どんなことがあっても、あの大事な文章をとりもどす。そして親鸞《しんらん》さまに自分が目にしたことを、くわしくお話しするのだ。覚蓮坊の言葉の一言一句もはぶかずに、すべてお伝えする。その上で、どこかが狂っているような覚蓮坊のことを警戒なさるようにおすすめしなければならない〉

長男として父をまもるために命を賭けるのだ、と、善鸞は思う。そう考えると、鼻の痛みなど気にならなくなった。これまで感じたことのない勇気が、体の奥からわきあがってくるような気がする。

「追え！」

という叫びが、突然、上のほうでおこった。木の折れる音や人の駆ける足音もきこえる。どうやら勘太《かんた》を見つけだした猫又《ねこまた》らが、追われて逃げているらしい。

常吉と善鸞は、岩の陰に身をふせて息をひそめ、じっとしていた。

やがて男たちの声や物音が遠ざかり、きこえなくなった。猫又たちは、はたしてうまく逃げおおせたのだろうか。

ふたたびつぶされた鼻の痛みがぶり返してきた。なんとか血はとまったようだ。

「ごらんなさい、善鸞どの」

常吉が耳もとでささやく。

「松明《たいまつ》や篝火《かがりび》がふえて、下の様子が手にとるように見えます。寺に集まってきた男たちが、童《わらべ》のような髪型《かみがた》をしたり、柿色の衣《ころも》をきたりしているのがおわかりですか」

「あれが車借《しゃしゃく》、馬借《ばしゃく》たちなのだな」

「そうです。百姓たちが一揆《いっき》をおこしたりするときもそうですが、徒党を組むときには、同じような恰好《かっこう》をすることが多い。しかし世間には、牛や馬をあつかう者たちをさげすむ人びとも少なくありません。うちの店も、いまでは堀川《ほりかわ》の材木商でとおっていますが、先代の犬麻呂《いぬまろ》さまのころは、牛馬の商《あきな》いもしておりました。そのことはご存じですよね」

「申丸《さるまる》は、そういう仕事から手を引こうとしたのだろう」

善鸞《ぜんらん》の言葉に常吉《つねきち》はふん、と鼻を鳴らした。

「世の中では、田畠《たはた》をたがやす以外の仕事は、ほとんど軽《かろ》んじられるのです。商人《あきんど》も、職人も、みなそうです。それはおかしいとは思われませんか」

善鸞はうなずいていった。

「海や河ではたらく者も、山で稼《かせ》ぐ者も、商いをする者も、田畠をたがやす者も、みな同じことだ、と親鸞《しんらん》さまが語っておられたのを聞いたことがある。わたしにはまだその本当の意味が、よくわからないのだが」

「そのうちにおわかりになるでしょう。なんといっても、あなたは親鸞さまのご長男ですから」

「そのわたしが、大きな失敗をした」

「いや、きっとなんとかなります。覚蓮坊《かくれんぼう》といえども、白河印地《しらかわいんじ》の党と争って勝てるわけはありません」

常吉は、頭をあげて東のほうを眺めた。

「いよいよですね。もうすぐ味方が寺の近くまでやってくるでしょう」

下に集まっている男たちのあいだに動きがあった。

横一列にならんだ馬たちの前に、長刀《なぎなた》や弓矢をもった男たちが人垣をつくった。戸板が何枚もはこばれてくる。印地の投石《とうせき》にそなえるつもりらしい。

山門に通じる坂の道を、ゆっくりと黒い影の群れがのぼってくるのを善鸞は見た。松明《たいまつ》の火が二手にわかれて、寺の建物をはさむようにじわじわと動いている。

「意外に人数がすくないようですね」

と、常吉が心配そうにつぶやいた。

「百二、三十ぐらいかな。寺のほうはその倍くらいでしょうか。それにあの馬たちもいる」

のぼってくる集団の動きがとまった。山門の前に、一人の男が地から湧《わ》いたようにあらわれた。

「おう、やつは猫叉《ねこまた》だ。うまく逃《のが》れて合流したのか。さすが猫叉」

常吉がうれしそうにいう。

猫叉《ねこまた》の声が、夜のなかにひびいた。

「わしらは、白河《しらかわ》の印地《いんぢ》の党だ。この覚蓮寺《かくれんじ》にはかねてから数々の遺恨《いこん》があったが、仲間まで殺《や》られたからには、今夜こそ決着をつけてやる。今後、都じゅうの牛飼《うしかい》の仕事に一切《いっさい》、口をはさまぬと約束をし、手下になればゆるそう。逆らうならば、たたきつぶすまでだ。どうする」

一瞬、間をおいて、寺を守っている男たちのなかから盛大な笑い声がおこった。

猫叉の言葉に答える者もいない。

笑い声がやむと、無気味な沈黙があたりをつつむ。

猫叉は身をひるがえして姿を消した。

山門の右手から、印地の党らしき白覆面《しろふくめん》の男たちが音もなくあらわれた。すばやい身のこなしで、寺の正面の道へなだれこむ。

それぞれが左右の手で、石をつつんだ白い布を風車のように回転させている。鋭い矢音をたてて、矢が光って飛んだ。ほとんどの矢は、印地たちの前でたたき落とされたが、何人かが体に矢をうけて地面にたおれた。

印地勢の第二陣が左側からすざまじい速さでとびだしてきた。布にゆわえつけられた石塊《いしくれ》が空をとぶ。音をたてて戸板が飛散した。

流星のように石、つぶてをあびせながら、さらに第三陣の手勢五十人ほどが一気に突進する。そのあとに、牛飼たちがつづく。

印地たちにもまして、牛飼たちの勢いははげしかった。

射《い》かけられる矢をものともせずに、棍棒《こんぼう》や手斧《ておの》をふりかざして躍《おど》りこんでいく。矢平然とふみこえて前進するのが牛飼の気風なのだろう。

山門のあたりで、入り乱れてのもみ合いとなった。長刀《なぎなた》の刃がきらめき、掛け声と悲鳴がとびかう。

数では劣っているが、寄せ手の猛烈な闘志におされて、守りの一角がくずれた。

「いまだ！　一気にいけ！」

と、寄せ手側から声があがった瞬間、なぜか車借《しやしやく》、馬借《ばしやく》たちが奇声を発して左右に逃《のが》れた。

それはあたかも計画されていたかのような動きだった。

寺のほうから、ヒュッ、と鋭い指笛《ゆびぶえ》の音が鳴った。すると夜のなかに、黒々とした馬たちの姿が、まぼろしのように浮かびあがった。

巨体をならべた馬たちが、ゆっくりと前にすすみでる。騎乗する者のいない馬だけの隊列である。

地面にたおれた篝火《かがりび》の明かりがゆれた。黒光りする武具に装《よそお》われた馬たちの凶々《まがまが》しい気配に寄せ手が思わずたじろいだとき、ふたたびヒュッと指笛《ゆびぶえ》が鳴った。

中央の馬が野獣のようにいななくと、うしろ脚で高くたちあがった。同時に小山のような馬たちが一挙に寄せ手におそいかかる。

印地《いんじ》と牛飼《うしかい》たちをはねとばし蹴《け》ちらしながら荒れ狂う馬たちの姿を、善鸞《ぜんらん》は岩陰から魔物をみるような思いで眺めた。

常吉《つねきち》のため息がきこえた。

「なんというやつらだ。あれは特別に仕込まれた馬です。これじゃさすがに印地の党も牛飼たちも逃げだすしかないでしょう」

ちりぢりになって逃れる男たちを、馬たちはうしろから巨体で突きたおし、蹄《ひづめ》でふみにじる。

また指笛の音がした。それを合図に馬たちがいっせいに駆けもどった。山門のあたりに男たちが集まって歓声をあげた。

「どうしよう」

善鸞はふるえる声で常吉にいった。

「こうなったら、わたしが寺にしのびこんであの文章《もんじょう》をとり返すしかない。常吉、なにかいい手はないか」

「さっき、命にかえても、と、おっしゃいましたね」

常吉の声には、からかうような響きがあった。

「命にかえても取りもどす、と。あれは本気ですか」

「もちろん。あの文章をとりかえさなければ、わたしはもう二度と、親鸞《しんらん》さまのところへはもどれないのだ」

「では、二人でやるしかないですね。わたしも覚悟をきめますよ。とりあえず、ここを動きましょう」

常吉のあとにしたがって、善鸞も岩陰からはいだした。生い茂る雑木《ぞうき》に身を隠して、すばやく寺の裏手へと回りこんでいく。

そこは蔦《つた》におおわれた崖になっていた。本堂の屋根と山門とが眼下《がんか》にみえる。

東の空が、かすかに白《しら》みはじめていた。比叡山《ひえいざん》から東山《ひがしやま》へとつづく山稜《さんりょう》が浮かびあがってきた。

「思ったとおりだ」

と、常吉がささやいた。

「ほら、見てごらんなさい。あの蔦《つた》の葉の陰に黒い穴があいてるでしょう。寺のどこかから、あそこへ秘密の抜け道がつながっているはず。逆にそこからもぐりこめば、寺にはいれます。覚蓮坊《かくれんぼう》をとっ捕《つか》まえて、文章《もんじょう》をとり返す。それしか方法はありません。でも、一《いち》か八《ばち》かの勝負ですからね。しくじれば、これ、ですよ」

常吉《つねきち》は手で首を切るまねをしてみせた。

「わたしには悪い病気があるのだよ、常吉」

と、善鸞《ぜんらん》がいった。

「勝負ときけば、かっと頭に血がのぼって、あとへは引けなくなるのだ。やってみようじゃないか。怖いけど」

常吉が、かすかに笑ったようだった。

そのとき、山門のあたりでざわめきがおこった。

「印地《いんじ》どもがまた攻めてきたぞ!」

「懲《こ》りないやつらめ! そんなに死にたければ、皆殺しにしてやる」

叫び声がおこり、鋭い指笛《ゆびぶえ》がひびいた。馬たちが、ふたたび隊列を組む。

こんどは馬たちを最前列に配し、弓矢や長刀《なぎなた》をもった男たちがその背後にしたがう構えのようだ。

善鸞と常吉は、崖の上に腹ばいになって、蔦の葉ごしに様子をうかがった。

山裾《やますそ》のほうから、白い煙がわきあがってきた。山門にむけてはいのぼってくる煙の中に、人影がかすかにうごめいている。

「ケムリがかりは、白河《しらかわ》の印地の最後の手のようです。これを破られたら、もう後がない。しかし、はたしてあの馬の怪物たちに通用しますかね」

まあ、無理でしょうな、と常吉はため息をついた。善鸞はかたずをのんで双方の動きに目をこらした。

山門のあたりには、巨大な馬たちがひしめきあっている。たてがみをふり乱し、前脚の蹄《ひづめ》でしきりに地面を掻《か》いて、飛びだす合図をまちかねている気配だ。どの馬も戦いたくてうずうずしているようにみえた。凶暴な戦意とあふれる自信が、陽炎《かげろう》のように馬たちの周囲に立ちのぼっている。

煙と人影が、地をはうように山門にちかづいていった。一頭の馬が合図の指笛をまちかねてうしろ脚で高くたちあがり、いなないた瞬間、煙の中からゆらりと異様なものがあらわれた。

六人の屈強な男たちにかつがれた木の輿《こし》である。屋根はない。板の台座の上に、赤い衣《ころも》をまとった仏像のような姿がみえた。

「あれは――」

と、常吉《つねきち》が驚きの声をあげた。あたりがしんと静まり返る。

石をこすりあわせるような奇怪な声が、その赤衣《あかぎぬ》の人物から発せられた。

一人の男が煙の中からふわりとあらわれた。力のある野太《のぶと》い声があたりにひびく。

「ここにおられるのは、白河印地《しらかわいんじ》の党の頭領《とうりょう》、弥七《やしち》さまだ。この猫叉《ねこまた》がお頭《かしら》の言葉をとりつぐ。ようく聞け」

猫叉の声は、善鸞《ぜんらん》の耳にもはっきりときこえた。

「覚蓮坊《かくれんぼう》よ。隠れていないで、でてこい。われらに屈伏して、以後、おとなしくすれば見逃してやる。ここでそれを誓って一札《いっさつ》いれればよし、あくまで逆らうなら本気で攻めるぞ。どうするか、姿をあらわして答えるがいい。そなたも天下の口入人《くにゅうにん》。隠れていては名がすたるだろう。さあ、どうする」

どこからか男の笑い声がきこえてきた。笑いがとぎれると、男の声がながれた。

「覚蓮坊はここにいる。姿をみせぬからこそ、覚蓮坊だ」

それは谺《こだま》のような声だった。どこでしゃべっているのか、まったく見当がつかないまま、覚蓮坊の声がつづく。

「いやしき牛飼《うしかい》や印地の身で、なにをいうのか。いくらツブテを打ったところで、こちらの馬たちには勝てぬ。その小汚い輿《こし》からおりて、手をついてあやまればよし、そうでなければ、もう一度この馬たちの蹄《ひづめ》にかけるまでだ。馬たちは踏み殺す相手がほしくて、ほれ、あのようにたけりたっている。白河の弥七とやら、どうやら長く生きすぎたようだな」

突然、覚蓮坊の声がけわしくなった。

「いまから十《とお》を数えるあいだに答えろ。われらの配下となるか、それとも馬たちの蹄にかかるか」

十《とお》、九《ここのつ》、八《やっつ》、七《ななつ》、と、覚蓮坊の声が数えた。

六《むっつ》、五《いつつ》、四《よっつ》、と、寺をとりまく全員の声がそれに和した。

善鸞は目をそむけ、耳をふさいで草のあいだに顔をうずめた。ちくしょう、と常吉のうめき声がした。

三《みっつ》、二《ふたつ》、と唱和《しょうわ》する声がたかまったとき、不意にその声が消えた。攻撃の合図の指《ゆび》笛《ぶえ》が鳴るかわりに、声にならない驚愕《きょうがく》の気配があたりを包んだ。

「なんだ、あれは」

常吉が息をのんでうめいた。善鸞もその声につられて頭をあげ、目をこらした。

弥七の輿《こし》の背後に、黒い異様なものが見える。たちこめる煙の中に見え隠れするそのものの姿は、ただ動く巨大な壁としか思われない。

ふたたび石をこすりあわせるような弥七《やしち》の声がひびいた。

猫又《ねこまた》がその奇怪な音を言葉にする。

「いまから六十年以上も昔のことだ。都にその名をうたわれた猛牛《もうぎゅう》がいた。逸物黒頭《いつぶつくろず》巾《きん》、という。世間に知られた越前牛《えちぜんぎゅう》だ。しかし、その黒頭巾さえおびえる悪牛《あくぎゅう》が一頭いた。牛頭《ごず》王丸《おうまる》とよばれたその牛こそ、天下一の怪物だった。その両者が対決することになったとき、わしは牛頭王丸にツブテを打った。都の牛飼《うしかい》たちは、二頭が戦えば、どちらかが殺されると知っていたからだ。そこで頼まれてわしがそれをとめたのだ。おかげで人死《ひとじに》はでたが、希代《きたい》の猛牛二頭は生きのこった。いま、ここにその二頭の血を引く末裔《まつえい》たちが勢ぞろいしている。よく見るがよい。これがその牛たちだ」

「すげえ」

常吉《つねきち》が喉《のど》につまったような声をあげた。

「逸物黒頭巾と悪牛牛頭王丸といえば、名前をきいただけで皆がふるえあがるような暴れ牛だったのですよ。その血をひいた牛たちが集められていたとは。ごらんなさい、あれは牛なんてものじゃない。怪物だ」

善鸞《ぜんらん》は息をころして、煙の中からあらわれてくるものたちの姿をみつめた。

それは巨大なだけではない。異様な体型をもった牛たちだった。

太い角は左右に大きく広がり、先端は鋭くとがっている。顔は鉄の楯《たて》を思わせる角ばった方形《ほうけい》である。首はほとんどない。

地をはう煙の奥から、一頭、また一頭と、それらはゆっくり姿をあらわしてきた。ぜんぶで五頭。

散歩でもするように平然と山門のほうへちかづいていく。

寺のほうでざわめきがおこった。おびえたように馬たちがいななく。後ずさりする馬もいた。

「矢をはなて！」

叫び声とともに、いっせいに矢が飛んだ。

先頭の牛に、五、六本の矢がつきささった。だが、その牛は平然と前へすすんでいく。ぶるん、と身震いすると、巨体にささった矢が一気にはねとんで地面におちた。

そのとき鋭い指笛《ゆびぶえ》の音がひびいた。

一瞬、たじろいだ馬のなかから、数頭が狂ったように牛たちに突進した。両者がはげしくぶつかりあう。

一頭の牛が、低く構えた角を軽くひとふりすると、体当たりしていった馬が空中に突きあげられ、空をとんで、どっと地上にたたきつけられた。馬たちはすでに戦意を失っていた。前脚を高くあげて威嚇《いかく》しようとした一頭の馬が牛の角で腹部を一撃され、ぶざまにひっくり返る。

牛たちのほうは、足どりも乱さず、悠々《ゆうゆう》と山門にちかづいていく。なにごともなかったかのような牛の態度が、かえって無気味だったらしく、守り手側の馬も人も、いっせいに逃げはじめた。

そのとき、寺の本堂のあたりから勢いよく火の手があがった。

「勝負がつきましたね」

と、常吉《つねきち》がいった。

「あとは覚蓮坊《かくれんぼう》を捕《と》らえて、大事な品をとり返すだけです。さあ、いきましょう」

生い茂る蔦《つた》の茎《くき》を手さぐりしながら、常吉が黒い穴をめざして崖をおりていく。善鸞《ぜんらん》もそのあとにつづいた。

それは、大人ひとりが這《は》って通りぬけられるようなせまい穴だった。濡れた土の手ざわりが気味が悪い。湿気が肌にじっとりとまつわりつく。

まっ暗ななかを四つんばいになって進んでいくと、首すじに何か虫のようなものが吸いついてきた。山蛭《やまびる》かもしれない。善鸞はぞっとして、口の中がからからになった。

　前をいく常吉の動きが、一瞬とまった。

「つきあたりです。ここから下のほうへは梯子《はしご》になりますから、気をつけておりてください。途中でのぼってくる奴《やつ》らにであったら、蹴《け》おとしてやりましょう」

　善鸞は一段ずつゆっくりと木の梯子をおりていった。途中で片足がすべって、常吉の頭にあたった。

「すまぬ」

「しっ」

　梯子をおりて、さらに横穴をたどると、いきどまりは一間四方《けんしほう》ほどの小部屋だった。引き戸のすきまから、ゆれる明かりと、いがらっぽい煙がもれてくる。

　不意に音をたてて引き戸があいた。布の包みを胸にだいた男の影が、燃えあがる焔《ほのお》を背に浮かびあがった。常吉たちの姿をみて、一歩あとずさる。

「きさまら――」

　その声は、たしかに覚蓮坊のものだった。

「お待ちしてましたよ」

　と、常吉が静かな口調でいった。いつのまにか光る刃物を腰だめにかまえている。

反《そ》りのない幅広の小刀《しょうとう》だった。

「善鸞《ぜんらん》どのをだまして大事な文章《もんじょう》をよこどりなさるとは。これでは、善鸞どののお立場がございませんでしょう」

「中丸《さるまる》の店の者が、なぜわしにさからう」

「わたしは先代の犬麻呂《いぬまろ》さまにおつかえした者でして」

常吉《つねきち》の言葉の終わらぬうちに、覚蓮坊が思いもよらぬ素早《すばや》さで常吉の顎《あご》に大きな蹴《け》りをいれた。ヒュッと風が鳴るような鋭いうごきだった。常吉が顔をそらせてその蹴りを紙一重でさけた。

しかし、常吉のその反応を読んでいたかのように、覚蓮坊が回転した。反対の足の踵《かかと》が常吉の脇腹に激しくくいこむ。どさっと固い音がした。

「お坊さまにしちゃ、やりますね」

常吉が笑った。

「でも、わしらは材木をあつかう商売ですから、日ごろから当たった打ったは慣れっこです。さあ、おとなしくその包みをこちらにお渡しを」

常吉は刃物をゆっくりと動かしながら、じりじりと覚蓮坊《かくれんぼう》との距離をつめていく。

善鸞も隙《すき》をみて覚蓮坊に組みつこうと、腰をおとして身構える。

「渡さぬ、といったらどうする」

覚蓮坊があざ笑うようにいった。

「そのときは仕方がありません。刺し殺して品物をとり返すしかないですね」

覚蓮坊の背後で、一段と火勢《かせい》がつよまった。パチパチと火のはぜる音がおこり、焔《ほのお》が生きもののように床をなめて広がっていく。一体の仏像が火に包まれて、どさっと倒れおちた。煙と熱で、息がつまりそうだ。

「よかろう。では、この文章を手放す。さあ、受けとるがいい」

いい終わらぬうちに覚蓮坊は身を沈めた。文章の包みを勢いよく背後に投げこむ。白い布包みが燃えさかる焔のどまんなかに弧を描いて飛び、どっと焔がゆらいだ。

「あっ」

「なにをする！」

善鸞と常吉が呆然《ぼうぜん》とたちすくむ一瞬の隙《すき》をついて、覚蓮坊が風のように脇をすり抜けた。年を感じさせない猿《ましら》のような身軽さだった。それを追おうとする常吉の腕を、善鸞が必死でひきもどした。

「文章が燃える！」

善鸞は大声でさけんだ。

「親鸞《しんらん》さまの大事な文章《もんじょう》が——」

そのとき善鸞《ぜんらん》の頭のなかは、真っ白だった。どんなふうに動こうかとか、何をすればよいかとか、そんな計算はまったくなかった。ただめらめらと燃えあがる火の中の包みに心が吸いよせられていくだけだった。包みはすでに燃えあがっている。

「善鸞どの！」

常吉《つねきち》が叫ぶまもなく、善鸞は噴きあげる焰《ほのお》のなかに飛びこんでいた。髪が燃える。小袖《こそで》が燃える。肉が焼ける。文章の包みは、ひときわはげしい火柱《ひばしら》の中にあった。白い布包みが輝くように燃えている。

善鸞は体ごと布包みに向かっていった。両腕で包みを抱きしめ、その上に身を投げるようにおおいかぶさった。

「善鸞どの！　善鸞どの！」

自分の名をよぶ声で、善鸞はふっと意識をとりもどした。

夜明けの空に、血の色をした雲がながれている。ふり返ると船岡山《ふなおかやま》のあたりに白い煙がたちのぼっているのが見えた。

体がゆれている。視界がさだまらず、全身が痛い。焼けこげた布包みを両手で固くだきしめたまま、気を失っていたらしい。

「もう大丈夫です、善鸞どの」

常吉の顔が目の前にあった。煤《すす》だらけのぼろ屑《くず》のような顔だ。

「いきなり火の中へ飛びこむとは無茶なお人だ。その包みをかかえたまま、松明《たいまつ》みたいに燃えあがりかけていたのですよ。なんとか片足をつかんで引きずりだしましたが、あぶないところでした」

「そなたが助けてくれたのだな、この文章といっしょに」

「そうです、命の大恩人ですよ。なんとかかつぎだして川岸まで運び、運よくもやってあったこの舟を無断拝借したという次第《しだい》。まもなく堀川《ほりかわ》の店に着くでしょう。それにしても、かなり火傷《やけど》がひどいですね」

耳にふれると、べろりと皮膚がむける感覚があった。衣服も焼けこげ、異臭《いしゅう》をはなっている。顔も痛い。おそらく眉毛も、髪も燃えたのだろう。

しっかりとかかえている布包みは、三分の一ほどが焼けて、中の文章が露出していた。それでも、中身までは火に触れてはいない。

「なにはともあれ、親鸞さまの大事な文章をとり返すことができたのは、ようございいました」

「そなたのおかげだ。この恩は一生忘れはせぬ。常吉《つねきち》どの」

「どの、は余計でしょう」

常吉は笑って手をふった。竹の棹《さお》をつかって巧みに小舟を流れにのせていく。

「申丸《さるまる》の店に着いたら、そなたはどうする」

「わたしはこっそり裏から忍びこみますから、申丸どのに事の次第をそのままお話しなさい。ただし、わたしはいなかったことに。主人には内緒で動いてますのでね」

「わかった」

朝の光のなかに家並《やなみ》や、つらなる山々や、寺の塔などがくっきりと見えてきた。自分は生きている、と、善鸞《ぜんらん》は思った。

竜夫人《りゅうぶにん》の秘密

今夜の竜夫人の姿は、いつにもまして艶《あで》やかだった。高く結《ゆ》いあげた髪に、見事な細工の珊瑚《さんご》の櫛《くし》をさしている。

春先に牛の乳のように白かった肌は、いま薄桃色にかがやき、ぽってりとふくらんだ唇は熟《う》れた果実を思わせて朱《あか》い。

琥珀《こはく》の腕輪が、手を動かすたびに柔らかな音をたてる。胸のふくらみの豊かさを、常吉《つねきち》は体の芯《しん》がしびれるような思いで盗み見た。

〈さすが宋《そう》の色町で磨《みが》かれたお方だけのことはある〉

船岡山《ふなおかやま》の出来事から二日目の深夜だった。一刻でもはやく竜夫人に報告しなければと思いながらも、さすがに疲れはてていたのだ。覚蓮坊《かくれんぼう》の鋭い蹴《け》りを受けた脇腹は紫色にはれあがっているし、あちこちにある火傷《やけど》の跡《あと》も見苦しい。

〈この年齢《とし》になっても――〉

と、常吉《つねきち》は鏡をみながら自嘲する気持ちがあった。竜夫人《りゅうぶにん》にお目にかかるときはいつも薄い髪をととのえ、こざっぱりした恰好《かっこう》をと心がけずにはいられないのだ。

〈これが恋というものか〉

独り身でとおした今日までの歳月は、この年になって竜夫人に出会ったことで十二分にむくわれていると思う。こうして向きあっているだけでも幸せなのだ。

「ひどい顔をしている」

と、竜夫人が緞通《だんつう》の上に正座した常吉をみていった。竜夫人は瑪瑙《めのう》を飾った小卓に盃《さかずき》をおいて、豹《ひょう》の毛皮をしいた長椅子にゆったりと坐《すわ》っている。

「船岡山《ふなおかやま》では、相当いたい目におうたようじゃな」

「はい」

「一応のことは、すでに耳にしておる。白河《しらかわ》の生き仏、弥七《やしち》どのまで、みずから乗りこまれたとか」

「びっくりいたしました。すでに齢《よわい》九十をこえられていると聞いておりましたが」

竜夫人はうなずいて盃を口にはこんだ。

「後白河法皇《ごしらかわほうおう》さまのころは、牛飼《うしかい》たちが世間の花形だった。これからはやはり車借《しゃしゃく》、馬借《ばしゃく》の時代だ。世の中は変わるのだよ、常吉」

「さようでございます。しかし、こんどの騒ぎは、斜陽の牛飼たちが車借、馬借の勢力に一矢《いっし》むくいたということでしょうか」

「最後の意地をみせたのかもしれぬ。白河の印地《いんじ》の党にとってもな」

「は？」

常吉はけげんそうに竜夫人を見あげた。

白河の印地の党と竜夫人は、どこかで深いつながりがある。ひょっとしたら頭《かしら》の弥七という男とは、人の知らない縁《えん》でむすばれているのではあるまいか。

常吉は以前からそんなふうに感じていた。だから、竜夫人の突《つ》きはなすような物言いが、意外だったのだ。

「では、白河の印地の党の先行《さきゆ》きも――」

「このままでは、弥七どのが死んだら終わりであろうな」

竜夫人は淡々とした口調でいった。

「あの立派な印地御殿《ごてん》をたてた時点で、すでに印地の時代は過ぎているのだろう。もはやツブテを投げて戦う時代ではあるまい」

「たしかに」

だから白河の印地の党は、わたしと組んで活路《かつろ》を見出《みいだ》そうとしているのだ、と竜夫人はいった。

「活路《かつろ》と申しますと？」

常吉《つねきち》の問いに竜夫人《りゆうぶにん》は婉然《えんぜん》と笑って答えた。

「職人や商人《あきんど》たちの用心棒をつとめてもたかがしれている。公家《くげ》や武家の手先となったところで所詮《しよせん》は雑兵《ぞうひよう》だ。だから若頭《わかがしら》の勘太《かんた》とその仲間たちは、これまでの印地《いんぢ》の党のつながりを生かして、新しい商《あきな》いをはじめようとしているのだよ」

新しい商い、というのは、なんでございましょう、と、常吉はきいた。

そなたの主人の申丸《さるまる》がたくらんでいるのとおなじ道さ、と竜夫人はいった。

「銭《ぜに》が銭を生む商い、といえばわかるだろう」

「金貸し、でございますか」

「金貸し、といってしまえば話がちいさくなる。その辺の町の借上《かしあげ》たちとはわけがちがうのだ。そなたにはわかるまいが、とほうもない大きな商いなのだよ」

たしかに常吉には見当がつかない世界がある。主人の申丸がくわだてているのも、その世界に乗りだそうということなのだろうか。

竜夫人の声がつづいた。

「覚蓮坊《かくれんぼう》とそなたの主人の申丸が手を組んだのも、そのためさ。申丸は南都《なんと》北嶺《ほくれい》の巨大な財力《ざいりょく》を差配《さはい》する覚蓮坊の助けをかりて、借上たちをまとめる座《ざ》をつくろうとたくらんでいるのだよ」

「では、竜夫人さまは、なにをなさろうと？」

常吉は口ごもった。これまで一度もそんな立ち入った質問をしたことはなかったからだ。

竜夫人は、しばらく答えなかった。卓上の盃《さかずき》に酒をつぎ、ひと口飲んだ。白い喉《のど》が鳩《はと》の胸のようにふくらむのを、常吉はほうけたように眺めた。やがて盃をおくと、竜夫人はいった。

「わたしは人買いの手によって異国に売られた女だ。遊里《ゆうり》で働くうちに、幸運にも竜《りゅう》大人《たいじん》に見出《みいだ》され、やがて商いの道に入った。こうして日本にもどってきたのは、ただ故国《くに》が懐かしかったからではないのだよ」

竜夫人は目を閉じて、なにか物思いにふけっているようだった。常吉は膝《ひざ》に手をおいて、竜夫人の言葉に耳をすませた。

「竜大人がいつもわたしにいわれていた言葉が忘れられない。日本はすばらしい国だ、と竜大人はいっておられた。人びとは勤勉《きんべん》で我慢づよい。礼儀ただしく、正直だ、と。しかし、それは竜大人の買いかぶりであろう。この国は実際には貧しく、飢《き》覲《きん》のたびに人買いが横行し、領主や代官たちは苛酷《かこく》な年貢をとりたてる。わたしはこの国をもっと豊かで、のびのびと人が暮らせる国にしたいのだ。そのためには、宋《そう》やそのほかの国々と、自由に往来し、商《あきな》いをする道をひらかねばならぬ。港々に異国の船がおとずれ、道に人が倒れ死ぬようなことのない世の中になるよう、なにか力をつくしたい。身分や、弓矢が人びとを支配する世の中は、いやなのだ。常吉《つねきち》、わたしの口からはうまくいえないが、わかってくれ。こんな話を二度とすることはないだろう。異国に売られた女の、見はてぬ夢と思って忘れてほしい。よいな」

「はい」

常吉はふかぶかと頭をさげた。竜夫人《りゅうぶにん》のいっていることが理解できたわけではない。ただ、目の前の竜夫人が、より大きく、より魅力的に感じられてくるのである。

つかのま沈黙がつづいた。

ところで、と、竜夫人がいった。

「覚蓮坊《かくれんぼう》はとり逃がしたのか」

「残念ながら、大事なものを取りもどすだけで精一杯《せいいっぱい》でございましたので」

「善鸞《ぜんらん》どのは、無事にその文章《もんじょう》を親鸞《しんらん》さまにお返しできたのだな」

「はい。かなりひどい火傷《やけど》をおわれましたが」

竜夫人は、なにごとか考えこむ様子だった。

「どうやら、わたしのもくろみは失敗したようだ」

と、竜夫人がひとりごとのようにいった。

「こんどの争いで、印地《いんじ》の党は車借《しやしやく》、馬借《ばしやく》らの勢いをくじき、世間に威勢を示した。それはそれで意味がないわけではない。しかし、船岡山《ふなおかやま》の寺は焼いたが、肝心《かんじん》の覚蓮坊をとり逃がしてしまった。わたしが本当に望んだのは、あの男を殺すことだったのに」

美しい唇から、殺す、という露骨な言葉がはかれたことに、常吉はびくっとした。だがそれは不快さではなく、その逆の、むしろ刺戟《しげき》的な快感でさえあった。

「申し訳ございません。わたくしの油断でございました。いつか必ず、やつの首を――」

「首、だと？」

竜夫人は目をみはり、一瞬、体をふるわせた。頬がぴくぴく引きつるのを、常吉はうろたえながら見た。豊かな胸が大きく波うっている。

しばらくして、竜夫人は気をとりなおすようにため息をついていった。

「常吉、そなたはわたしが好きか」

常吉《つねきち》は敷物の上に手をつき、頭をすりつけた。

「はい。申し訳ございません」

「謝ることはない。わたしもそなたが好きだ。ただし、男としてではない」

「はい。申し訳ございません」

常吉は同じ言葉をくり返すだけだった。

「竜夫人《りゆうぶにん》さまのためなら、命を捨ててもよいと思っております」

しぼりだすような声で常吉はいった。

「わかっておる」

竜夫人は体をかたむけ、手をのばして、常吉の肩においた。

「よいか、常吉。わたしはさきほど、この国に帰ってきた理由《わけ》をもっともらしく話した。だが、あれは自分に対する言いわけのようなものだ。心の底にあるのは、怨《うら》み、なのだよ」

「怨み、でございますか」

常吉は意味がわからないままに、その言葉をくり返した。

「そうだ。世の中を力で牛耳《ぎゆうじ》っている連中への私怨《しえん》なのだ。身分とか、武力とか、権威とか、そんなものでこの小さな国を支配しているやつらを、憎んでいるのだ。覚蓮《かくれん》坊《ぼう》は、その手先にすぎぬ。あの男が西洞院《にしのとういん》の親鸞《しんらん》さまを憎んでいるのはなぜか、しっているであろうな」

竜夫人の問いに、常吉は首をふった。

「覚蓮坊が親鸞さまに敵意をいだいているらしいことは、わかりました。しかし、その原因《わけ》についてはまったくわかりません」

「若いころ、覚蓮坊は親鸞さまを愛していたらしい」

と、竜夫人はいった。

常吉はその言葉の意味を、すぐには理解できなかった。竜夫人はつづけた。

「仏門ではなにもめずらしいことではない。公家《くげ》でも、武家でも、当たり前のこととして通っておる。十代の覚蓮坊、そのころ良禅《りょうぜん》といった少年僧が、たのもしい先輩に本気で恋をしただけの話だ。当時、親鸞さまは範宴《はんねん》という名だった。しかし、少年僧のひたむきな思いは、親鸞さまには通じなかったようだ。おそらく、あっさりと拒絶されたのであろう。名門の出で、美貌《びぼう》と学才にめぐまれた誇り高き少年にとっては、そのできごとは、生涯の屈辱として心にきざまれたにちがいない」

「わたくしには、わかりませぬ」

常吉は首をふった。

「愛していたのなら、なぜいま——」

竜夫人《りゅうぶにん》が、かすかに笑った。

「愛は裏切られたときに、憎しみに変わる。それでいて、愛する思いは消えない。覚《かく》蓮坊《れんぼう》は自分をあっさりと袖《そで》にした相手を憎んでいるのだ。それでいて、まだ断ち切れない気持ちは残っている。五十年以上も一筋《ひとすじ》に親鸞《しんらん》さまのことを思いつづけてきたのだ。そして今も愛憎《あいぞう》こもごもの心をいだいて親鸞さまをみつめておる」

しばらく沈黙がつづいた。

やがて常吉《つねきち》が小声でたずねた。

「では、あの覚蓮坊は、親鸞さまをどうしようとたくらんでいるのでしょうか」

「やつは親鸞さまに期待をしているのだよ」

「期待？　どのようなことを」

「覚蓮坊は一度は自分が愛した男に、大業《たいぎょう》をなすことを願っているのだ。法然上人《ほうねんしょうにん》以上の大きな仕事を」

「よくわかりませぬ」

「親鸞さまが京にもどられてから、やがて十年がたつ。それでも親鸞さまは家にこもって、じっとして動かれぬ。例の文章《もんじょう》に手を入れ、ときたま訪れてくる念仏者たちと語りあい、孫をいつくしむ日々をおくっておられる。月に一度、亡き法然上人を偲《しの》ぶ会にひっそりと参加されるくらいだ。覚蓮坊には、それが許せないのだろう」

そなたも一杯どうだ、常吉、と竜夫人は酒をすすめた。

「いえ、わたくしは結構です。それよりも、もっとお話をきかせてください」

なにをききたい、と竜夫人は微笑した。

「そなたがききたいのは、わたしがなぜこうも親鸞さまのことにこだわるか、ということであろう。ちがうか」

常吉はうなずいた。

「さきほどおっしゃっていた私怨《しえん》と、なにかかかわりがおありで？」

「ある」

竜夫人はおだやかな口調で話しだした。

「常吉、そなたは今から三十六年前の二月、六条河原《ろくじょうがわら》で首を斬《き》られた念仏者がいたことをおぼえているか」

「はい。わたしが四十二歳の春でございました。あの日は鴨《かも》の河原《かわら》に多くの見物人がおしかけたとか」

「大変な事件だったのだ。後鳥羽上皇《ごとばじょうこう》の怒りをかって、専修念仏《せんじゅねんぶつ》の者四名が死罪、法《ほう》然上人《ねんしょうにん》はじめ弟子七名が流罪《るざい》となった。親鸞《しんらん》さまが越後《えちご》に流されたのもそのときであった」

常吉《つねきち》は竜夫人《りゅうぶにん》の頬がしだいに紅潮してくるのを、息をのんでみつめた。

「専修念仏への弾圧は、これまでにもいくたびか行われている。しかし、そのときの処置はただごとではない。きちんとした手続きもとらずに斬首《ざんしゅ》とは」

竜夫人の声には、おさえきれない怒りがこもっていた。常吉は体をこわばらせて、その言葉をきいた。

「あの処刑の裏には、卑劣なたくらみがあったとわたしは思っている。上皇《じょうこう》が熊野《くまの》へ旅されている間に、寵愛《ちょうあい》されていた女官ふたりが無断で夜中《やちゅう》の念仏会《ねんぶつえ》に参加した。しかもそのまま宮中にもどらず、残って念仏の尼となったという。上皇が激怒されたのも当然だろう。しかし、そのいきさつは本当だろうか」

常吉は眉をひそめた。

「と、申しますと、なにかその話には裏があるとでも?」

竜夫人はうなずいた。

「よいか、常吉。この話は他言無用だ。よいな」

「はい」

「わたしはわけあって、その念仏会を催した者の一人から真実をきいたのだ」

竜夫人の目の中に、火のようなものが燃えているのを常吉は見た。

「あの松虫《まつむし》、鈴虫《すずむし》という二人の女官たちの行為がなければ、死罪とまではいかなかっただろう。上皇を逆上させ、その怒りに乗じて無法の極刑を行わせようとする陰謀があったのではないか。わたしはそう考えている。そのあげく、あの人は河原《かわら》で首を斬《き》られた」

「あの人、でございますか」

「そうだ。わたしは、安楽房遵西《あんらくぼうじゅんさい》という真の念仏者の首が河原に転がるのを、この目でみたのだ」

竜夫人の胸が、大きく上下に波打っていた。鼻孔はひろがり、赤い唇の間からはげしい息がもれている。

「わたしはさきほど、竜大人の夢を実現するためにこの国へもどった、と、そなたに話した。それは嘘ではない。そして、自分の夢でもある。しかし、その前にわたしは私怨《しえん》をはらさなければならないのだ。いったい誰があの女官の信仰心を利用して破廉《はれん》恥《ち》な事件をでっちあげたのか。それを実行した者たち、それを指示した者どもを、わたしは許さぬ。その陰謀にかかわった者たちの首を、鴨《かも》の河原に並べてさらしてやる。常吉《つねきち》、ここまで話したからには、そなたも後へはひけまい。覚悟はできているであろうな」

「はい」

常吉はきっぱりと答えた。

「どうせ残りすくない身でございます。竜夫人《りゅうぶにん》さまのために、この老骨、そっくりおあずけいたします」

「常吉──」

竜夫人は椅子《いす》をおり、常吉のそばに膝《ひざ》をついて、陶器のようなすべすべした手で常吉の手を包みこんだ。

「ひとつうかがってもよろしゅうございますか」

常吉はきいた。

「なんだ?」

「竜夫人さまは、親鸞《しんらん》さまのお味方なのですね」

「陰ながらお守りしようと願っているのだ。それ以上のことは、聞かないでくれ」

「わかりました」

常吉は頭をさげた。体じゅうに幸せな気持ちがあふれ返っていた。きょうまで生きてきてよかった、と心からそう思う。
竜夫人の手に包まれた自分の手が、熱く燃えているようだった。

美しい五月《さつき》の朝に

さわやかな風が吹いている。

西洞院《にしのとういん》の親鸞《しんらん》の居間にも、あかるい朝の光がさしていた。

「親鸞さま」

部屋の外で涼《すず》の声がした。

「それでは、でかけてまいります。如信《もとのぶ》の姿をひと目、見てやってくださいませ」

親鸞は筆をおいてたちあがった。書きさしの文章《もんじょう》を箱におさめて、部屋をでる。

涼たちはすでに家の前にいた。善鸞《ぜんらん》と、涼と、如信の三人がつれだって、五月の光の中に立っている。

如信は黒い髪を背中のほうで丈長《たけなが》にくくり、藤色の水干《すいかん》を着て、いかにも凛々《りり》しい少年ぶりだ。

涼もあたらしい浅葱《あさぎ》の小袖《こそで》に、緒太《おぶと》の草履《ぞうり》をはいている。手に笠《かさ》をもって立っている姿が、まるで絵のように美しい。ゆきかう男や女が、はっとしたようにふり返っていく。

それにくらべて、善鸞はひどい恰好《かっこう》をしていた。着ているものこそこざっぱりしているが、黒い頭巾《ずきん》ですっぽりと顔をおおい、手にも白い布を巻いている。火傷《やけど》の跡を隠すためだろう。

「では、いってまいります」

と、涼が笑顔で頭をさげた。

「いってまいります」

と、如信も素直に声をはりあげた。

善鸞だけがぶすっとしている。端午《たんご》の節会《せちえ》に涼の実家をたずねることが、気が重いのだろう。

三人のうしろ姿を見送っていると、いつのまにか唯円《ゆいえん》がそばにいた。

「本当に絵のように、美しゅうございますね」

と、ひとりごとのように唯円がつぶやく。

「なにがだ」

と、親鸞が微笑しながらきいた。唯円という若い男の、いつまでたっても東国《とうごく》の訛《なま》りが抜けないところを、親鸞《しんらん》はおかしくも、好ましくも思っていた。常陸《ひたち》から京へやってきて、もうかなりの年月がたつのに、唯円《ゆいえん》はまったく都の風《ふう》になじまないままなのだ。

「なにもかもが、美しゅうございます」

唯円は同じ言葉をくり返した。

「五月《さつき》のこの端午《たんご》の節供《せっく》は、町中にいい匂いがしますよね。朝はやく、すこし歩き回ってきたのですが、富める家はもちろん、ひどく貧しい家々まできのうは屋根に菖蒲《しょうぶ》を葺《ふ》き、よもぎをさしておりましたから、その爽やかな残り香《が》がなんともいえませぬ」

「そういえば、この家の軒端《のきば》にも菖蒲とよもぎが残っている」

親鸞はふり返って、玄関の軒先に青いものが見えるのを指さしていった。

「ごくわずかではあるが、ほれ、あそこと、あそこに」

「あれは涼《すず》さまが――」

と、唯円があわてていった。

「わたしがさしたのではありませぬ」

色が浅黒く、大柄ではないが肩幅の広いがっしりした体つきの唯円が、身をすくめるようにして弁解するのがおかしかった。

親鸞はいささか無骨ではあるが、なにか一筋《ひとすじ》なところのあるこの若者が好きだった。親鸞の一言一句をも聞き流すことなく、じっくりと心の中で噛《か》みしめて体得しようとする姿勢も気に入っている。

他の門弟《もんてい》たちのように、親鸞の言葉をそのまま うのみにはしないところも好ましい。


「いい匂いだ」

と、親鸞はいった。

「なぜ端午の節供に、人びとは菖蒲とよもぎを屋根にかざるのだろう。唯円どの、それはなぜだと思う」

「それは――」

と、唯円はいいにくそうに、口ごもった。

「それは、つまり、人びとのあいだに信じられていることが、あるからではないでしょうか」

「信じられていること、とは？」

「ならわし、とでも申しましょうか」

「つまりこういうことだろう」

親鸞《しんらん》は首をかしげて、静かな口調でいった。

「菖蒲《しょうぶ》はそのつよい香気に、災《わざわ》いを消し、難を除《よ》ける力がある、と信じられてきた。そして、よもぎもまたすがすがしい匂いを発して、病《やまい》をさけ、健《すこ》やかな体をたもつ力がある、と」

「はい。昔からそのようにいわれ、世間もそう信じております。だからこそ、こうして物忌《ものいみ》の月とされる五月《さつき》に、その葉を軒端《のきば》にかざるのではございませんか」

「そなたは、呪《まじな》いのたぐいを信じると？」

「いいえ。親鸞さまから日頃、そのことはよく教えていただいておりますので」

「しかし、菖蒲やよもぎに、そのような力があると信じることは、呪いではないのか」

「それは――」

唯円《ゆいえん》は言葉につまりながらも、首をふった。

「いつも親鸞さまからお教えいただいていることで、正直に申してわたしには理解できぬこともたくさんございます。怨霊《おんりょう》とか、吉凶を信じているわけではありませんが、長年《ながねん》、人びとのあいだで大事に受けつがれてきた習俗《しゅうぞく》というものは、やはりそれなりの意味があるのではないでしょうか」

唯円は申し訳なさそうにいった。

「なるほど」

親鸞は小さくうなずいた。

「唯円どののいうこともわからぬではない。消厄除災《しょうやくじょさい》の願いをこめた行事を頭から否定するわけではないが、節供《せっく》の前に菖蒲を売りあるく人びとをかろんずる者たちもすくなくないことは知っているであろう。それは菖蒲が多くとれる場所が、河川のほとり、沼地、湿原などに多いからであろうか。呪《まじな》いとか、吉凶とか、浄《じょう》とか、穢《え》とかいう見方こそ、わたしが認めたくないものなのだよ」

唯円は、はい、と答えたが、まだ納得できぬ顔つきだった。

「親鸞さま」

「うむ」

「では、この世を穢土《えど》といい、念仏して浄土《じょうど》をねがうというのは、どういうことでございましょう。人に浄、穢の差別がなければ、浄土、穢土という区別もないのではありませぬか」

「穢土のなかに浄土をもとめるのが念仏なのだ。わたしはそう思う」

唯円《ゆいえん》は首をかしげた。ため息をつきながら、つぶやくようにいう。

「お許しください。生来、愚鈍《ぐどん》の性《さが》にて、おっしゃることがよく理解できませぬ」

「わたし自身も、まだよくわかっておらぬのだ。そのうち、そなたにも納得できるように語れるようになるだろう」

親鸞《しんらん》は路上に姿をみせた子供たちを指さして、笑顔になった。

「笹竹《ささだけ》にまたがって、ほれ、あのようにうれしそうに走りまわっておる。わたしも幼いころ、弟たちと竹馬でよく遊んだものであった」

「あの子が頭にしているのが菖蒲鉢巻《しょうぶかぶと》というものでしょうか」

どこからかよもぎの匂いが漂ってきた。

そなたに少しはなしたいことがある、と親鸞がいった。

唯円をともなって居間にもどると、親鸞は文机《ふづくえ》に片腕をのせ、おだやかな口調ではなしだした。

「唯円どの、そなたは善鸞《ぜんらん》のことをどう思う」

「え？」

唯円は親鸞の前で膝《ひざ》をそろえて正座していた。親鸞の身近にいて、なにくれとなくその暮らしを手伝ってはいるが、常に実直で折り目ただしく接して慣れるということがない。

「わたしが善鸞さまのことを、どう思うかとおたずねで」

「そうだ。遠慮なく正直にきかせてほしいのだが」

「そうおっしゃられましても」

と、唯円は口ごもった。

「あの、なんと申しましょうか、善鸞さまは身についた品格といいますか、わたしどものような田舎者とは、お人柄がちがいます。生まれながらの品格がおありで」

「なるほど」

「それに――」

と、唯円は言葉をつづけた。

「いざというときは、思いがけない勇気の持ち主でもいらっしゃいます。聞くところでは、なんでも親鸞さまの大事なあの文章《もんじょう》を火の中にとびこんでとりもどされたとか。常人にはできないことでございます」

「大そうな火傷《やけど》をおったのだ」

と、親鸞はいった。

「船岡山《ふなおかやま》の覚蓮坊《かくれんぼう》という人物が、わたしのことを危険な謀叛人《むほんにん》だと見ているそうな。その証拠《しょうこ》として『教行信証《きょうぎょうしんしょう》』をうばおうとしたらしい。善鸞《ぜんらん》は命がけで、それをとりもどしたのだよ」

「勇気のあるかたでいらっしゃいます」

「覚蓮坊とやらが、わたしを危険な人物とみなしたことは、正しいのかもしれぬ」

親鸞《しんらん》の声には、どことなく自嘲するようなひびきがあった。

「わたしが毎月二十五日の法然上人《ほうねんしょうにん》を偲《しの》ぶ念仏の法会《ほうえ》に出向いていることは、そなたも知っているであろう」

「はい」

「法然上人の教えは、ある意味ではずいぶん角《かど》のたつ教えであった」

親鸞はため息をついた。

「ひたすら念仏のみ、という教えだ。だからあれほどの非難や攻撃もあったのだ。だが、いまはちがう」

「ちがう、と申しますと？」

唯円《ゆいえん》はたずねた。親鸞はうなずいていった。

「生前は流刑《るけい》に処《しょ》せられた上人だが、その教えは上人が亡くなられてからは、おだやかな角のとれたものに変わってきた。だからこそ、上のかたがたも世間も法然上人の教えを受け入れたのであろう。上人は、専修念仏《せんじゅねんぶつ》を教えられた。専修とは、ただそれのみ、ひたすら念仏一筋《ひとすじ》ということだ。しかし――」

最近の念仏会《ねんぶつえ》は、年々、美しく、形をととのえた穏《おだ》やかなものに変わってきている、と、親鸞はいった。

「いわば儀式になってしまっているのではないか。わたしはそれはちがうと思う」

「はい」

唯円には、親鸞の言おうとしていることが、なんとなくわかっているようだった。

「専修念仏とは、文字どおりにおこなえば、必ず危《あや》うい場所にたつこととなる。しかし、その危うさを捨てた念仏は、法然上人の念仏ではない。法然上人の専修念仏を、時機相応《じきそうおう》のみの教えだという人がいる。末世《まっせ》なればこその専修だというのだ。それはちがう」

親鸞は口をつぐんで、目を閉じた。しばらくして、自分の言葉を嚙《か》みしめるようにいった。

「法然上人の教えは、ある時代のみの真実ではない。時機相応というが、それは久遠《くおん》の真実なのだ。いつの世にも、どんな世界にでも、唯一の真実の教えである。そのことを示すために、わたしはこの『教行信証《きょうぎょうしんしょう》』を書いた。そしていまでもなお書きつづけている。覚蓮坊《かくれんぼう》という男が、それを危険な書だというのは、たぶんそこをさしているのだろう。しかし、この世で正しいことをいいつづけるのは、危《あや》ういことなのだ。わたしはそのことを善鸞《ぜんらん》にも理解してほしいと思っている。だが、はたして善鸞にそれが伝わっているだろうか」

親鸞《しんらん》は深いため息をついた。そして唯円《ゆいえん》をみつめていった。

「善鸞はわたしの血をひいた息子だ。わたしに認められたいと、それなりに努力はしている。しかし、わたしの念仏を本当に理解できてはいない。そなたは若いが、はるかに善鸞よりも深くわたしの教えを受けとめている。だから、わたしがそなたに頼みたいのは、善鸞を助けて、本当の念仏者になる道をいく背中を押してやってほしいのだ」

唯円はけげんそうな顔で親鸞をみつめた。外で子供たちの叫び声がきこえた。端午《たんご》の節供《せっく》にはつきものの石合戦でもはじめた

親鸞は首をかしげてだまっている唯円に、おだやかな口調で語りかけた。

「そなたが常陸《ひたち》から上京して、この家に住むようになってからどれほどたつかのう。

六年、いや、七年にもなるであろうか。きょうまで、そなたは身を粉《こ》にしてわれら一家の面倒をみてくれた。恵信《えしん》のいない京の暮らしがつづけられたのは、そなたの助けあればこそ、と思うておる」

「とんでもありません」

唯円は手をふって頭をさげた。

「わたしはただ、こうして親鸞さまから直接《じか》にお教えをうけるだけでも、希有《けう》の幸せと思っております。親鸞さまが去られたあとの東国は、ほんとうにさびしゅうございました。念仏の火も、これで消えるかと心細くなって、あつかましくも上京いたしたわたしを、ここにおいてくださったご恩は一生忘れませぬ。そんなわたしが善鸞さまをお支えすることなど、とても無理な話でございます。このわたしにできることは、庭の茄子《なす》や大根《だいこん》の手入れぐらいのもので」

「いや、そんなことはない」

親鸞はきっぱりといった。

「法然上人《ほうねんしょうにん》の御教《みおし》えもそうだが、わたしの念仏の考えかたも、人に伝わるうちに、さまざまに変わっていくだろう。だから、唯円どの、わたしはそなたにわたしの言葉をしっかりと耳にとどめておいてほしいと思うのだ」

「はい」

親鸞《しんらん》は小さくうなずく唯円《ゆいえん》を、ふと両手で抱きしめたいような思いにかられた。

「この文章《もんじよう》をみるがよい」

と、親鸞はいって、机の横の木箱から重ねた文章をとりだした。

「これは善鸞が火中より命がけでとりもどした大事な文章なのだよ」

「『顕浄土真実教行証文類《けんじようどしんじつきようぎようしようもんるい》』、でございますね」

「そうだ。そなたも知ってのとおり、東国《とうごく》にいたころに書きあげ、京へもどってからも絶えず書きなおし書きたし、手をくわえつづけてきている六部の文章だ。わたしはここに、久遠《くおん》に正しい念仏の教えのすべてを書き残そうとしている。わたしの生涯を懸《か》けた文章といっていい。しかし——」

親鸞は目をとじた。そして頭の奥にきこえる谺《こだま》のような声に耳をすませようとした。

それは歌のようでもあり、また風の音のようにも感じられるふしぎな声だった。

親鸞はいった。

「むかし天竺《てんじく》で釈尊《しやくそん》がお亡くなりになったあと、その教えは、一体《いつたい》どのようにして人びとに伝えられたのだろう。唯円どのは、どう思う？」

「さあ」

唯円は口ごもりながら答えた。

「釈尊の尊い教えは、数々の経典《きようてん》のなかに残されたのではございませんか」

「いや、それはちがうだろう」

親鸞は首をふった。

「釈尊の教えは、その声を心にきざんだ弟子たちの言葉によって、人びとに語り伝えられたのだと思う。やがてそれはおぼえやすく、記憶しやすいように詩のかたちにまとめられていく。それを偈《げ》という。伽陀《かだ》といい、偈頌《げじゆ》ともいわれるが、つまりは歌だ」

「歌、でございますか」

「そうだ、声にだして称《とな》えられ、歌われたものなのだよ。経典がまとめられ、文字になって伝えられるのは、かなり後のことだろう。釈尊はその教えを一行も文字として残されてはいないのではないか」

なぜでございましょう、と、唯円はきいた。親鸞はしばらくだまっていたが、やがて答えるともなくいった。

「なぜだろう。わたしもそのことを考えつづけていたのだ」

「釈尊《しやくそん》の時代には、文字はあったのでございましょうか」

「もちろん、あった」

「では、なぜ？」

「そこなのだ」

親鸞《しんらん》はずっとそのことを考えつづけてきている。そのつど答えがでたように思われるときもあったが、すぐまたわからなくなってくる。

「文字では伝えることができないものが、あるのかもしれない」

と、親鸞はいった。

「その時、その場所、そこにいた人びと。そして釈尊の声があり、表情があり、気配《けはい》がある。それは、ただ一度きりのものなのだ」

唯円《ゆいえん》はだまっている。

「わかりません」

と、しばらくして唯円がいった。

「もし、文字にしては伝わらぬものがあるとすれば、どうして――」

唯円はそこまでいって、あわてて口をとざした。

親鸞は大きなため息をついた。

「そなたのいいたいことは、わかっておる。もし文字にしてしまえば伝わらぬものがあるとするなら、この親鸞はなぜものに憑《つ》かれたように歳月をかけて『教行信証《きようぎようしんしよう》』を書きつづけているのか。そうたずねたいのだろう。ちがうか」

「いえ、わたしは決して、そんな大それたことをおたずねしたのでは」

身をすくめて手をふる唯円に、親鸞はどこか苦しげな口調でいった。

「法然上人《ほうねんしようにん》はわたしに、念仏者は痴愚《ちぐ》に徹せよ、と教えられた。赤子《あかご》のように素直に、ただ念仏せよ、と。しかし、それは自力《じりき》ではできないことだ。この親鸞にしても、比叡《ひえい》のお山で二十年ちかく学問と修行《しゆぎよう》にはげんできた。どんなに痴愚にかえろうとしても、身についた知識の垢《あか》を洗いおとすことはできぬ。この文章《もんじよう》にしても、そもそも文字をも知らぬ世間の人びとには無縁の仕事だ。では、南都北嶺《なんとほくれい》のゆゆしき学《がく》匠《しよう》や、学識ある人びと、また浄土《じようど》の教えを学ぼうとするすぐれた弟子たちに読ませようとして書いたのか。いや、そうではない。いかに痴愚にかえろうとしても、それができぬおのれの業《ごう》を確認するために、そのためにわたしはこれを書きつづけている。法然上人の浄土の教えをあきらかにし、他力《たりき》と念仏の真実をきわめることは、わたしの夢だ。しかし、そこになお名利《みようり》の太山《たいざん》に踏み迷う自分の影がさしてはいないか。わたしは日々、そのことを自問自答しながら、この文章にむかっているのだ。唯円どの、この仕事こそが、わたしの煩悩《ぼんのう》のあかしではないだろうか」

唯円《ゆいえん》は親鸞《しんらん》の言葉にじっとききいっていたが、しばらくして、床に手をついていった。

「申し訳ございません。わたしには、親鸞さまのおっしゃることがよくわかりませぬ。しかし、いまのお言葉や、お声だけは心にきざんで忘れないようにいたします」

親鸞はだまってうなずいた。息子の善鸞《ぜんらん》に、こんな話をしたことがなかったのはなぜだろう、と親鸞はさびしい気がした。

「おじいさま！」

と、そのとき部屋の外で元気な男の子の声がした。唯円が笑顔になってたちあがった。

「覚信《かくしん》がきたようだ」

と、親鸞がいった。すぐに唯円がでていき、頬の赤い男の子の手をひいて部屋にもどってきた。

そのうしろから、女の子を抱いた小柄な女がはいってきた。

「しばらくでございました」

親鸞に挨拶《あいさつ》すると、すでに親鸞の膝《ひざ》の上に抱かれている男の子に、いけません、とにらむ目つきをした。

「かまわぬ。光寿《みつひさ》はいつも元気だのう」

親鸞は、膝の上に横ずわりになっている男の子を抱えあげるようにしていった。

覚信は恵信《えしん》とのあいだに生まれた親鸞の末の娘である。

十二歳のとき越後《えちご》から上京して親鸞のところへやってきた。ほかの子供たちが母の恵信と同様に越後で暮らしているなか、ただひとり親鸞のもとへやってきた娘である。

しばらく恵信と縁のある公家《くげ》に侍女《じじょ》としてつかえていたが、やがて日野広綱《ひのひろつな》という男の妻となった。

覚信は、母の恵信よりも親鸞に似ていた。ちいさいころは男の子のように張りのある目と、敏捷《びんしょう》な動作がきわだった娘だったが、人妻となってやさしさもくわわり、母親としての気くばりもそなわってきた。濃い眉《まゆ》と、力のあるまなざしは、親鸞にそっくりだとみながいう。

長男の光寿《みつひさ》が五歳、つづいて産んだ娘が光玉《こうぎょく》である。

善鸞の子の如信《もとのぶ》とちがって、光寿はやんちゃな孫だった。親鸞に対しても、おめず臆《おく》せず、

「お馬ごっこしよう、おじいさま」

などとねだったりする。

「よし、よし」

親鸞《しんらん》が四つんばいになると、その背中にまたがって、はい、どう、などと叫んだりするのである。

「広綱《ひろつな》どののお具合は、いかがかのう」

と、首にかじりつく光寿《みつひさ》をあやしながら親鸞がたずねた。覚信《かくしん》の夫の日野《ひの》広綱が、このところ病《やまい》でふせっていると聞いていたからである。

「それが――」

覚信は目をふせて、小声でいう。

「あまりよろしくございませぬ」

親鸞は眉《まゆ》をひそめて、覚信の顔をみた。

「そうか。よくないのか」

親鸞はいつもどこか気弱さを感じさせる娘婿《むすめむこ》の日野広綱の顔を思いうかべた。

半年ほど前から体をこわして、最近はずっと寝込んでいるらしい。

二人の子供をかかえた上に、病身の夫の世話もしなければならない覚信が、すこしも愚痴《ぐち》をこぼしたりしないことが、親鸞にはかえって気になるのである。

「光玉《こうぎょく》も、大きくなったのう。はて、いくつになられた？」

親鸞は覚信が抱いた光玉の頰を指でついて、笑顔でたずねた。

「みっつ」

と、光玉がはずかしそうにいって、母親の胸に顔をうずめた。

「おじいさま、きょうも、お馬ごっこしよう」

と、光寿が親鸞の背中にだきついてねだる。

だれに対しても物おじせず、陽気で活発な子なのだ。

「光寿、おじいさま、ではなく、親鸞さまとおよびするようにと何度もいったでしょう」

覚信がこわい顔でいった。

「いうことをきかなければ、もう、つれてきませんからね」

光寿が、首をすくめながら、ふたたび声をはりあげていう。

「親鸞さま、お馬になってください」

「よし、よし」

親鸞は膝《ひざ》をついて四つんばいになった。光寿が、その背にまたがって、はい、どう、と手綱《たづな》をとるまねをすると、親鸞《しんらん》はそれに応じるように居間のなかを動きまわる。

「まあ、なんということでしょう」

覚信《かくしん》が苦しそうに笑いをこらえながら、唯円《ゆいえん》にいった。

「もし恵信《えしん》さまがいらっしゃって、こんな親鸞さまのお姿をごらんになったら、気を失われるかもしれませんね」

「はい。でも、覚信さまのそんな楽しそうなお顔も、わたしはひさびさに拝見したような気がいたします」

と、唯円も笑いを噛《か》みころしながら応じた。

親鸞が大きく背中を揺《ゆ》すると、光寿《みつひさ》がころげおちた。親鸞が笑うと、光寿が奇声を発して組みついてきた。孫の体を両手で抱えあげながら、親鸞はなにか熱く胸にこみあげてくるものを感じた。

唯円《ゆいえん》の悲しみ

端午《たんご》の節供《せつく》がすぎると、雨がよくふった。

西洞院《にしのとういん》の家の庭にも、紫陽花《あじさい》が咲き、瓜《うり》の実が見事に育った。

その日、唯円は部屋で『唯信鈔《ゆいしんしょう》』を読んでいた。

聖覚《せいかく》のあらわした『唯信鈔』は、親鸞《しんらん》が常陸《ひたち》に住んでいた頃から、みずから書写して人びとにすすめていた書である。

唯円はすでに何十回となく『唯信鈔』を読んでいる。目で文字を追うだけではない。読むときはかならず声にだして読む。

「唯円どの」

と、部屋の外から声がした。涼《すず》の声だった。

「は、はい」

なぜか唯円は狼狽《ろうばい》して『唯信鈔』をとじた。

「おじゃましてすみません」

「いえ、そんなことはありません。どうぞ」

涼《すず》がはいってくると、部屋がぱっとはなやぐようだった。色白で細面《ほそおもて》の涼は、なで肩のせいで頸《くび》が人形のように長くみえる。

「唯円《ゆいえん》どのは、ほんとによくご勉強をなさいますこと」

涼とむきあって坐《すわ》ると、小袖《こそで》の下の体の線がなまめかしく感じられて、唯円はあわてて目をそらせた。

「それにくらべて、善《ぜん》さまは――」

と、いいかけて涼は、ため息をついた。

「そんなことはありません」

唯円は手をふって、

「幼い頃から学問をなさったかたですから、わたしとは素養《そよう》がちがいます。むずかしい経典《きょうてん》なども、すらすらと、読まれるのですから」

唯円の言葉に、涼は微笑してうなずいた。

「そうですね。なんといっても、親鸞《しんらん》さまのご長男ですもの。弁もおたちになるし、親鸞さまよりお姿も――」

あら、こんなことをいうなんて、と涼が笑った。唯円はその笑顔をみると、ぎゅっと胸がしめつけられるような気がした。

「なにかご用がおありなのですか」

と、唯円はたずねた。自分の胸の動悸《どうき》に気づかれては、と恥ずかしかったのだ。

「べつに、これという用件ではありませぬ」

涼がすこし声を小さくしていった。

「わたしが如信《もとのぶ》をつれて実家へかえっていたとき、覚信《かくしん》さまがおみえになられたそうですね」

「はい」

唯円は涼の顔をできるだけ見ないようにしながら、言葉ずくなにうなずいた。

「しばらくぶりのおこしでした」

「光寿《みつひさ》どのや光玉《こうぎょく》どのもご一緒に？」

「はい」

涼は目をふせて、ため息をついた。

「親鸞さまは、光寿どのが大のお気に入りでいらっしゃる。そうでしょう？」

唯円はどう応じていいか迷いながら、あいまいに、ええ、と答えた。涼はじれったた

そうに指で額をおさえながら、

「長男の子の如信《もとのぶ》よりも、光寿《みつひさ》どのをはるかにかわいがられるとは納得がいきませぬ」

「そんなことは——」

唯円《ゆいえん》はあわてて手をふると、弁解するようにいった。

「如信さまは本当に利発で素直な、よいお子です。親鸞《しんらん》さまも、つねづね如信さまが聖教《しょうぎょう》などをよく学ばれることに感心なさっておられるのですから」

「感心するのと、かわいいと思うのとは、ちがうでしょう」

涼《すず》は、すねたように白い手で唯円の膝《ひざ》を押した。唯円はとびあがりそうになって、あわててとんちんかんな受け答えをした。

「きょうは如信さまは、親鸞さまとご一緒におでかけなのですね」

「ええ。善《ぜん》さまと三人でさるお寺へ相談事があってまいられました。いまは、この家には下人《げにん》たちのほかには、だれもおりませぬ」

涼はじっと唯円をみつめて、からかうようにいった。

「唯円どのには、好きな女子《おなご》でもおられるのですか」

「は？」

唯円は自分が頬をそめているのが感じられ、口の中がからからになった。

涼は片手で口もとをおさえながら、くっくっと笑った。

「そんなに赤くおなりとは、さては、どなたかいらっしゃるのですね」

「なにをおっしゃいます」

唯円はかすれた声でいった。

「わたしは、女の人を好きになったりなどいたしません」

「そう」

涼はつんと顔をそむけて、

「では、わたしのことも嫌ってらっしゃるのですね」

涼の問いかけに唯円は答えなかった。

正直に自分の心のうちを口にすることなど、とてもできるわけがない。

唯円は涼を嫌うどころか、ずっとひそかな好意をいだきつづけていたのである。

それは、単純に好きということではなかった。美しい人妻への素朴《そぼく》なあこがれでもない。若い男として涼を意識しているだけでもなかった。

唯円には自分の心が、自分で理解できなかった。

涼という女のひとの虚栄心や、ひがみっぽさや、わが子への偏愛《へんあい》ぶりなどのすべてがあわれで、愛《いと》しくてならなかったのである。

自分の夫、善鸞《ぜんらん》が貴族の末裔《まつえい》であることを誇《ほこ》りに思い、わが子が親鸞《しんらん》の孫であることを何よりも大事にしている涼《すず》を、唯円《ゆいえん》はいつもただじっとみつめていた。

涼のしぐさの一つ一つに心がふるえるのは、男としての性の衝動からだけだろうか。

〈いや、ちがう〉

と、自分で思う。それは決してひとりよがりな言《い》い訳《わけ》ではない。愛欲《あいよく》という次元ではなく、自分の心の赤裸々《せきらら》な姿を、いつも涼がみせてくれるような気がするのである。

「わたしのことがお嫌いなのですか」

と、涼がかさねてきいた。そして唯円のそばににじりよると、下から見あげるように顔をちかづけてきた。いい匂いがして、唯円は気を失いそうになった。

「そなたが、いつもわたしをみつめていることを、わたしが気づかないとでも思っているのですか」

と、涼がささやくようにいった。

「唯円どのは、わたしを好《す》いておられるのでしょう。ちがいますか」

唯円は無言のまま顔をそむけた。心《しん》の臓《ぞう》がいまにも破裂《はれつ》しそうに思われた。時間が音をたてて流れていく。唯円は凍《い》てついたようにじっとしていた。

「もう、いい」

涼がいい、不意にたちあがった。

「そなたも親鸞さまと同じように、覚信《かくしん》さまのお味方なのですね。うちの如信《もとのぶ》よりも光寿《みつひさ》どののほうを大切に思っているのでしょう。わかりました」

白い足首が唯円の視界から消え、あとに涼の匂いだけがのこった。

その晩、唯円はどうしても寝つけなかった。

うとうとすると、すぐに涼の顔がうかびあがってくるのである。

ふだんはさまざまな経典《きょうてん》や文章《もんじょう》を読み、それを書きうつしたり、抜き書きしたりしながら夜をすごし、子《ね》の刻《こく》には床にはいるのが常《つね》だった。

朝はだれよりも早く起きる。いつも暗いうちに水をくみ、庭の菜園の手入れをし、名号《みょうごう》の前で念仏をする。それが唯円のふだんの生活だった。

いつもは横になると、すとんと眠りにはいるのが、その夜は目がさえて、あせればあせるほど雑念《ざつねん》が押しよせてくるのだ。

〈唯円どのは、わたしを好いておられるのでしょう。ちがいますか〉

と、自分の目をのぞきこむようにしていった涼《すず》の声が、くり返し頭の奥にひびいてきた。

片手をのばして唯円《ゆいえん》の膝《ひざ》にふれた涼の白い指先が瞼《まぶた》にうかんで、体が熱く、かたくなる。

〈これが真の煩悩《ぼんのう》というものか〉

人の妻である涼を想《おも》うこと自体が、恥ずべきことなのだ。

それを隠して、さも律儀《りちぎ》そうにふるまっている自分がみにくく、許せない。

〈わたしのことが嫌いなのですね〉

涼の声が耳もとできこえた。

「ちがう。ちがいます。わたしは――」

と、体をおこして唯円はあえいだ。

〈わたしは、涼さまのことが好きです〉

そう正直に答えなかった自分が、どうしようもなくうとましかった。

ふりはらおうとしても、涼の白い横顔が自分の体にまとわりつくようで、唯円は身もだえした。

端午《たんご》の節供《せっく》の朝、美しくよそおった如信《もとのぶ》の手をひいて、晴れやかに笑っていた涼の姿が目にうかぶ。

あのときは親族に見栄《みえ》をはりたい涼の気持ちが、痛いほどよくわかった。親鸞《しんらん》の実の娘である覚信《かくしん》のことを嫉妬《しっと》する涼の心も、かえっていとおしい。

〈このままではいけない〉

と、唯円は思う。

〈この煩悩をたちきるためには、この家を離れるしかないだろう〉


朝から降りしきっていた雨が昼すぎにはやんで、夏の光が庭にさしている。

居間で書きものをしている親鸞のところへ、唯円は瓜《うり》をむいて運んでいった。

「今朝《けさ》、おみえになったお客さまから、お志《こころざし》としていただいたものでございます」

「ほう」

親鸞は筆をおいて、微笑した。ぴんとはねあがった眉《まゆ》が、笑顔になるとやさしくさがる。

「ちょうど喉《のど》がかわいていたところだった。これはうれしい」

瓜の皿をおいて、たちさろうとする唯円に、親鸞が声をかけた。

「唯円《ゆいえん》どの、そなたもいっしょに食べていきなさい」

「はい」

唯円はすすめられるままに、親鸞《しんらん》とむきあって坐《すわ》った。

「瓜《うり》を食べると、幼いころのことが思いだされてのう」

と、親鸞が瓜を口にはこびながらいう。

「幼いころ、というのは、おいくつぐらいのころのことでしょう」

「はて、何歳のころであったか」

親鸞は首をかしげて、

「たしかいまの如信《もとのぶ》より、もっと幼い年頃であったように思うが」

「では、まだ比叡山《おやま》に入山《にゅうざん》される前のことでございますね」

「そうだ。日野《ひの》家の伯父《おじ》の家に、弟たちとともに養《やしな》われていた時期であった」

親鸞が思い出話をすることは、めったにない。しかし、香りのいい瓜をかじりながら心がなごんだ様子で、めずらしく当時のことをぽつぽつと語りだした。

都で名高い猛牛《もうぎゅう》と悪牛《あくぎゅう》が、馬糞《まぐそ》の辻《つじ》という場所で競《くら》べ牛をしたときのこと。

その日、知りあった河原《かわら》の聖《ひじり》、河原坊浄寛《かわらぼうじょうかん》や、法螺房弁才《ほうらぼうべんさい》、そして白河印地《しらかわいんじ》のツブテの弥七《やしち》らのこと。

犬丸《いぬまる》が六波羅童《ろっぱらわっぱ》につれさられたのを、助けだしにいった夜のこと。

「鴨《かも》の河原で死人《しびと》のあいだに転がっていた瓜を、浄寛《じょうかん》どのとともに喰《く》らった日のことが、いまでも忘れられぬ」

しかし、と、親鸞はいった。

唯円は瓜をつまんだ手をとめて、親鸞の言葉に耳をすませた。

「しかし、のう」

と、親鸞はふたたびいった。

「月日《つきひ》のたつのは、はやいものだ。こうして瓜を食うておる自分が、はや七十の坂をこえたとは、嘘のように思われる」

「でも、親鸞さまは昔とかわらず、お元気でいらっしゃいます」

「昔、とはいつのことかの」

「わたしがはじめて親鸞さまとお会いしたときのことで」

親鸞は苦笑して瓜をかじった。

「あれはたかだか十数年前のことではないか。そなたにとっては昔かもしれぬが、わたしには、ついきのうのことのようにしか思われぬ」

唯円は瓜を口に運びながら、しばらくだまっていた。やがて親鸞がうながすようにいった。

「いうてみなされ」

「は?」

「瓜《うり》をもってきてくれたのは、ありがたかった。だが、唯円《ゆいえん》どの、そなたはなにかわたしに相談したいことがあるのではないか。遠慮せずにはなしてごらん」

唯円は親鸞《しんらん》のやさしげな口調に、不意に涙がこぼれそうになった。

親鸞は、ふだんはどこか厳しいところがあり、物事《ものごと》の筋道《すじみち》をきっちりつける人柄である。

それゆえに、とか、なぜならば、とか、くどいくらいに順序だてて話をするときの親鸞には、妥協《だきょう》をゆるさない頑固《がんこ》さがあった。

しかし話が一段落つくと、ふっとおだやかな笑顔をみせるときがあり、その親鸞の表情には父親のようなやさしさがにじむのである。

親鸞を慕《した》っておとずれてくる人びとは、そんなとき今の自分と同じように、親鸞の温かい手で抱きしめられるように感じるのではあるまいか。

唯円は、この場ではどんなことでも許される、と、いう気がした。そして、昨夜、まんじりともせず考えつづけていたことを思いきって口にした。

「わたしは、常陸《ひたち》に帰ろうと思うのです」

と、唯円はいった。

「もう、これ以上、親鸞さまのおそばで暮らすことはできません」

親鸞はだまっていた。そして問いかけるように、じっと唯円の顔をみつめた。

「おゆるしください」

と、唯円は両手をついて頭をさげた。

「親鸞さまからじきじきに念仏の教えをおききしたいと、はるばる遠方から京へのぼってこられるかたもおられます。また、親鸞さまのご様子を知りたいと、多くの人びとがそのかたのところへ集まられるともききました。わたしはこうして朝な夕なにおそばにおつかえし、おりにふれてさまざまにお話もうかがっております。こんな幸せがあってよいものだろうかと、いつも考えておりました。しかし――」

唯円はそこまでいって言葉につまった。いまの自分の思いを、どう説明すればいいのか見当がつかなかったのだ。

「わたしは、苦しくて、これ以上この家にはいられないのです」

とぎれそうになる声を押しだすように、唯円はいった。

「どうぞ、常陸へもどることをおゆるしくださいませ」

最後のほうは涙声になって、はっきりと言葉にならなかった。

「申しわけございません」

肩をふるわせて泣きじゃくりながら、唯円《ゆいえん》はたとえようもなく甘美な感情が自分の心のうちにわきあがってくることにおどろいた。

「そなたは、苦しんでおるのだな」

と、親鸞《しんらん》はいった。唯円はうなずいた。

「はい。本当につらくて、どうにもならないのです。このままここにいたのでは、なにをしでかすかわかりません。自分のことがおそろしいのです。煩悩《ぼんのう》の淵《ふち》に迷い苦しむ者こそ、他力《たりき》のお救《すく》いの正機《しょうき》だと、親鸞さまからはいつもうかがっております。しかし、いくら念仏をしたところで、この苦しみからは逃《のが》れられません。死んだのち浄土《じょうど》へ往生《おうじょう》することなど、わたしは望んでおりませぬ。わたしはただ、いまの地獄からぬけだしたいのでございます」

親鸞はしばらくだまっていた。その沈黙のなかで、親鸞がすべてを推察《すいさつ》したにちがいないと唯円は感じた。

「この家をさり、常陸へもどって、その地獄からぬけだせると思うか」

と、親鸞がいった。唯円は力なく首をふった。

「わかりません」

唯円は手の甲で涙をぬぐった。

親鸞の前で子供のように泣きじゃくった自分が恥ずかしかった。しかし、その一方で、なんともいえない幸せな気持ちをおぼえてもいた。

親鸞の前で、ここまで甘えることができる者がはたして自分のほかにいるだろうか。

この世に生まれてきてよかった、と唯円は思った。

実の息子の善鸞《ぜんらん》に対してさえ、どこか厳しい親鸞である。それにもかかわらず、突然、郷里に帰るなどといいだした唯円を叱ることもせず、わけをきこうともしない。

唯円の苦しみをわが苦しみのように受けいれてくれている親鸞のやさしさが、無言のうちにつたわってくるのだ。

「わかった」

と、親鸞はいった。

「それで、いつ発《た》つつもりか」

「明日《あす》にでも出立《しゆつたつ》いたそうかと」

「そうしなさい」

と、親鸞《しんらん》はうなずいて、かすかに笑った。

「そなたがいなくなったあとは、庭の茄子《なす》や大根《だいこん》の手入れはわたしがやるしかないのう」

「親鸞さま」

唯円《ゆいえん》はふたたび涙があふれそうになった。

「そんなことをおっしゃいますと、わたしはもう、どうしてよいのかわからなくなります」

「いや、いまのは戯《ざ》れ言《ごと》だ。あとのことは気にせずに常陸《ひたち》へもどるがよい。東国《とうごく》には多くの念仏の仲間のかたがたがおられる。唯円どのが帰郷《ききょう》されれば、さぞ心強いことだろう」

親鸞は遠くをみつめるような目になった。

「わたしが法然上人《ほうねんしょうにん》とお別れして越後《えちご》へむかったときは、ほんとうに心ぼそかった。しかし、人と出会うのも、また別れるのも、みずからの計《はか》らいではないと、しみじみ思う。わたしも、もうすこし若ければ唯円どのといっしょに、ふたたび東国をおとずれてみたいものだ。京にいて比叡《ひえい》のお山を眺めながら、ふと瞼《まぶた》にうかぶのは筑波山《つくばさん》の姿なのだよ。そなたは、いま苦しみから逃《のが》れようとしているようだが、じつは新しい旅立ちの門《かど》にたっているのかもしれない。きょうまでわたしが説《と》ききかせてきた本願《ほんがん》他力《たりき》の念仏のことを、東国のかたがたに正しくお伝えするのだ。わかったな」

「はい」

唯円は、はっきりとうなずいた。

夜にひそむ者たち

堀川《ほりかわ》の朝は活気にみちている。

材木商、葛山申丸《くずやまさるまる》の店の前では、車の音や、男たちのどなり声が早朝からひびく。

内庭に面した部屋で、申丸は腕組みして思案していた。

昨夜おそく、覚蓮坊《かくれんぼう》の使いの者が店にやってきたのだ。とりついだのは、常吉《つねきち》だった。わたされた紙片《しへん》には、餌取小路《えとりこうじ》のある店の名前が書かれていた。そこを訪ねてこいというのである。

〈どうすればよいか〉

申丸は夜中《よるじゅう》ずっとそのことを考えていた。

船岡山《ふなおかやま》での争いのことは、すでに京中《きょうじゅう》の話題になっていた。しかし、車借《しゃしゃく》、馬借《ばしゃく》の集団と、白河《しらかわ》の印地《いんじ》らの私闘《しとう》として公《おおやけ》には黙殺されている。

覚蓮坊の消息についても、噂《うわさ》はさまざまだった。

炎上する山寺《やまでら》の火の中に、みずからとびこんで焼死したという説もあり、巧《たく》みに逃《のが》れて地方に隠れているのだという話もあった。

〈あの覚蓮坊さまが、むざむざ命をすてることなど、あるわけがない〉

と、申丸は思っていた。それにしても、洛中《らくちゅう》の、それも餌取小路にひそんでいるとは、あまりにも大胆《だいたん》な身の処《しょ》しようである。

「常吉《つねきち》」

と、申丸は大声でよんだ。寡黙《かもく》な老人にみえて、なかなか一筋縄《ひとすじなわ》ではいかぬ男であることを申丸は察している。

〈ここはひとつ、あの男の意見もきかずばなるまい〉

「おーい、常吉はおらぬのか」

返事もなく常吉が姿をあらわした。腰の曲がったたよりない年寄りで、ぼそぼそと小声で話すのが常《つね》である。

「そこに坐《すわ》れ」

と、申丸はいった。常吉がいかにも大儀《たいぎ》そうに、申丸の前にしゃがみこんだ。

「昨夜《ゆうべ》の件だが」

「はあ」

「覚蓮坊《かくれんぼう》さまから呼び出しがあった」

常吉《つねきち》は無言でうなずいた。

「なんと、餌取小路《えとりこうじ》におられるらしい。餌取小路といえば、昔から白河《しらかわ》の印地《いんじ》らの縄張りだろう。敵方《てきがた》の掌中《しょうちゅう》にひそむようなものではないか」

「覚蓮坊さまですから」

と、常吉は無表情にいう。

「白河の印地たちも、牛飼《うしかい》の連中も、まさか覚蓮坊さまが京におられるなどとは考えもしないでしょう。まして餌取小路とは――」

日ごろ無口な常吉にしては、言葉数《ことばかず》が多いな、と申丸《さるまる》は思った。常吉が以前から覚蓮坊を嫌っているらしいことはわかっている。だが、それがなぜなのか、申丸にははっきりつかめないのだ。

〈まあ、いいだろう〉

ここで常吉に問いただしたところで、本当のことをいうわけがない。

申丸は、さりげない口調でたずねた。

「おまえはどう思う」

「はあ?」

常吉は額《ひたい》にしわをよせて、首をかしげた。

「今後、覚蓮坊さまとどうつきあっていくべきか、迷っているのさ」

と、申丸はいった。

「これまで先代からの申し送りもあって、それなりに大切におつきあいしてきたのだ。また、いろいろと役にたっていただいたことも多い。いま用立ててもらっている銭《ぜに》のこともある。それにくわえて、わしが考えていることを実現するためには、あのかたの力を借りるしかないと思ったりもする。だが――」

「いまはちがう、と」

「船岡山《ふなおかやま》の争いでは、白河の連中にこてんぱんにやられて、命からがら逃げだしたと世間の笑いものになっている。かつては覚蓮坊という名前をだしただけで、首をすくめる者も多かったのだ。太い金蔓《かねづる》ももっていたし、南都北嶺《なんとほくれい》の名だたる寺社にも顔がきいた。しかし、いまではてのひらを返したように皆が悪口をいっている。はたしてこんなときに、落ち目の覚蓮坊さまに会いに餌取小路へいく必要があるかどうか。常吉、おまえはどう思う」

申丸は注意ぶかく常吉の顔をみつめた。この老人の本音を知るためには、自分のほうから内幕をさらすしかないだろうと申丸は思ったのだった。

なんとなく常吉《つねきち》の表情がかわったような気がした。

常吉はいった。

「覚蓮坊《かくれんぼう》さまは、ただの悪党ではありません。これくらいでつぶれるタマではないでしょう。それに先代との義理もございます。会われたほうがよいと思います」

「これはおどろいた」

と、中丸《さるまる》は意外そうな顔をしてみせた。

「おまえは、覚蓮坊さまを嫌っていると思っていたのだが」

「あのおかたを好《す》いてる者は、世の中にはいないでしょう。でも、覚蓮坊さまは力をもっておられました。それで皆が頭をさげていたのです。しかし、いまとなっては
──」

「だれも覚蓮坊さまをかばう者はいないだろう。それなのに、なぜおまえは、わざわざ隠れているところまで会いにいったほうがいいというのか」

常吉はだまっていた。

「なぜだ」

と、中丸はかさねてきいた。ふだんからどこかげせないところのあるこの老人の本音を、この機会にたしかめてやろうと思ったのだ。

「遠慮はいらん。正直にいってみろ」

常吉が、かすかに笑ったように申丸は感じた。だがそれは、しわだらけの老人の顔が、一瞬ひきつっただけのことだったのかもしれない。

「困りましたね」

と、常吉はつぶやくようにいった。

「先代の犬麻呂《いぬまろ》さまは、なにかことあるごとにこのわたしに相談なさったものでした」

申丸はだまってうなずいた。年寄りの昔ばなしには、何かしら隠された意味があるものだ。ここは常吉の話をきかねばなるまい。

「しかし」

と、常吉はいった。

「あなたさまがこの葛山《くずやま》の店をひきつがれてからきょうまで、このわたしに大事な相談をなさったことなど一度もございませんでした」

「うむ」

「それなのに藪《やぶ》から棒《ぼう》にきょう、意見をいえなどとおっしゃるものですから、びっくりしてしまいまして」

「わしはいま、本当に迷っているのだ。どうすればいいのか、おまえの考えをききたい。ただそれだけのことだ。先代の犬麻呂《いぬまろ》さまは、覚蓮坊《かくれんぼう》さまとのご縁を大切にせよ、といい残された。しかし、時代は変わる。いまの覚蓮坊さまは、ただの落人《おちうど》にすぎぬ。ちがうか」

「ちがいます」

常吉《つねきち》がはっきりと主人の申丸《さるまる》の意見を否定したことなど、これまでに一度もない。ぼそぼそとしたいいかたではあったが、常吉は、いま、めずらしく正面から反対したのだ。

「ちがうとは、どういう意味だ」

申丸はちょっと時間をおいて、きいた。

「覚蓮坊さまは、まだまだわれらの役にたつお人だというのか」

「われら、というのが、わたしにはわかりません。この葛山《くずやま》の店にとって、ということならわかりますが」

「われら、というのは、この堀川《ほりかわ》の材木商たち全体にとって、ということだ」

「申丸さまは、一体、なにを考えていらっしゃるのですか。ふだんは材木の商《あきな》いはわたしにまかせて、大きな銭《ぜに》を動かすことばかりに夢中になっておられるようです。それが急に堀川の材木商たち全体、などといいだされるのは、納得がいきません」

「おまえにはわかるまい」

やや気色ばんで中丸は常吉をにらんだ。この年寄りは、ふだんはことさら老人のようにふるまいながら、中丸のやっていることを抜け目なく見守っていたらしい。

「大きな銭を動かすことの、どこが悪い。先代は商いだけが銭をうむ時代に生きられたかただ。しかし、わしはちがう。常吉、いまは銭が銭をうむ世の中なのだぞ。古い寺や、神社や、富家《ふか》、官庁《かんちょう》などに材木を用立てて一体いくらになる。わしはそんなケチな商売などしたくないのだ」

「材木商がケチな商売なら、なんで堀川の材木商全体などということをおっしゃるのですか。お話の筋《すじ》がとおりません」

中丸は腕組みして、ふん、と鼻で笑った。

「常吉、わしがやろうとしていることはな、銭の流れを工夫《くふう》して、堀川の材木商全体をまとめることなのだよ。おまえは、座《ざ》、という言葉を聞いたことがあるか。ないだろう。座、というのはな、職人や商人たちが、ひとつの職、ひとつの商いをまとまった一座《いちざ》にして、その商い全体を独り占めにし、支配することをいう。鎌倉《かまくら》の将軍家は武士《さむらい》たちの座だ。禁裏《きんり》は公家《くげ》たちの座。わしは、堀川の材木商をまとめて座《ざ》をつくり、やがてはこの国全体の材木商をたばねることを考えているのだ。まだ、あまり試《こころ》みられてないことだがな」

「そんなことをして、なにになります」

常吉《つねきち》は口をとがらせて反論した。

「たしかに南都北嶺《なんとほくれい》の許しをうけて、大きな同業の仲間をつくっている職人や商人はおります。朝廷から公認されている漁師や、寺社の神人《じにん》や、物乞《ものご》いたちも徒党を組んでいる。ツブテ打ちの印地《いんじ》たちすら、今では白河《しらかわ》の党を名のっているではありませんか。全国の材木商人が一座を組んで、一体どこから許しをうけるおつもりで」

「許しはうけない」

「え？」

「寺社や朝廷の御用達《ごようたし》になる気はないのだ」

「では、鎌倉《かまくら》から」

「いや、それもいらない」

常吉は口をあけて申丸《さるまる》をみつめた。

「そんなことをしたら、殺されますよ」

「堀川の材木商人全員を殺すことができるのか。いや、この国の材木商を皆殺しにできるとでも思うか。材木商だけではない。京の町のあらゆる職人や商人が手を組んだらどうなる？」

「上の者に逆らって、生きていけるわけがありません」

「そこだ」

申丸は体をのりだすようにしていった。

「鎌倉や、朝廷さえも頭があがらないようなうしろ盾《だて》があれば、なおさら心強い」

「はーん」

常吉は考えこむように首をかしげて、

「なるほど」

申丸はうながすように常吉を見た。

「先代の犬麻呂《いぬまろ》さまは――」

と、常吉はいった。

「若いころ、賭場《とば》で用心棒をなさっていたことがおありだったとか」

「うむ。胴元《どうもと》をやっていたのだ」

「そのころ、とんでもないおかたとおつきあいがあったとおききしたことがあります」

「日本一の大天狗《だいてんぐ》といわれたかただろう」

「はい。今様狂《いまようぐる》いを自称して、白拍子《しらびようし》や、遊女《あそび》などとも親しくされたとか」

「後白河法皇《ごしらかわほうおう》さまだ」

「その後白河法皇さまが、もっとも大切になさっていたのが――」

そこまでいって、常吉《つねきち》はぽんと膝《ひざ》をたたいた。

「なーるほど」

申丸《さるまる》はにやりと笑って、うなずいた。

「わかったか」

「はい。ようやく合点《がてん》がいきました。なるほど」

「後白河法皇さまだけではない。そのほかの御門《みかど》がたも、つねに大切にされて、くり返し通《かよ》われたのはどこだ。いうてみろ」

「熊野《くまの》、でございます」

「そうだ。かつて後白河法皇さまも、ただの信心から熊野詣《もうで》をくり返されたわけではない」

常吉は感心したように手で顎《あご》をなでて、

「申丸さまも、大したところにお目をつけられましたね。さすがは――」

「さすがは、なんだ。おまえのいおうとしたことを当ててみようか。さすがは傀儡《くぐつ》の群《む》れから拾《ひろ》われてきた子だけのことはある、と、そう思っているのだろう。ちがうか」

「まさか」

常吉は狼狽《ろうばい》したように手をふった。

「そんなことは考えもしませんでしたよ」

「嘘だ」

と、申丸は常吉に顔をちかづけていった。

「この際だからはっきりさせておこう。おまえは先代の犬麻呂《いぬまろ》さまが、最古参《さいこさん》の自分にこの葛山《くずやま》の店を継がせてくださると信じこんでいたのだ。それが、自分よりはるかに後にやってきたわしに横どりされたものだから、ずっとわしをうらんでいる。そうだろう」

常吉は目を細めて申丸をみつめた。

どこかで蟬《せみ》の声がきこえた。

しばらくして、常吉がちいさくうなずいた。

「たしかに」

と、常吉《つねきち》はいった。

「なんといっても、わたしは長年、先代と苦労をともにしてきた人間ですからね。申《さる》丸《まる》さまが後をまかせられるとは、思ってもいませんでした。しかし――」

「しかし、なんだ」

「しかたがないでしょう。先代がそうおきめになったのですから」

申丸は常吉から目をそらせて、庭のほうを眺めた。そして、ため息をついていった。

「常吉」

「はあ」

「以前から気になっていたことをいって、胸のつかえがおりたようだ。これからは何ごともおまえに相談する。ここはひとつ、わしに力をかしてくれ」

申丸は、自分がこれほど率直に思いを語ったのはなぜだろう、と不思議な気がした。

これまでいつも常吉の顔をみるたびに、舌打ちしたくなるような感情をおさえきれなかったからである。

自分のやることに、文句をさしはさむわけではない。なにかをいいつけると、無表情にしたがう。

〈どうぞ、お好きなように〉

と心の中でつぶやいてでもいるような、そんな態度がひどく癇《かん》にさわるのだ。

それがいまはなぜか自分から下手《したて》にでて、頼みこむような口調になっている。

常吉のほうでも意外だったらしい。もごもごと口をうごかして、

「力をかせとおっしゃられても、こんな年寄りにできることなどあるとは思えないんですがね」

「わしもよくよく弱気《よわき》になってるのさ。困りはてているのだ。ぐずぐずいわずに、正直なところをいってくれ」

「覚蓮坊《かくれんぼう》さまのことですが」

「うむ」

「わたしは嫌いですけど、世間がいっているような負け犬ではないでしょう」

申丸はうなずいて常吉の言葉に耳をかたむけた。

「わたしの思うところでは、こんどの争いのあと、覚蓮坊さまを餌取小路《えとりこうじ》にかくまったのは、ひょっとすると――」

「だれだ？」

「白河印地《しらかわいんじ》の党の連中ではないかと」

申丸《さるまる》は、あ、と口をあけて、膝《ひざ》をたたいた。

「敵同士《かたき》が手を組んだのか。まさか」

「わたしが耳にしたところでは、船岡山《ふなおかやま》で痛い目にあって四散した車借《しゃしゃく》、馬借《ばしゃく》たちの姿を、最近ちょくちょく白河あたりでみかけるとか。もしやと思いますが、これまで都の牛飼《うしかい》たちと仲が悪かった車借、馬借たちが、白河の党の傘下《さんか》にくわわることになるのかもしれません。そうなれば近ごろやや落ち目の気配のあった白河勢も、息をふきかえすかもしれない。なにしろ、京一円《きょういちえん》の運送《うんそう》を一手《いって》におさえることになりますからね」

「うーむ」

「覚蓮坊《かくれんぼう》さまは、それを手土産《てみやげ》に餌取小路《えとりこうじ》に迎えられたのではないかと」

「なるほど」

〈それが座《ざ》というものだ〉

と、申丸は声にださずにつぶやいた。

「ですから、覚蓮坊さまとはお会いになったほうがいいでしょう。あのかたには、南都北嶺《なんとほくれい》のしっかりした太い金蔓《かねづる》がついている。それは変わりません。しかも、こんどは白河印地の党という用心棒《ようじんぼう》まで手にされた。寺の僧兵は大義名分《たいぎめいぶん》がなければ動かせませんが、向かいツブテの非人《ひにん》ばらなら何をしようと勝手ですからね。覚蓮坊さまは、すぐに動きだすでしょう。申丸さまのくわだてておられることを実現するためには、あの大天狗《だいてんぐ》の力が必要なのです」

　申丸はあっけにとられて常吉《つねきち》をながめた。

「常吉」

「はい」

「おまえは、いつからそんなにしゃべるようになったのだ。これまでわしをだましていたのか」

「そうかもしれません」

「なぜだ」

「そちらさまが、わたしを石ころのように無視なさっておられましたから」

「うーむ」

　申丸は、あらためて目の前のしわだらけの老人の顔をみつめた。

「たしかにな」

　と、申丸はいった。

「たしかにおまえは目ざわりな年寄りだった。だが、これまでのいきさつは水に流して、ひとつ、わしのために働いてくれ。今後はすべて先代とおなじように、おまえに相談するから。たのむ」

申丸《さるまる》はぺこんと頭をさげた。そのあたりの変わり身のはやさは、子供時代にサル、サルとよばれていたころからのものである。

「承知いたしました」

常吉《つねきち》も殊勝《しゅしょう》に頭をさげて、

「うれしゅうございます。これであなたさまを心から葛山《くずやま》の店のご主人さまと思えるのですから」

しばらく二人はだまって坐《すわ》っていた。

先に口をひらいたのは、常吉だった。

「では、今夜にでも餌取小路《えとりこうじ》におでかけになりますか。どうせお会いになるなら、早いほうがいいでしょう」

「そうする」

申丸はうなずいていった。

「しかし、一体どういう相談をもちかけられるのだろう」

常吉は答えずに、首をかしげただけだった。

「おそくにうかがって申し訳ありません」

常吉は竜夫人《りゅうぶにん》に頭をさげていった。

「堀川《ほりかわ》の店から後をつけてくる者がおりましたので」

「何者なのだ」

竜夫人は扇子《せんす》で豊かな胸元に風を送りながらきいた。

「わかりません。かなり腕のたつ男でございました」

「それで、どうした？」

「堀川の筏《いかだ》の上に誘いだしまして、水に沈めました。川にうかぶ材木の上では、わたくしの動きについてくることのできる者はおりませんから」

「怖いお年寄りだこと」

竜夫人は声をたてずに笑った。

「ところで、そなたの店の主人が、餌取小路の店で覚蓮坊《かくれんぼう》と会《お》うたそうだな」

「もうご存じでしたか」

竜夫人《りゅうぶにん》はうなずいた。

「二人が何を話したかも、わかっている」

常吉《つねきち》はおどろかなかった。自分以外にも竜夫人の目となり耳となっている連中が少なからずいるのだろう。いまさらそんなことを妬《ねた》む気持ちは、さらさらなかった。こうして夜中に向かいあっているだけでも、幸せなことなのだ。

「じつは、主人の申丸《さるまる》どのと仲なおりをいたしました」

「ほう」

常吉は先日のいきさつを、ありのままに説明した。

「これからは何もかも相談するから、力になってくれ、と殊勝《しゅしょう》な申しようで」

「それでどうした」

「申丸どのも、腹黒《はらぐろ》い男ではありません。これからはできるだけ役にたつつもりでおりますが」

「それはよかった」

竜夫人はやさしい目で常吉を見た。

「だが、常吉、もしわたしと申丸とが敵《かたき》同士となったときには、どちらにつく？」

「主人を裏切ります」

常吉は即座に答えた。

「どうせ地獄におちる身ですから」

竜夫人は白い喉《のど》をそらせて、鳩《はと》がなくような笑い声をたてた。それから手をのばして、そっと常吉の頰に触れた。

「そなたを信じている。わたしは異国からもどってきた頼りない身だ。銭《ぜに》はあっても心を許せる仲間はおらぬ。常吉、そなたの残りの命を、このわたしにあずけてくれるか」

常吉はあふれる涙をぬぐいもせずに、二、三度くり返しうなずいた。

自分はなんという果報者《かほうもの》だろうと思う。長年わだかまっていた申丸との気持ちのもつれも、一応、解消している。しかも竜夫人からは、命をあずけてくれとまでいわれたのだ。

「この年齢《とし》まで生きてきて、本当によかったと思っております。この上は、夫人《ぶにん》さまが望んでおられることのお手伝いをさせていただくために、どんなことでもお申しつけくださいませ」

竜夫人はしばらくだまっていた。それから長椅子《ながいす》の上に豊かな体をよこたえると、ひとりごとのようにつぶやいた。

「覚蓮坊《かくれんぼう》が手を組んだ相手は、白河印地《しらかわいんじ》の党の頭領《とうりょう》、ツブテの弥七《やしち》どのではあるまい」

「え？」

「弥七どのはすでに齢《よわい》九十をこえておられる。生き仏のように大事にされていても、しょせんは飾りもの扱《あつか》いだ。もう一度かつての白河の党の勢いをとりもどすために、頭《かしら》をとっかえようという動きがあることは、わかっていた」

「なるほど。で、一体だれが跡目《あとめ》を狙っているのですか」

「若頭《わかがしら》だ。そなたも田辺《たなべ》の勘太《かんた》という男を知っているだろう」

「はい。いちど猫又《ねこまた》という年寄りと一緒に顔を合わせたことがございます。そうか、田辺の勘太がねえ。若頭というからには、なかなかのやり手のように思われますが、そいつが覚蓮坊と――」

「弥七どのは筋《すじ》を通されるおかただ。覚蓮坊ごときと手を組んだりはなさらぬだろう。白河印地の党の息がかかっている餌取小路《えとりこうじ》に覚蓮坊をかくまったのは、たぶんあの印地御殿《ごてん》をのっとろうとする若頭一派にちがいない。ことによるといつか弥七《や》どのを消そうとくわだてることもありうるだろう。常吉《つねきち》、そなた、田辺の勘太を殺れるか」

「はい」

竜夫人はいずまいを正していった。

「ツブテの弥七どのは、わたしにとっても大事なおかただ。なんとしてでもお守りせねばならぬ」

常吉は無言でうなずいた。

珊瑚《さんご》の櫛《くし》

涼《すず》は錦小路《にしきのこうじ》の人ごみの中を、面《おもて》を伏せるようにして歩いていた。

目立たぬようにと気づかってはいても、やはり無遠慮な男たちの視線がつきまとう。涼はそのことをうとましいとも感じ、また一方でどこかうれしく思うところもあった。

自分がまだ男たちの気持ちをそそる美しい女であることに、いつも満足感をおぼえずにはいられない。

〈この家だ〉

涼は一軒の家の前でたちどまった。

商家とも店《たな》ともつかぬひっそりした構えの家である。道に面した玄関の戸をあけると、木の机のむこうに三十年配の陰気な男がすわっていた。

「なにか？」

と、小さな声でいう。

「ご主人の道造《みちぞう》さまにお目にかかりたいのですが」

男は涼の全身を値ぶみするように眺めた。その視線はまったく女を見る男の目の色ではない。ただもののようにたしかめただけだった。

「主人に、どういうご用件で？」

「お借りしている銭《ぜに》のことで、ちとご相談がございまして」

「どういう相談ですか」

「ですから、ご主人の道造さまにお目にかかりたいのです」

「銭のことですね」

と、男は念をおすようにいう。

「お名前をうかがいましょう」

「涼、ともうします。西洞院《にしのとういん》の善鸞《ぜんらん》の家の者です」

男は返事もせずにたちあがって、姿を消した。

しばらくして力強い足音とともに、恰幅《かっぷく》のいい五十歳前後の男があらわれた。

血色がよく、眉毛《まゆげ》が太い。いかにも精力があふれているような体つきである。太い手の指に剛毛《ごうもう》が密生しているのを、涼はぞくっとするような気持ちで眺めた。

「これは、これは」

濡れた下唇をなめるようにして、男は相好《そうごう》をくずした。

「涼《すず》さまのことは、よく存じております。とびきりの美女と仲間が噂《うわさ》しているのを耳にして、ぜひ一度お目にかかりたいと思っておりました。まあ、おあがりなさい。部屋でゆっくりお話をおうかがいしましょう」

薄暗い廊下をわたって奥へすすむと、町中《まちなか》とは思えぬ広い庭があった。ほそい水の流れの上に、小さな橋がある。その先に萱《かや》ぶきの風雅《ふうが》な離れが見えた。

涼はその小橋をわたるときに、一瞬、足をとめた。なぜかこえてはならない境《さかい》をこえるような気がしたからである。

「どうなされました」

先にたって離れの扉に手をかけた道造《みちぞう》が、ふりかえって声をかけた。

「いえ、なんでもありません」

「銭《ぜに》の話は、人目につかぬ所でしたほうがいい。さあ、こちらへ」

涼は襟元《えりもと》をなおし、首をしゃんとのばして橋をわたった。

〈そうだ、銭の話をするためにわたしはここへきたのだ。銭を貸すのを商売にしている借上《かしあげ》の道造と離れの部屋にいっしょにいたところで、決して恥ずかしいことをして

いるわけではない〉

涼は自分にいいきかせて、道造のあとにつづいた。

「さあ、どうぞお楽に」

道造が涼に敷物《しきもの》をすすめて、丸窓の前に坐《すわ》った。部屋がせまいせいか、急に道造の体が大きく見える。

「暑い」

胸元をはだけた道造の姿が、自分にのしかかるように感じられて、涼は目をそらせた。

「同業の借上たちのあいだでも、あなたさまのことはしばしば噂になるのですよ」

と、道造はいった。

「噂とは、どういうことでございましょう」

「いや、決して悪い噂ではございません」

道造は手をふって、

「あんなに美しい女子《おなご》を妻にされた善鸞《ぜんらん》どのは、男冥利《おとこみょうり》につきると、仲間がうらやんでおりまして」

「わたしのことを、どうして借上のお仲間がご存じなのでしょうか」

「それは評判というものです。そのへんの道をお歩きになっていても、あれが西洞院《にしのとういん》の涼御前《すずごぜん》さまだとみなが噂《うわさ》しあっているのを、よもや知らぬとはいわせませんよ」

「まあ、涼御前だなどと、子持ちの人妻をおからかいになってはいけません」

涼は自分がいつになく口が軽くなっていることに気づいて、思わず頬を染めた。

道造《みちぞう》が急に真顔《まがお》になって、腕を組んだ。

「ところで、本日おこしになったご用向きをうかがいましょうか。わたくしのほうでも一応の推察《すいさつ》はついておりますが」

「お恥ずかしゅうございます」

涼は目をふせて小声になった。そんな自分の姿が、道造の目にどのように見えているかは、本能的に心得《こころえ》ている。

涼は事のいきさつを、手短に説明した。

昨夜、夫《おっと》の善鸞《ぜんらん》の衣服をたたんでいるときに、一枚の証文《しょうもん》をみつけたこと。そこには借上《かしあげ》の道造の店から二度にわけて一貫文《かんもん》の銭《ぜに》を借り、そのかたに珊瑚《さんご》の櫛《くし》をあずけたとしるされていたこと。

「その借銭《しゃくせん》の期限が数日前にきれておりました。それに、夫はわたしに借銭の額を小さくいっていたのです。まさか、あの櫛ひとつで一貫文もの銭をお借りしたとは

――」

「あの珊瑚の櫛の細工は見事なものです。しかし正直に申しあげて、櫛ひとつで一貫文の銭をご用立てすることはできません。西洞院の涼御前さまのお櫛だときけばこそ、おあずかりいたしたのです」

涼は自分がもっとも美しく、そして哀れに見えるようにとじっと道造をみつめていった。

「わたしにとって、あの櫛はわが家の家柄《いえがら》をしめす大切な品なのです。いまはしがない田舎ぐらしの家ですが、祖母はさる公家《くげ》につかえる女房でございました。故《ゆえ》あってその家をはなれるときに拝領《はいりょう》したのが、あの櫛だったのです。ですから、あれはわたしにとって銭にはかえることのできない品なのでございます。残念なことに、いまの夫には期日までに銭をお返しする甲斐性《かいしょう》はございません。とはいえ、わたしはどんなことがあっても、あの櫛を失うことはできないのです。どんなことがあっても――」

道造の目がきらりと光ったように涼にはみえた。

「どんなことがあっても、ですか」

涼は答えなかった。道造は手をのばして、涼の髪の毛に触《ふ》れた。涼はじっとしていた。

「美しい櫛《くし》が、涼《すず》どのの髪にやさしくよりそう様子を、わたしはいつも思い描いていたのだ。ほれ、櫛はこのように、わたしの懐《ふところ》にある。この櫛をわたしはいつも抱いていたのだよ、涼どの」

道造《みちぞう》の言葉づかいが、急になれなれしくなったことを涼は感じた。道造の手が、珊《さん》瑚《ご》の櫛をそっと涼の髪にさした。

涼は道造の手をさけようとはしなかった。ふしぎなことに肉厚《にくあつ》なその手の感触《かんしょく》を、うとましく思う気持ちと、その逆の、ときめく心を同時におぼえていたのだ。

「いけません」

と、涼はかすれた声でいった。

「なにが、いけない」

道造はさらに体をちかづけて、熱い息を涼の耳たぶに吹きかけてきた。

「わたしは、善鸞《ぜんらん》の妻でございます」

「そなたの夫の評判も、きいておる」

と、道造はささやいた。

「もと法然上人《ほうねんしょうにん》門下の親鸞《しんらん》という念仏僧の、ご長男だそうだな」

「そうです」

「頭もよく、弁もたつ立派なおかたのようだ。ただ残念なことに——」

道造は太い首の肉をふるわせて笑った。

「博奕《ばくち》が好きなのが玉《たま》に瑕《きず》、だと思うているであろうが、じつは、そうではない」

「え？」

涼は道造の言葉の意味を理解できずにきき返した。

「なにをおっしゃりたいのですか」

「善鸞どのは、このところ室町《むろまち》の桂《かつら》という遊女《あそび》とよい仲になっておられるそうだ。そなたのような美しい妻をもちながら、なんで身を売る女などに惑《まど》わされるのか。わたしにはわからぬ。そなたのほうが百倍も千倍も男心をそそる上玉《じょうだま》であるのにのう」

「嘘です」

と、涼はさけんだ。

「あの人にかぎって、そんなことがあろうはずはありません」

「涼どのはご存じあるまいが、善鸞どのが銭《ぜに》を借りにこられたのは、あの櫛を持参なさったときだけではないのだよ。その後も何度かこの店にこられておる。火傷《やけど》をなさって、治療のために銭が必要だといわれていたが、そうではあるまい。女のほうも商売ぬきで善鸞どのにのぼせているそうだ。こういう商売をしていると、いやでもそんな話はつたわってくるものでね」

この男はわたしをものにしようとして、作り話を吹きこんでいるのだ、と涼《すず》は思った。

しかし、どこかにそれは本当かもしれないという気持ちもあった。

これまでに何度か、善鸞《ぜんらん》の衣服にかすかな脂粉《しふん》の香りをかいだことがあったのだ。

しかし、それを否定させたのは、涼の自信だった。幼いころから自分が美しい娘であることを承知して育ってきている。人妻となったいまでも、その誇《ほこ》りはかわらない。

自分以外の女に善鸞が目をくれることなど、あるわけがないと思ってきた。しかし、室町《むろまち》の桂《かつら》という女の名前までだされると、もしや、という気持ちもきざしてくる。

道造《みちぞう》がささやいた。

「わたしは、そなたを抱《だ》きたいと思うておる。正直にいって、わたしは女子《おなご》に好かれる男ではない。しかし、銭《ぜに》はある。涼どの、ここはひとつ、大人の話をしようではないか。この櫛《くし》は、そなたにお返しする。これまでの善鸞どのの借銭《しゃくせん》も帳消しにしよう。だから一度だけでよい。いま、ここでわたしのいいなりになってくれ。どうだ」

道造の言葉には真実味があり、どこか涼の心をゆさぶるものがあった。

涼はすでに世間知らずの娘ではない。男たちが自分をみて、どのように感じるかをわかっている大人の女のつもりだった。

「夫には借銭が帳消しになった理由を、どのように説明するおつもりですか」

「ある人に証文《しようもん》をゆずったと、わたしからいう」

「証文をゆずる、とは？」

「善鸞どのの借銭を肩がわりしてもらうのさ。この商売ではよくあることだ。証文をゆずられたほうが、あたらしい貸《か》し主《ぬし》になる」

「でも、こんどはそのあたらしい貸し主からきびしく取り立てられるのではありませんか。それでは同じことでしょう」

「その人は、善鸞どのから借銭を取り立てようとはしない」

「なぜですか」

「そのわけを知りたければ、さあ、そなたを抱かせてくれ。あとでちゃんと話をする」

「だめです」

「どうしても、だめか」

「触《さわ》るだけなら」

と、涼《すず》は小声でいった。

そして肩の力をぬいて、目をとじた。

「乳房《ちぶさ》に触ってもよいか」

「どうぞ」

「なんという女だ」

道造《みちぞう》が両手をのばして、涼の体を抱きしめた。

涼はぶあつい肉の塊《かたまり》の中に、体ごと包みこまれるような感覚をおぼえた。

銭金《ぜにかね》の力で自分をわがものにしようとする男への嫌悪感が、心のうちにわいてこないのが不思議だった。

心の奥に、生まれながらに自由をもとめる気持ちがある。世間の道徳や常識を、かるがるとのりこえていく本能がある。

自分の体を男の手にゆだねることに、すこしもこだわりを感じない放縦《ほうしょう》さを、涼は愛していた。そんな自分が好きだったのである。

襟元《えりもと》をおしひらき、乳房を愛撫《あいぶ》する道造の手が可愛《かわい》くさえ思われた。

「ああ、なんという柔らかな体だ」

あえぐように道造がつぶやく。

「この手がとけてしまいそうだ。これを極楽浄土《ごくらくじょうど》とでもいうのか」

「ちがいます」

涼は子供に教えるようにいった。

「お浄土とは、阿弥陀《あみだ》さまの仏国土《ぶっこくど》のこと。この世は、穢土《えど》でございましょう」

「穢土から浄土へは、どうすればいけるのかのう」

道造の手が、胸元からさらにおりていこうとする。涼はそれをやさしくおしとどめた。

「そこまでです。銭《ぜに》でわたしのすべてを手にいれられるとお思いですか」

涼は道造の体をおし返して、襟元をあわせた。道造はあきれたように涼を眺め、首をふった。

「なんという女子《おなご》だ」

「わたしを嫌いになられましたか」

「いや」

道造は額の汗を袖《そで》でぬぐうと、ふうっと大きなため息をついて坐《すわ》りなおした。

「嫌いになるどころか、わたしはますます涼どののことが好きになった。食べものでもそうだが、わたしは芯《しん》のある固いものが好きでのう」

涼《すず》は甘える猫《ねこ》のように喉《のど》を鳴らして笑った。

「夫の借銭《しゃくせん》の話は、また、この次にいたしましょう。きょうは、この櫛《くし》ひとつをいただいてまいります」

たちあがった涼を、道造《みちぞう》はまぶしげに見あげた。

「この次は、ぜひとも本当の極楽浄土《ごくらくじょうど》へまいらせてもらいたいものだ」

「お念仏をなさいませ」

涼は白い手で髪に櫛をさし直すと部屋をでた。

その晩おそく、善鸞《ぜんらん》は裏口から足音をしのばせて帰ってきた。

如信《もとのぶ》はすでに深い寝息をたてて眠っている。

そっと戸をあけて部屋にはいってくると、善鸞は暗いなかで衣服をぬぎ、涼の隣に体をよこたえた。

「先にやすませていただいております」

涼が声をおさえていった。

「おきていたのか」

「はい」

「すまぬことだ。安竜院《あんりゅういん》に唱導《しょうどう》の稽古《けいこ》にいったのはよいが、一緒に学んでいる仲間たちにさそわれて、つい双六《すごろく》に刻《とき》をすごしてしまった。つくづく自分の意志の弱さが嫌《いや》になる。博奕《ばくち》には決して手をださぬと、いつも自分に誓いながら、情《なさ》けないことだ。涼、こんなわたしを、さぞかし軽蔑していることだろう」

「いいえ」

涼は手をのばして、善鸞の頬をなでた。そして、きこえるかきこえぬかぐらいの小さな声で、ひとりごとのようにいった。

「かわいそうに」

「え？」

「双六は、室町《むろまち》でなさったのですか」

善鸞が息をとめたのが涼にはわかった。涼はつづけた。

「そんなことは、どうでもいいのです。わたしが願っているのは、あなたが親鸞《しんらん》さまのお気持ちを大事になさって、その教えをだれよりも深く会得《えとく》されることです。法然《ほうねん》上人《しょうにん》の教えを本当にうけつがれたのは親鸞さまでございます。その親鸞さまの跡目《あとめ》をつがれるのは、ご長男のあなたでなくてはなりません。そして、あなたの跡は、この如信《もとのぶ》が──」

涼《すず》は上体をおこして、善鸞《ぜんらん》の肩に手をかけた。

「あなたは気づかれていたかどうかわかりませんが、親鸞《しんらん》さまは、唯円《ゆいえん》どのを一番弟子のように信頼されておられたのですよ」

「唯円を？」

「そうです。唯円どのは寝るまも惜しんで浄土《じょうど》の経典《きょうてん》を勉強なさっておられました。親鸞さまを訪ねてきた念仏者たちとのやりとりも、すべて後で書きおこし、いつもくり返し読んでおられたのですよ。親鸞さまは、心では血をわけたご長男のあなたを後継者《あとつぎ》にと思われながらも、どこかで唯円どののことを頭におかれていたのです。ですから、わたしが唯円どのを、この家から──」

「そなたが何をしたというのだ」

善鸞がけげんそうにきいた。

「唯円は郷里の人びとに正しい念仏をつたえたい、と親鸞さまに申《もう》し出《で》て、東国《とうごく》へ帰っていったはずだが」

「その話は、いまはやめておきましょう。それよりわたしが気がかりなのは、覚信《かくしん》さまのことです」

「覚信がどうかしたのか」

「覚信さまは、親鸞さまの大のお気に入りの末娘でいらっしゃる。病《やまい》にふせっている夫、日野広綱《ひのひろつな》さまをかいがいしくお世話されながら、他家のお手伝いにもでかけ、家では手内職にもはげんでおられるとか。そして、この家の暮らしの足しにと、月々わずかではございますが、お志《こころざし》もいただいております」

「そうだ。わが妹ながら、ほんとによくできた女子《おなご》だ。で、その覚信がどうした？」

「もれ聞くところでは、広綱さまの病状はきわめて重く、もう回復のみこみはないとのこと。いつお亡くなりになるか、わかりません」

涼は声をひそめるようにして言葉をつづけた。

「覚信さまも、すでに覚悟をなさっておられると思います」

「それで？」

「もし、広綱さまが亡くなられて、寡《やもめ》になられたら、お子たちをつれてこの西洞院《にしのとういん》の家にやってこられるのではないでしょうか。いえ、まちがいなくそのつもりでおられるはずです」

「そなたという女は――」

善鸞はあきれたようにため息をついた。

「広綱《ひろつな》どのの病がなおらぬときまったわけでもないだろう。もし、万一そうなったとしても、覚信《かくしん》がこの家にやってこようと思うているかどうか。あまり先のことまで考えすぎるのはよくない。そのときは、覚信を助けてやらなければ」

「わたしは如信《もとのぶ》だけを親鸞《しんらん》さまの直弟子《じきでし》にしたいのです」

善鸞《ぜんらん》はだまっていた。涼《すず》はいった。

「覚信さまは、越後《えちご》におられる恵信《えしん》さまにかわって、親鸞さまを支えておられるのです。そして、親鸞さまはうちの如信よりも、覚信さまの子、光寿《みつひさ》どののほうを可愛《かわい》がっておられます」

「そんなことはない」

「いいえ。まちがいありません」

隣の親鸞の部屋で、ばたんと物音がした。すぐにおだやかないびきがきこえてきた。

しばらくだまっていたあと、涼がいった。

「わたしは如信が大事なのです。ご長男のあなたが親鸞さまの跡《あと》をつがれ、その跡をまた如信がつぐ。それが夢なのです。わたしはすでに世の中をあきらめて生きている女。ただ一つのわたしの夢をこわさないでくださいませ。それを邪魔する者は、たとえ身内であろうともわたしは決して許しませんから」

「もう寝よう。そなたの話はわかった」

「いいえ。あなたはおわかりになっておりません」

涼は手さぐりで枕《まくら》の下から珊瑚《さんご》の櫛《くし》をとりだし、善鸞の手におしつけた。

「この櫛は、わたしが取り返してまいりました。あなたの借銭《しゃくせん》については、たぶん急な催促《さいそく》はないはずです」

「どういうことだ」

「気になりますか」

「当たり前だろう」

「わたしは罪ぶかい女でございます。あのやさしい覚信さまさえ、敵《かたき》のように思う。唯円《ゆいえん》どのを悩ませ、借上《かしあげ》の道造《みちぞう》という男さえも手玉にとろうとしております。十悪五《じゅうあくご》逆《ぎゃく》の悪人とは、このわたしのことでございましょう」

善鸞がごくりと唾《つば》をのみこむ音がきこえた。

涼はいった。

「しかし、親鸞さまは、悪人こそがすくわれる、と教えておられるとか。わたしはずっと心の中で念仏をとなえておりました。阿弥陀《あみだ》さまを信じ、その名をとなえているかぎり、悪をおそれることはない。そうでしょう？　そうですよね、善《ぜん》さま」

「わからない」

善鸞《ぜんらん》は苦しげに答えた。

「わたしには、わからないのだよ。親鸞《しんらん》さまは、いつも、罪業深重《ざいごうじんじゅう》の凡夫《ぼんぷ》こそ本願《ほんがん》の正機《しょうき》である、とおっしゃっておられる。しかし、わたしにはその深い意味が、いまひとつわからない。それで悩んでいるのだ。唯円《ゆいえん》には、そのことが素直に理解できたらしい。だからわたしは、ずっと唯円がうらやましかったのだ。わたしは、わたしは

——」

善鸞は呻《うめ》くような声をあげ、両手で顔をおさえた。涼《すず》が体をよせていった。

「だいじょうぶです。善さまには、わたしがついておりますから」

蜘蛛《くも》の糸のように

灯心《とうしん》の焔《ほのお》が、ちりちりと音をたててゆれた。

竜夫人《りゆうぶにん》はゆっくりと椅子《いす》からたちあがり、常吉《つねきち》にいった。

「湯浴《ゆあ》みをする。手伝ってくれ」

「は、はい」

竜夫人が卓上の鈴をならすと、若い男がすぐに姿をあらわした。

「湯の用意を」

と、竜夫人はいい、若い男はうなずいて隣室に消えた。湯桶《ゆおけ》をはこぶらしい足音がきこえ、やがてひかえめに男の声がした。

「湯がはいりました」

竜夫人はうなずいて常吉を手招きした。

「こちらへ」

竜夫人《りゆうぶにん》にいわれるままに、常吉《つねきち》は後につづいた。隣室はさまざまな唐物《からもの》がぎっしりと天井まで積みあげられている。その部屋をぬけて、さらに渡り廊下をたどると、そこが湯殿《ゆどの》だった。

それは常吉のみたこともない不思議な部屋だった。壁に灯《あか》りがともっている。中央に白い石をくりぬいた大きな湯船《ゆぶね》があり、縁《ふち》まで湯がたたえられていた。

「その棚の香油《こうゆ》をとってくれ」

「香油？　これでございますか」

常吉は棚におかれた小さな瓶《びん》を竜夫人に手渡した。薄緑《うすみどり》色の液体を湯にそそぐと、竜夫人はむぞうさに衣《ころも》をぬぎすて、体を湯船にひたした。

常吉は思わず目をそらせた。ざぶざぶと湯のあふれる音がして、竜夫人のため息がきこえた。

「ああ、よい気持ちだ」

竜夫人は常吉に白い背中をむけて、命じた。

「そこに絹《きぬ》の布がある。それで背中をこすってくれ」

常吉はぬれた床ですべりそうになり、あわてて壁で身をささえた。絹の布を手にして戸惑っている常吉を、竜夫人がせきたてた。

「どうしたのだ。女の裸をみて恥ずかしがる年齢《とし》でもあるまい」

「は、はい」

常吉はおそるおそる湯船の前に膝《ひざ》をついた。豊かな肉づきの背中は、湯の滴《しずく》をはじいてつややかに輝いている。

「さあ、はやく」

常吉は絹の布をその背中にあて、息をとめてゆっくりと手をうごかした。

「ところで――」

と、竜夫人がいった。

「そなたの主人の申丸《さるまる》と覚蓮坊《かくれんぼう》の話し合いは、その後どうなった？」

竜夫人にたずねられて、常吉はあわてて背中をこする手をとめた。

「はい。どうやらうまくまとまりそうで」

「それはよかった。たぶん申丸のほうに南都北嶺《なんとほくれい》から大きな銭《ぜに》を用立てて、材木を一手《いって》にあつかう座《ざ》をつくらせようという話ではあるまいか」

「一方で、白河《しらかわ》の印地《いんじ》の党には、車借《しゃしゃく》、馬借《ばしゃく》、牛飼《うしかい》たちをまとめさせて、陸地運送の座をつくらせるくわだてのようでございます」

「そちらのほうは、若頭《わかがしら》の田辺《たなべ》の勘太《かんた》にしきらせるつもりだな」

「さようで」

「申丸《さるまる》と勘太《かんた》を左右に踏《ふ》んまえて、自分が両方の手綱《たづな》をにぎる。覚蓮坊《かくれんぼう》らしいたくらみだ。しかし、陸をおさえただけではうまくはいくまい。海はどうする」

「そこでもう一人、妙な奴《やつ》が嚙《か》んでくるようです。なんでも瀬戸内の家船衆《えぶねしゅう》をまとめる力がある男とか」

「はて、何者だろう」

「なんでもむかし平家《へいけ》と深い縁があったらしゅうございます。話では平 清盛《たいらのきよもり》さまとどうとかといっておりましたが」

「清盛公だと？　それは何十年も前の話ではないか」

「はい。しかし、平家の一族が瀬戸内の船乗りたちと深いつながりがあったことはたしかでございましょう」

「ふーむ」

竜夫人《りゅうぶにん》は、しばらく考えていたが、やがて不意にたちあがった。常吉《つねきち》は目の前に白い壁のようなものがあらわれて、うしろにひっくり返りそうになった。

「ひょっとして、その男は――」

と、竜夫人はいった。

「かつて平家の全盛時代に、人もおそれる六波羅童《ろっぱらわっぱ》という少年たちの集団があった。清盛公の目となり耳となって、平家に楯《たて》つく輩《やから》を容赦《ようしゃ》なく取り締まったのだ。その頭目《かしら》が六波羅王子《ろっぱらおうじ》とよばれた異常な若者だったそうだが、もしや――。いや、まさか、そんなことはあるまい」

「覚蓮坊は、なんでも伏見《ふしみ》どのとか、そんなふうによんでいたそうです」

「なに！」

竜夫人が裸身のままふり返った。常吉は両手で目をおおった。

竜夫人は、ふたたびざぶりと音をたてて、湯のなかに身を沈めた。そして何度もくり返して大きく息をした。

やがて、竜夫人は静かな声でつぶやくようにいった。

「伏見平四郎《ふしみへいしろう》――。六十年以上も昔の亡霊《ぼうれい》が、ふたたびよみがえってきたのか」

「それは、何者でございますか」

「そなたも知っておろう。かつて黒い能面に顔をかくし、世間に黒面法師《こくめんほうし》とよばれた異様な男がいたことを」

あ、と常吉は息をのんだ。

「あの化けもののことですね。法勝寺《ほっしょうじ》の八角九重塔《はっかくくじゅうのとう》に火をつけて、みずからも焼け死んだと噂《うわさ》されておりましたが」

「わたしはその男に、二度も危《あや》うい目にあわされたのだよ」

と、竜夫人《りゆうぶにん》はいった。その声には、これまで常吉《つねきち》がきいたことのない深い憂愁《ゆうしゆう》のひびきがこもっていた。

「それはまだ法然上人《ほうねんしようにん》が生きておられたころのことだ。あの男の奸計《かんけい》におとしいれられて、わたしは窮地《きゆうち》に追いつめられていたのだ。一度目はツブテの弥七《やしち》どのに、そして二度目はあるかたに助けられた。おふたりがいなければ、このわたしはすでに亡き者になっていたかもしれぬ」

常吉はふうっと大きく息を吐いて、なるほど、と心のなかでうなずいた。

〈竜夫人と白河《しらかわ》の頭領《とうりよう》、弥七さまとは、そんな深い因縁《いんねん》でむすばれていたのか〉

竜夫人は湯をてのひらにすくっては肩にかけながら、ようやく落ちつきをとりもどした口調で語りだした。

「むかし弥七どのからきいた話だが、清盛《きよもり》公ご存命のころ、津《つ》の船遊女《ふなあそび》の子としてうまれた伏見平四郎《ふしみへいしろう》という美貌の少年がいたという。縁あって清盛公の寵愛《ちようあい》をうけ、六《ろつ》波羅童《ばらわつぱ》の頭目《かしら》となって悪名をとどろかせたそうな。そなたの元の主人の犬麻呂《いぬまろ》どのは若いころ、彼らに捕らわれ拷問《ごうもん》をうける寸前に白河《しらかわ》の弥七どのの一味にすくわれたという。そのときの争乱のなかで、伏見平四郎は猛牛《もうぎゅう》に顔をふみくだかれ、二目とみられぬ相となった。年月がたったのち、黒い能面をつけて京にあらわれ、黒面法師《こくめんほうし》とよばれて人びとにおそれられたのだ」

常吉は湯殿《ゆどの》の床に片膝《かたひざ》をついたまま、竜夫人をみつめた。白い額《ひたい》に玉のように汗が光っている。

「その黒面法師は、八角九重塔《はっかくくじゅうのとう》の炎上の際に焼け死んだと都の人びとには思わせ、本当はどこかで生きていたらしい」

と、竜夫人はいった。

「六波羅王子《ろっぱらおうじ》とよばれて、六波羅童三百人をたばねていたころ、たしか十七歳であったと聞いている。とすれば、いまはもう八十歳になる老人のはず。それでもなお俗世に執念ぶかく謀《はかりごと》をめぐらせてくるとは、なんともしぶとい奴《やつ》だ。覚蓮坊《かくれんぼう》と手を組んで、またまたひと騒ぎおこすつもりだろう。いや——」

そうではないのかもしれぬ、と竜夫人はつぶやき、大きくうなずいた。

「あの黒面法師と覚蓮坊が、以前からつながっていたとすれば、みえてくるものがある。常吉、これはひょっとして、わたしが生涯をかけてでも解《と》き明《あ》かそうと思うているあの事と、なにか関係があるのかもしれない。いま、わたしには、なぜか強くそう感じられるのだ」

竜夫人《りゅうぶにん》があの事といっているのがなんなのか、常吉《つねきち》にはぴんとくるものがあった。

〈竜夫人は、かつて六条河原《ろくじょうがわら》で首を斬《き》られた念仏者のことをいっている〉

竜夫人は前に、そのことを常吉にはなしてくれたことがあった。

たしか私怨《しえん》という言葉も、もらしたようにおぼえている。

いまから三十六年前に、大きな出来事があったのだ。たぶんその件にちがいない。

当時、後鳥羽上皇《ごとばじょうこう》のはげしい怒りをかって、念仏者が例のない処罰《しょばつ》をうけたのだ。

法然上人《ほうねんしょうにん》ほか弟子七名が流罪《るざい》。

そして、四名が死罪となった。

それは異例の措置《そち》であり、それらしき手続きもふまれてはいない。

当時、四十二歳だった常吉も、二月に六条河原で斬首《ざんしゅ》がおこなわれたことをおぼえている。多くの京の人びとが処刑場につめかけて、河原に首がころがるのを見たのだ。

〈あの処刑のうらには、卑劣なたくらみがあった〉

と、竜夫人は信じているらしい。その真実をあきらかにし、陰謀にかかわった者たちの首を河原《かわら》にさらしてやる、とまでいったのだ。

くっ、くっ、と、竜夫人の口から異様な声がもれた。

常吉は唾《つば》をのみこんで竜夫人をみつめた。

それは、笑い声のようでもあり、嗚咽《おえつ》のようにもきこえる。竜夫人は両手で顔をおおって、大きく肩を上下させた。

しばらくして、竜夫人はいった。

「わたしは、あのときのことを忘れない。つめかけた多くの人びとの前で、念仏者の首が斬り落とされたのだ」

常吉は頭のなかで、古い記憶の糸をたぐった。そのことはすでに竜夫人からきいている。

〈あれはなんという名前の男だったか。たしか美声で有名な若い念仏僧だったはずだが〉

常吉は口もとまででかかっている名前を思いだせずに舌うちした。

「たしか六条河原で斬首されたのは、えーと、安《あん》ナントカ房《ぼう》、というかたでしたね」

「そうだ」

竜夫人がうなずいた。

「安楽房《あんらくぼう》だ。安楽房遵西《じゅんさい》。法然上人のお弟子さまだ」

そのかたの念仏の美しさは、この世のものとは思えないほどだった、と、竜夫人《りゅうぶにん》はいった。

「それまでの梵唄《ぼんばい》とか、声明《しょうみょう》とはまったくちがう自由奔放《じゆうほんぽう》な詠唱《えいしょう》で、その声をきくだけで浄土にいる心地がしたものだ。あれほど心にひびく念仏の声を、わたしはきいたことがない。当時、どれだけ多くの人びとがその声に導かれて念仏の門をくぐったことか。このわたしも、ふしぎな縁でその遵西《じゅんさい》さまと結ばれることとなった一人だ。わたしもその頃は、むこうみずな若い娘だったのでのう」

常吉《つねきち》は思わず息をのんだ。

これまで竜夫人の過去を、自分なりにさまざまに思いめぐらせていたのである。

竜夫人が、かつて人買いの手で宋《そう》に売られたことは知っていた。そのあと、どこかの町で遊女《あそび》として暮らし、やがて大物の商人に身請《みう》けされて、その商才を見出《みいだ》された。そしてその商人の死後、この国にもどってきたことまでは聞かされている。

しかし、竜夫人の過去には、さらに入りくんだ訳《わけ》があったのだ。霧のかなたに沈んでいたおぼろげな記憶が、不意によみがえってきて、常吉は頭をがんとたたかれたような気がした。

「まさか――」

頭の中に深い霧がたちこめている。その奥から、すこしずつ見えてくる古い記憶のかけらがある。

〈安楽房《あんらくぼう》遵西と結ばれた若い娘――〉

常吉は、あっ、と思わず声をあげ、手にもっていた絹の布をとりおとした。

三十六年という歳月がめまぐるしく回転して、常吉は四十代の自分にもどっていた。

あの六条河原《ろくじょうがわら》の処刑のとき、一人の女がとびだして、河原に転がった首を抱いて逃げたという。

つめかけた群衆にまぎれて、その女は行方《ゆくえ》知れずになったと、当時は大層な噂《うわさ》だったのだ。

「まさか――」

常吉は首をふった。

「まさか、あなたさまがあのときの――」

竜夫人がうなずいた。

「そうだ。六条河原で遵西さまの首を抱いて逃げたのは、このわたしだ」

しばらく沈黙がつづいた。やがて竜夫人がゆっくりはなしはじめた。

「安楽房遵西《あんらくぼうじゅんさい》さまとは、いろんないきさつがあった。人からみると悪因縁《あくいんねん》と思われるかもしれない。しかし、わたしはやがて遵西さまを愛するようになっていたのだ。そしてわたしは、遵西さまの子を宿した。その遵西さまが無残に首を斬《き》られた。わたしは絶望のあまり、みずから人買いの手に身をゆだねて異国へわたった。赤子《あかご》は、さる人の手で引きとられたのだ」

「そのお子さまは、どこに」

「そのときから死んだものと思うことにした」

竜夫人《りゅうぶにん》は、ざぶりと湯の中に頭を沈めた。そのままじっと動かない。

常吉は竜夫人が息ができなくなるのではないかと、あわてて夫人の上体を引きあげた。どっしりと重い乳房《ちぶさ》の感触に、常吉《つねきち》はあわてて手をはなした。

「心配せずともよい」

竜夫人はいった。深い決意をひめた声だった。

「悲しみは歳月がいやしてくれる。しかし、怨《うら》みは消えない。あのとき遵西さまをあえて無残に処刑したたくらみの背後にいた者を、わたしは必ずつきとめて首を斬ってやる。必ず、な」

日中はまだ暑さが残っているが、夜になるとどこからともなく涼しい風が吹いた。

親鸞《しんらん》は灯火の下で、手紙を書いていた。常陸《ひたち》の唯円《ゆいえん》あての返書である。唯円が京を去って東国へもどってから、はじめての便りがきょうとどいたのだ。

「お仕事中でございますか」

部屋の外から善鸞《ぜんらん》の声がした。

「かまわぬ。おはいり」

親鸞が筆をおくと、善鸞が涼《すず》をともなってはいってきた。

「如信《もとのぶ》はもう寝たのか」

親鸞の問いに涼が微笑して答えた。

「はい。さきほどまで勉強いたしておりましたが、やはり子供でございますね。たてつづけにあくびをいたしますと、そのままことんと眠ってしまいまして」

「如信は感心な子だ。学問が好きなところは、わたしの幼いころとよく似ている」

「ほんとうに先が楽しみでございます。きっと親鸞さまのよい跡取りになることでございましょう」

善鸞が横からたしなめるように、

「そんなことよりも、唯円《ゆいえん》からの便りにはどんなことが書かれていたのですか。耳にしたところでは、東国《とうごく》でも念仏をとりしまる動きがあるようですが」

親鸞《しんらん》は口をむすんで腕組みをした。

「たしかにそのことも書いてあった。だが、それよりも気になるのは、いくつもの念仏者の集まりができて道場がうまれ、それらが互いに勢力をきそいあう風潮が生じてきているらしいことだ。念仏者をおさえつけようとする力がつよければつよいほど、人びとは仲間と手をつないでまとまらなければならない。しかし、集まれば必ず争いがおきるものだ。唯円どのもそのことで苦労しているのだろう」

「あのかたなら、きっと大丈夫だと思います」

と、涼《すず》がいった。

「若くて元気な人ですし、なによりも親鸞さまの直弟子《じきでし》ですから。それだけでも皆からあがめられるはずです」

親鸞はだまって何もいわなかった。

「じつは、ご相談したいことがありまして」

と、善鸞《ぜんらん》がいった。

親鸞は、ほう、というように善鸞の顔をみつめた。いつも親鸞の言葉に素直にしたがって、あまり自分から意見をいわない善鸞である。

船岡山《ふなおかやま》で受けた火傷《やけど》の跡《あと》はまだ残っているが、目立つほどではない。端整《たんせい》な顔だちに、むしろ陰翳《いんえい》がくわわって、わが子ながらひときわすぐれた容姿である。

〈自分にではなく、恵信《えしん》に似てよかった〉

と、内心、苦笑する気持ちがあった。

善鸞は少し照れくさそうにつづけた。

「自分でいうのもなんですが、このところ夜もおそくまで経典を学んでおります。親鸞さまの念仏のことも、他力《たりき》の教えも、少しずつ会得《えとく》できるようになってまいりました」

「うむ。それはうれしいことだ」

涼が横から言葉をそえた。

「唯円どのが東国へもどられてから、この人は本当に変わられました。親鸞さまの跡をつぐのは自分しかいない、と、覚悟なさったのでしょう」

親鸞はうなずいたが、なにもいわなかった。

善鸞はすこし躊躇《ちゆうちよ》しながら、それでもはっきりした口調でいった。

「これまでわたしは、自分がどのような方向にすすむべきか迷っていたのです。しかし、いまようやくそれが見出《みいだ》せたような気持ちになりました」

親鸞《しんらん》は首をかしげた。

「で、そなたは何を見出したのだ」

「唱導《しょうどう》です」

「唱導？」

親鸞は思わずきき返した。

「はい。このところ、時間をみつけてはさる寺に通って、唱導を学んでおります」

日中、しばしば善鸞《ぜんらん》が姿をみせないのは、そのためだったのか、と親鸞は思った。

「唱導を、そなたが」

「はい。自分にはいちばん向いた仕事だとさとったのです」

「うーむ」

唱導とは、説教の一種である。仏の道や、経典の内容をわかりやすく人びとに語りきかせるもので、さまざまな音韻《おんいん》を駆使し、言葉に抑揚《よくよう》をつけ、歌うような節回《ふしまわ》しで人気を集めた。名人上手《めいじんじょうず》の唱導には、きく者すべてが涙して感動するといわれた。

「意外なことを」

と、親鸞はいった。

「そなたが唱導にこころ惹《ひ》かれていたとはのう」

親鸞は体をのりだして、

「で、そなたはそもそも唱導を、どのようなものだと思っているのか」

「唱導は、仏の道を広く人びとに説《と》いて、仏縁《ぶつえん》にみちびく大事な方便《ほうべん》の説法《せっぽう》でございます。唐国《からくに》では廬山《ろざん》の慧遠和尚《えおんわじょう》が有名ですし、本朝では安居院《あぐい》の澄憲《ちょうけん》さま、それをつがれて唱導の道を大成された聖覚《せいかく》さまが絶世《ぜっせい》の名手とうたわれております。その唱導をきいて感涙にむせばぬ者はなかったとのこと。その聖覚さまの弟子のお一人が安竜院《あんりゅういん》という寺におられまして、そのかたから唱導のことをおそわりました」

善鸞は熱にうかされたようにそこまで一気にまくしたてると、少し気恥ずかしそうにつけくわえた。

「そもそも聖覚さまのことをわたしに教えてくださったのは、親鸞さまでございます」

聖覚は親鸞がふかく尊敬している法然《ほうねん》門下の高弟《こうてい》である。名門出身の天台《てんだい》の僧で、説法第一《せっぽうだいいち》といわれた学僧だった。

親鸞はその聖覚の手になる『唯信鈔《ゆいしんしょう》』をくり返し書きうつし、人にもすすめて読ませている。法然の教えを理解するには、すぐれた文章《もんじょう》だと思ったからだ。善鸞にも、はやくから『唯信鈔《ゆいしんしょう》』を学ぶようにいってきた。たずねてきた念仏者たちに、唯円《ゆいえん》、善鸞《ぜんらん》をまじえて『唯信鈔』を講じたこともしばしばだった。

「わたしは親鸞《しんらん》さまからいただいた『唯信鈔』を、空《そら》でいえるほどくり返し読みました。念仏のことを少し会得《えとく》できたのも、そのためでございましょう」

善鸞の言葉をあとおしするように、横から涼《すず》が口をはさんだ。

「ほんとうにこのひとはあの文章《もんじょう》をいつも持ち歩いて、ぼろぼろになるほど読んでおります」

親鸞はいった。

「聖覚《せいかく》どのはたしかに唱導《しょうどう》の名手であられる。声にだして説き、美しい節《ふし》をつけてうたうことは、仏縁をひろめる上で大切なことだ。古い経典は、詩のかたちをとっていた。また、表白《ひょうびゃく》、讃嘆《さんだん》、和讃《わさん》、教化《きょうけ》、訓伽陀《くんかだ》、などもすべて、声にだしてうたう。円仁大師《えんにんだいし》が伝えられた念仏も、そうであった。節をつけ、声を長くのばし、しみじみと、またはなやかにとなえる。それが念仏であった」

親鸞は言葉をつづけた。

「わたしも若いころ、幾度か名人上手《めいじんじょうず》とうたわれる人の唱導をきいたことがある」

比叡山《ひえいざん》にいたころ、さまざまな法会《ほうえ》や仏事に参加したことを親鸞は思いだした。

壇上に導師《どうし》があがると、人びとはかたずをのんでその声に耳をかたむける。おごそかな序の文句が終わると、流れるように華麗な説法がはじまる。いくつもの段にわかれて、たとえ話や仏典からの物語をひき、やがて朗々《ろうろう》たる音声《おんじょう》でうたいあげられる。節と言葉とが錦《にしき》の布を織るようにつらなって、人びとの心を震わせるのだ。

「それはじつに見事なものであった。風格、音声、内容ともに練《ね》りあげられ、工夫がこらされていた。おそらく安居院《あぐい》の聖覚どのの唱導は、さらにそれを上まわる絶唱《ぜっしょう》であったろう。しかし、わたしが聖覚どのを尊敬するのは、唱導の名手としてではない」

親鸞は目をとじて、ふかいため息をついた。

「わたしが比叡山《おやま》をおりて、吉水《よしみず》の法然上人《ほうねんしょうにん》のもとにおもむいたころ、都には一世を風靡《ふうび》した念仏歌唱の名手がいた。安楽房遵西《あんらくぼうじゅんさい》という。その声の美しさは、たとえようがなかった。念仏を、となえるのではなく、美しくうたうのだ。あくまで高く、澄んだ音声で、自由自在に旋律をつけ、きく者すべてがわれをわすれるほどのすばらしさだったのだよ」

涼がうなずいて、

「そのかたのことなら、わたしも聞いて知っております。たしか後鳥羽上皇《ごとばじょうこう》の怒りにふれて、六条河原《ろくじょうがわら》で斬首《ざんしゅ》されたかたではございませんか」

「そうだ。同じ法然《ほうねん》門下ではあったが、わたしとは行く道がことなっていた。だが、わたしはそのときのことを、いまだに忘れることができないでいる」

「わたしは、最近ようやく自分というものが見えてきたような気がするのです」

と、善鸞《ぜんらん》がいった。

「わたしには、たとえば唯円《ゆいえん》のように一途《いちず》な信心というものが欠けているような気がするのです。しかし、なにかを人に語ることはできると思うようになりました。すすめられて、ためしに一度、安竜院《あんりゅういん》の集まりで見よう見まねの唱導《しょうどう》を勤《つと》めたことがあります。そのとき、ほんとうに沢山《たくさん》の人びとが涙をながして仏縁《ぶつえん》をよろこんでくれました」

それはすばらしい出来《でき》でした、と横から涼《すず》がいった。

「涼どのも善鸞どのの唱導をきかれたことがあるのか」

と、親鸞《しんらん》はびっくりしたようにきいた。涼はうれしそうにいった。

「はい。このひとが唱導を学んでいることは、つい先ごろまでわたしも知りませんでした。あまり家をあけることが多いので、問いつめましたところ、ようやく教えてくれたのです。最初はわたしも信用しなかったのですが、それなら証拠《しょうこ》をみせようといって、安竜院というお寺につれていかれました。そこでこのひとが、はじめて人前で唱導を勤めるところを目に、いえ、耳にしたのです。ほんとうに驚きました。大勢の男女を前に、それは見事なお説法《せっぽう》ぶりで、だれもが涙をながして感じ入っておりました。わたしも思わずもらい泣きしたぐらいです。親鸞さま、このひとには生まれながらの才があります。声も、姿もよく、そしてなによりも人を酔わせる何かがございます。本気で唱導の道に精進《しょうじん》すれば、きっと安居《あぐい》院の聖覚さまにおとらぬ名人上手《めいじんじょうず》になるにちがいありません」

涼の声には子を思う母親のような、つよい感情がこもっていた。親鸞は、口を固くむすんだまま、だまっていた。

善鸞がいった。

「わたしは幼いころから不真面目《ふまじめ》な子でございました。遊びが好きで、成人してからもだらしない暮らしを続けておりました。しかし、歌をうたうことにかけては、ひそかに期するものがあったのです。わたしは親鸞さまが京へお帰りになって以来、それなりに浄土《じょうど》の経典《きょうてん》も学び、『選択集《せんちゃくしゅう》』や『唯信鈔《ゆいしんしょう》』をくり返し読んでまいりました。しかし、頭ではわかっているつもりでも、体の奥から念仏がわきあがってくるようなことはありませんでした。ところが唱導をきいて、それを自分もこころみたとき、なぜか念仏に出会えるような気がしたのです。この道を本気で学び、それをきわめてゆけば、きっと本当の信心にたどりつくのではないか。そう思ったのでした。親鸞《しんらん》さまは、それは逆だといわれるでしょう。本当の信心あっての唱導《しょうどう》だと。でも、逆の道もあるのではないかと、わたしは感じるのです。口先だけの唱導は芸にすぎない、とおっしゃられるかもしれませんが、そこを入口にして真の信心をうるというのは、甘い考えでしょうか」

善鸞《ぜんらん》の声には、これまで親鸞がきいたことのないような真情がこもっていた。

〈善鸞はいま本気で唱導を学びたいと願っているらしい〉

親鸞はしばらくだまっていた。それから静かな口調でたずねた。

「そなたは、ただ念仏をするというのがきらいなのか」

「いいえ」

善鸞は首をふった。

「好きとか、きらいとかいうことではございません。いつも親鸞さまがおっしゃっておられるように、念仏は仏の側からいただくもの。自分からなにかを願ったり、祈ったりするものではない、とそう受けとめております。しかし、残念なことに、わたし自身、いままで心の底から自然に念仏がわきあがってくることがありませんでした。

わたしの心が眠っていて、仏の呼び声がきこえてこないのでございましょう。ですが、自分が壇上にたって人びとに唱導のまねごとを勤《つと》めたとき、自分で自分の声に感動したのです。これは自分が語っているのではない、仏さまがこのわたしを道具としてお使いになっているのだ、と本気でそう思いました。そして自然に南無阿弥陀仏《なむあみだぶつ》という念仏が耳にひびいてきたのです。唱導というのは、ひとつの芸、だと思います。芸といえば世間の人は卑《いや》しい遊芸人《ゆうげいにん》の演ずるものだと考えるでしょう。しかし、真実の芸は念仏に通じるとわたしは思っております。そのことをわたしは、室町《むろまち》にすむ桂《かつら》という遊女《あそび》の今様《いまよう》からおそわりました」

「室町の遊女、だと？」

親鸞はおどろいて善鸞の顔をみつめた。涼《すず》の前でそんな話をする善鸞の気持ちがわからなかったのだ。

「そうです。桂というのは、室町の年老いた遊女でございます。かつては今様のうたい手として名高い白拍子《しらびょうし》だったとか。その人とのことは、涼にもちゃんと話をして納得してもらっております。そうだな、涼」

「はい。最初はこのひとを疑っていたのですが、先日、唱導をきいたかえりに、室町へつれていってもらって合点《がてん》いたしました。それはそれはすばらしいかたで、今様だけでなく、芸についてのお話も心にしみるところがございました」

「うーむ」

親鸞《しんらん》は予想もしなかった話の行方《ゆくえ》に、ため息をついて首をかしげた。

善鸞《ぜんらん》のいっていることが、あながちまちがいであるとは断定はできない。しかし、何かがちがうと親鸞には感じられるのだった。

親鸞は嚙《か》みしめるようにゆっくりと二人にはなしかけた。

「善導大師《ぜんどうだいし》の『往生礼讃《おうじようらいさん》』のなかに、こういう言葉がある」

自信教人信《じしんきようにんしん》、難中転更難《なんちゆうてんきようなん》、大悲《だいひ》伝普化《でんぶけ》、真成報仏恩《しんじようほうぶつとん》、と、親鸞は誦《しよう》した。それは親鸞が『教行信証《きようぎようしんしよう》』のなかでも引用している文である。

「法然上人《ほうねんしようにん》は、偏依善導《へんねぜんどう》、といわれた。それほど大きな影響を受けたとおっしゃっておられたのだ」

「存じております」

善鸞はうなずいた。

「善導大師の『観無量寿経疏《かんむりようじゆきようしよ》』によって専修念仏《せんじゆねんぶつ》に開眼《かいげん》なさったのですね」

「そうだ。その善導大師が、自信教人信、つまりみずからがえた信心を人に伝えることは、難中《なんちゆう》の難事《なんじ》だといわれた。しかし、そなたのいっていることは、教人信自信《きようにんしんじしん》、すなわち仏の本願を伝えることによって、みずからの信をえようという逆の道であるかもしれぬ」

「それはまちがっておりましょうか」

「さて――」

親鸞は考えこんだ。

みずからを捨てて、仏の大悲を伝える下僕《げぼく》となる。そのことによって真の信心につながるという道も、ありえないことではない。しかし、はたしてこの善鸞に、それができるだろうか。それこそ難中の難事だろう。

「唯円《ゆいえん》どのに以前うかがったことですが」

と、涼《すず》が言葉をはさんだ。

「親鸞さまも東国《とうごく》にいらしたころ、人を集めて歌をうたわれ、お説法《せっぽう》をなさったとか」

親鸞はうなずいた。

何十年も昔、いまは亡き友となった香原崎浄寛《かわらざききよひろ》の館《やかた》の道場で、自分は多くの人びとを前に、歌をうたい、説法をした。百姓がいた。狩人《かりうど》がいた。漁師や船頭もいた。男も、女もいた。

念仏をし、今様《いまよう》をうたったものだった。

〽ほとけはつねに　いませども
うつつならぬぞ　あわれなる
ひとのおとせぬあかつきに
ほのかにゆめに　みえたまう

そのころのことが、親鸞《しんらん》の心によみがえってきた。

「涼《すず》どののいわれるとおりだ。わたしはかつて歌をうたい、説法《せっぽう》をし、人びとに念仏をすすめた。そのなかで、わたしも自分の念仏をためされていたのかもしれぬ」

親鸞はおだやかに善鸞《ぜんらん》にきいた。

「そなたは正式に唱導《しょうどう》を学びたい、と思っているのだな」

「はい」

善鸞は、はっきりと答えた。

「親鸞さまに、どなたかしかるべき唱導の師をご紹介いただいて、本格的に勉強いたしたいと思っております」

「うーむ」

「正直に申しあげます」

と、善鸞はいった。

「このわたしという人間は、ほんとうに救いようのない、あさはかな男です。なぜだかわかりませんが、人前にたって、皆の注目をあつめ、演じたり語ったりするとき、自分がよみがえったような気がするのです。人びとが夢中になって自分の声にききいってくれている。そうすると、わたし自身も酔《よ》ったような感じになって、なにもかも忘れて生きていると思うのです。わたしが唱導をやろうとするのは、自信教人信《じしんきょうにんしん》、などという立派なことではありません。たとえ二人でも三人でも、このわたしをみつめ、その声にききいってくれる、そのことだけでうれしいと思う。わたしは、そういう人間です。わたしは愚《おろ》かで、見栄《みえ》と虚飾《きょしょく》のかたまりだとやっと気づきました。悪人ならば、救われもしましょう。しかし、このわたしは悪人にさえもなれない薄っぺらな人間です。ひとりで念仏していても、すこしも心は晴れません。わたしは人から賞讃され、あこがれられることだけが生き甲斐《いがい》なのです。この年になって、ようやくおのれの本性がみえてきました。親鸞さま、わたしは、どうすればいいのでしょうか」

善鸞の声には、心の底からの真実味が感じられた。親鸞はただじっと善鸞の顔をみつめるしかなかった。

涼《すず》が小声でいった。

「わたしは、このひとがかわいそうでならないのです。わたしは悪人でございますけど、このひとはあさはかな善人なのです。だからこそ、まだお念仏が身にそわないのでしょう。どうか、このひとに道をひらいてやってくださいませ」

善鸞《ぜんらん》が手の甲でそっと涙をふいた。

親鸞《しんらん》の心に、なんともいえない悲哀の感情がめばえてきた。しばらく沈黙したあと、親鸞はおだやかにたずねた。

「つまり、そなたは自分の仕事として唱導師《しょうどうし》になりたいというのか」

「いいえ。ちがいます」

善鸞はきっぱりと答えた。

「いま世間には、説経師《せっきょうし》とか唱導師とかよばれて世をわたる人びとがいます。でも、わたしがめざすのは、そうではありません。わたしは自分が本当の念仏に出会うためにこそ、唱導の門をくぐりたいのです。このままでは、わたしは親鸞さまの名ばかりの息子となってしまう。唱導とひとことでいいますが、その道をきわめるためには、さまざまな経典《きょうてん》を学び、身につけなければなりません。聖覚《せいかく》さまのような、すぐれた人物にはおよばずとも、なんとか一人前の念仏者になりたい。そのためには、好きなことからはじめるしかないと自分で納得したのです」

親鸞は反論しなかった。善鸞のいうことがまちがっているとも思わなかった。善鸞は自分なりに真剣に悩み、迷っているのだ。

〈悪人にさえもなれない人間〉

と、善鸞がいった言葉が、ふかく親鸞の心につきささっていた。

〈わたしは悪人です〉

と、うなだれることは、さほどむずかしいことではない。しかし、身もだえするほどの絶望と反省は、容易にうまれてくるものではないのである。善鸞の声には、正直な悲しみのひびきがあった。その悲しみが親鸞の心にも伝わってくるのだった。

「わかった」

と、親鸞はいった。

「わたしの知りあいに、かつて聖覚どののもとで正式に唱導を学んだ人がいる。そのかたのところへ文を書くから、訪ねてみてはどうか」

「ありがとうございます」

涼が善鸞より先に、はなやいだ声をあげた。

「このひとはわたしに、もし唱導《しょうどう》をちゃんと学ぶ道がひらけたら、決して賭けごとなどに手をださない、と約束してくれたのです。そうですよね、善《ぜん》さま」

善鸞《ぜんらん》がはずかしそうにうつむいた。

「こんど機会があったら、そなたの唱導をわたしもきいてみたいものだ」

と、親鸞《しんらん》はいった。ぜひ、と善鸞が目をかがやかせていった。

はるかなる年月《としつき》

時が流れてゆく。

春、夏、秋、冬、と季節がめぐり、ふたたびあたらしい春が訪れてくる。

一年があっというまに終わり、次の年もまた、あわただしく去ってゆく。

京へもどってからの親鸞《しんらん》の暮らしも、さまざまな出来事に彩《いろど》られながら、表面的にはおだやかにすぎていった。

十年ひとむかし、というが、気がつけば十年の歳月が流れ、その後さらに十年の月日が経過していた。

親鸞も、すでに八十歳をこえている。

『教行信証《きょうぎょうしんしょう》』の一応の完成のあと、『唯信鈔文意《ゆいしんしょうもんい》』をあらわし、その間には、『浄土《じょうど》和讃《わさん》』、『高僧和讃《こうそうわさん》』など、さまざまに和讃の作成もおこなっている。

七五調四句一章からなる和讃は、仏法や祖師などへのあこがれを、やさしく讃《ほ》めたたえる歌である。

漢文でつくられた歌を漢讃《かんさん》といい、梵語《ぼんご》をもちいたものを梵讃《ぼんさん》といった。それに対して、だれにでもわかる言葉をつらね、節《ふし》をつけてうたう和讃《わさん》は、今様《いまよう》と似た親しみやすさがあった。

漢文で書いた『教行信証《きょうぎょうしんしょう》』に手をいれながら、親鸞《しんらん》は心のどこかに、ふとかすかな痛痒《つうよう》をおぼえることがあった。それは、自分はだれのためにこの文章《もんじょう》を書いているのか、という答えのない問いかけだった。

南都《なんと》北嶺《ほくれい》のゆゆしき学僧らに読ませるためなのか。それとも後世の念仏者たちのために書き遺《のこ》す文章なのか。

この国では文字をも知らぬ人びとが大多数である。そして法然上人《ほうねんしょうにん》もそれら世俗の人びとに念仏を説き、痴愚《ちぐ》に徹せよ、と教えられた。

〈だれのためでもない。それは自分のためだ〉

と、ときに思うことがある。自分自身の念仏への信心を、はっきりと納得させるためだ、と考えるときもあった。

しかし、浄土《じょうど》の教え、念仏への信を、天下に堂々と示したいという思いもある。法然上人の教えは、末法《まっぽう》の世にふさわしい教えであると同時に、時代をこえた久遠《くおん》の真実でもあると思うからだ。

そのことを 志《こころざ》しながら、それでもなお自分はだれのためにこれを書いているのか、と問う声が心の隅にかすかにわきあがってくるのを親鸞は感じるのだった。

思えば法然上人が世を去られた年齢《とし》を、親鸞はすでにすぎている。

体力のおとろえは感じるものの、まだ日常の生活にさしさわるようなことはない。何本かは失われているが、歯も一応は丈夫だった。

右の耳がややきこえにくい。そのせいで人の話をきくとき、知らず知らずのうちに顔の左側を前に出すようになっていた。

文字を書くときには、つとめて一点一画をゆるがせにしないよう心をくばる。筆蹟《ひっせき》の乱れが、そのまま気力のおとろえを示すように思われるからである。自分でみるところ、まだ筆の運びはたしかだった。

それでも以前にくらべると、眠りがあさくなって、夜中にしばしば目覚めることがある。

そんなとき親鸞の心にうかんでくるのは、幼いころ伯父の家ですごしていた日々のことだった。母親が流行《はや》り病《やまい》で死んだあと、弟たちと伯父の日野範綱《ひののりつな》に引きとられて養われていたのだ。

そのころきいた今様《いまよう》の文句が、ふと遠くからきこえてくることがある。

〽みだのちかいぞたのもしき
じゅうあくごぎゃくのひとなれど
ひとたびみなをとなうれば
らいごういんじょううたがわず

日野《ひの》家で召使《めしつか》いの女たちをたばねていたサヨ刀自《とじ》が、その今様をうたってきかせてくれたことがあったのだ。ふとった体ににあわぬ高くて艶《つや》のある声だった。

そのサヨも、いまはいない。サヨの夫だった犬丸《いぬまる》、のちの犬麻呂《いぬまろ》もいない。伯父の日野範綱《のりつな》も、その妻の晶光女《しょうこうじょ》もいない。亡き人びとの顔が、つぎつぎにうかんでは消える。

だが、自分はこうして生きながらえている。

〈なんのために?〉

と、ふと思う。

法然上人《ほうねんしょうにん》の遺志をついで、人びとに正しい念仏の道を説《と》くためか。

世間には若くして世を去る人びとも多い。そんななかで、ここまで生きてきたことには、なにか意味があるのではあるまいか。

〈生きているのではない。生かされているのだ〉

という思いがこみあげてくると、朝まで眠れないことがしばしばだった。

〈自分が世を去ったあと、念仏の道はどうなっていくのだろうか〉

と、ふと思う。

法然上人がのこした専修念仏《せんじゆねんぶつ》の教えは、いまも絶えることなくつづいている。その教えをうけつぐ念仏者のうちには、それぞれに浄土への道を説いて一門《いちもん》をなした者も多い。

西国《さいごく》にも、東国《とうごく》にも、大地にしみこむように念仏はひろがっている。

〈しかし――〉

それが法然上人のめざされた正しい念仏の姿であるかどうか、親鸞《しんらん》には納得のいかないところもあった。

いまも毎月二十五日におこなわれている追悼《ついとう》の集まりも、親鸞帰洛《きらく》の当時とはどこかが微妙にちがってきている。故上人の教えをたしかめあい、ひたすら念仏する集《つど》いではなく、儀式として整《ととの》えられた慰霊《いれい》の法会《ほうえ》のようになってきていることが気がかりだった。

吉水《よしみず》の草庵《そうあん》で上人《しょうにん》が直接、人びとと問答されていたような光景は、もちろん望むべくもない。しかし、いまの美しく荘厳《そうごん》な法要を故上人がご覧になったら何といわれるだろう。

親鸞《しんらん》はそれでも毎月の催しには、目立たぬように心がけて参加していた。東国《とうごく》から京へもどって以来、ずっとそうつとめていたのだ。

古くからの縁で、毎月、西洞院《にしのとういん》を訪ねてきては、熱心に親鸞の言葉をきく者たちが幾人かいる。遠方からはるばるやってくる念仏者もいた。

それらの人びとは、親鸞のことを師として考えているようだった。実際に親鸞の弟子と称して、人びとに念仏を説く者もいるという。

善鸞《ぜんらん》は室町《むろまち》のあたりに住んで、いまではあちこちに呼ばれて唱導《しょうどう》を勤《つと》めているらしい。

善鸞には生来、人前で語ったり演じたりする才があったようである。釈尊《しゃくそん》にまつわる伝承や、経典《きょうてん》のなかの物語を、たくみに説話にしたて、さわりの部分を高らかにうたいあげるのだ。善鸞の唱導の評判は、親鸞の耳にもとどいていた。親鸞はそのことをうれしく思う一方で、どこかに危《あや》うさも感じていた。

西洞院の家をきりもりしているのは、いまは末娘の覚信《かくしん》だった。夫の日野広綱《ひののひろつな》に先立たれた覚信は、娘をつれて親鸞と同居するようになっていた。

東国《とうごく》にいる唯円《ゆいえん》から、便りがとどいたのは、その年の夏の終わりごろだった。わけあって故郷をはなれ、ふたたび上京するというのである。

唯円は東国をはなれるどんな理由があるのか、くわしくは書いていなかった。あれほど一途《いちず》な唯円のことである。なにかよほど難しい問題をかかえているにちがいない。

親鸞は、それまで唯円からとどく時おりの便りから、うすうす感じていることがないわけではなかった。

二十年ほど前に、親鸞が東国をはなれるとき、多くの人びとが別れを惜しんでくれた。親鸞みずからは弟子とはよばなかったものの、親鸞に教えをうけた念仏者たちは、そのことをつよく誇《ほこ》りに思っていたはずである。

じかに向きあって語りあった人びとは、みずからを面授《めんじゅ》の弟子と称している。肉声で語りあうというのは大事なことだと親鸞も感じている。

自分は法然《ほうねん》上人の面授の弟子である。その声をきき、その言葉にはげまされて生きた日々の記憶は、どんなにすぐれた経典よりも貴重なものだった。

親鸞《しんらん》が常陸《ひたち》にいたころ、親しく接した人びとも、同じようにそのことを心の支えとして生きてきたのだろう。

しかし、唯円《ゆいえん》は格別だ。上洛《じょうらく》した親鸞の弟子として起居《ききょ》をともにし、その身辺の世話までやいてきた家族のような存在だ。

唯円が帰郷したあとの便りには、多くの古い弟子たちが唯円のところへ参集《さんしゅう》して、親鸞の近況や考えについて熱心に耳をかたむけたことが書かれてあった。

それと同時に、東国《とうごく》の各地に念仏の道場がうまれ、それぞれの指導者がたがいにことなる念仏を説いているらしいことも察せられた。

それは当然のことだろう、と、親鸞は思う。法然上人《ほうねんしょうにん》ご存命のときですら、門下の弟子たちは決して一枚岩ではなかった。

そしていま、この京においてすら専修念仏《せんじゅねんぶつ》の法然上人の遺志が、どこかしら変化しつつある気配なのだ。まして東国において唯円がさまざまな異義《いぎ》に直面するのは、当然といわねばなるまい。

しかし、唯円がふたたび京へもどってくるのは、親鸞にとってうれしいことだった。いま覚信《かくしん》が上手に家を守っていてくれるのは心強い。だが親鸞は対面して心おきなく議論をする相手がほしかったのである。

唯円は秋のはじめにやってくるらしかった。

唯円が西洞院《にしのとういん》の家に姿をみせたとき、親鸞は庭の菜園の手入れをしていた。

その年は茄子《なす》がよく実《みの》った。なにごとにつけ手際《てぎわ》のいい覚信は、それを塩漬けにしてたくわえている。冬にはそれが貴重な食物になった。

「親鸞さま」

とよぶ声にふり返ると、湯巻《ゆまき》で手をぬぐいながら覚信が笑顔でかけよってきた。

「親鸞さま、唯円どのがおもどりになりました」

「おお」

親鸞がいそいで玄関にまわると、墨染《すみぞ》めの衣《ころも》に草鞋《わらじ》ばき、編《あ》み笠《がさ》を手にした唯円が立っていた。親鸞の姿をみると、ふかぶかと頭をさげ、口のなかで何かもごもごと言葉にならない声をだした。感きわまって、挨拶《あいさつ》もできない風情である。手の甲で涙をふきながら、ようやく、

「親鸞さま」

と、だけいった。

以前からたくましい体つきだったが、さらにがっしりと筋肉がつき、顔も赤銅色《しやくどういろ》に灼《や》けている。覚信《かくしん》が横から、

「唯円《ゆいえん》どののお部屋は、ちゃんとご用意してあります。さあ、とりあえず足をお洗いになって」

覚信にいわれるままに唯円は土間にまわった。

親鸞《しんらん》が居間でまっていると、しばらくして唯円があらわれた。僧衣に袈裟《けさ》をかけた姿は、堂々たる僧侶の雰囲気である。

かしこまって挨拶《あいさつ》をしようとする唯円を手で制して、

「唯円どの、いくつになられた」

と、親鸞がきいた。

「三十二歳になりました」

「そうか。東国《とうごく》ではじめてわたしの前にあらわれたときは、まだ少年であったがのう」

「親鸞さまも、やはりお年を召されました」

「そなたが東国へもどられた日から、十年がたっている。ようもどってこられた」

親鸞は唯円をながめて、さきほどから気になっていることを率直にきいた。

「常陸《ひたち》で、なにごとかあったのか」

「はい」

唯円はちょっと口ごもって、思いきったようにはなしだした。

「こんど上京いたしましたのには、二つほど理由《わけ》がございまして」

親鸞はだまってうなずいた。唯円はいった。

「そのひとつは、わたし自身の信心のことでございます」

親鸞のもとで面授《めんじゅ》の教えを受けたにもかかわらず、念仏について自分のなかに、いま一つ迷う心が生じてきたこと。

東国へもどって以来、唯円はずっと弥陀一仏《みだいちぶつ》を人びとに説いてきた。すなわち諸神《しょしん》諸仏《しょぶつ》をひろく信仰するのではなく、阿弥陀如来《あみだにょらい》ただ一筋《ひとすじ》に帰依《きえ》するという教えである。しかし、それがどうしても地元の理解をえられないのです、と唯円は語った。

「たぶん、このわたしの念仏に対する考えが、きちんと定まっていないからでございましょう」

唯円は残念そうに言葉をつづけた。

「東国には鹿島神宮《かしまじんぐう》をはじめ、古い歴史をもつ社寺が数多くございまして、人びとの信仰もあついのです。さらに修験道《しゅげんどう》も暮らしのなかに深くとけこんでおり、陰陽師《おんみょうじ》や占者《せんじゃ》、巫女《みこ》などとの長いかかわりもございます。朝《あした》には日の出をおがんで拍手《かしわで》をうち、夕《ゆうべ》には西の空に浄土《じょうど》を思うて念仏する、それが東国《とうごく》のいまの念仏者たちの暮らしなのです。念仏者が神様を大事にして何がおかしいんだ、とつめよられて、わたしにはどうしても相手を納得させる言葉がみつかりませんでした」

「なるほど」

親鸞《しんらん》はうなずいた。

唯円《ゆいえん》は実際に常陸《ひたち》に帰って、土地の人びとに接しつつ念仏をすすめている。そのことは、ときおり唯円から届く便りで、およそわかっていた。自分もまた越後《えちご》と東国で暮らすあいだに、唯円と同じことを身にしみて感じたものである。

念仏の教えにはじめて出会い、感激する人びとは数多くいた。しかし、それらの人びとが父祖《ふそ》伝来《でんらい》の習俗として、はるかな昔より暮らしのなかにとけこませてきた心根《こころね》を粗末にするわけにはいかない。

親鸞自身の心も、また揺れうごいていた。

『教行信証《きょうぎょうしんしょう》』のなかでは、『涅槃経《ねはんぎょう》』の「仏《ぶつ》に帰依せば、ついにまたその余《よ》のもろもろの天神《てんじん》に帰依せざれ」という文を引いている。しかし、親鸞はこれまでその土地に根づいた素朴な信仰を真正面から否定することはしていない。唯円の悩みは、また親鸞自身の悩みでもあった。

親鸞と唯円は、ながいあいだ黙ってむきあって坐《すわ》っていた。庭のほうから明るい笑い声がきこえてきた。孫娘の光玉《こうぎょく》の声だろう。

沈黙をやぶったのは唯円だった。

「わたしが東国で解決をせまられた問題は、ほかにも数多くあります。たとえば一念《いちねん》義《ぎ》派と多念《たねんぎ》義派の対立もそうです」

一念義とは、阿弥陀仏《あみだぶつ》に帰依《きえ》し、その本願を信じて念仏する心になれば、生涯ただ一度の念仏でもよい、とする立場である。

それに対して、多念義派の主張は、生活のすべての場面で呼吸するように絶えず念仏をとなえてこそ、浄土往生《おうじょう》の道がひらける、法然上人《ほうねんしょうにん》も、日に何千回、何万回とつねに念仏されていたではないか、というものだった。

いくら信心が定まったといっても、そのときのただ一度の念仏でいいはずがない、と主張する人びとは少なくない。世間では多念の念仏者のほうが、篤実《とくじつ》な信心の持ち主のようにみられていたようである。

法然上人の存命中から、門弟たちのあいだで両者の対立はあり、親鸞を一念義派の一人としてみる者たちもいた。

「わたしには法然上人《ほうねんしょうにん》のお心がわからなくなるときがあります」

と、唯円《ゆいえん》は目をそらさずにいった。

「ご自身で、一念と多念の、どちらが正しいかを明言されなかったのは、なぜでしょう。『選択本願念仏集《せんちゃくほんがんねんぶつしゅう》』では、つねに二つの道をはっきりと比較され、優劣をあきらかに示されておられますのに」

唯円が問いかけているのは、実際に東国《とうごく》で体験した問題であるにちがいない。よくよく悩みぬいて上洛《じょうらく》してきたのだと親鸞《しんらん》にも想像がついた。

「そのほかにも、まだございます」

ここまで口にしたからには、後には引けないといった表情で唯円はつづけた。

「いかなる悪人も――」

「唯円どの」

と、親鸞はいった。

「そなたの問いは、すべてこのわたし自身の問いだ。何十年もずっとそのことを考えつづけてきた。それでもまだ答えがだせぬことが、山のようにある。あすから二人で語りあうことができるだろう。そなたがもどってきてくれてよかった。きょうは、ゆっくり休むがよい」

「ありがとうございます」

唯円は手をついて、ふかぶかと頭をさげた。

「勝手なお願いでございますが、また、おそばにおいていただけますでしょうか。さきほど覚信《かくしん》さまからも、ぜひそうなさい、とおすすめいただきました」

「もちろんだとも。いつかはそなたがもどってくるだろうと、心待ちにしていたのだよ。覚信は甲斐性《かいしょう》のある女《ひと》だが、やはり男手《おとこで》があれば心強い。それに、手伝ってもらいたい仕事もある。ここをわが家と思うて、いつまでもそばにいてくれ。ようもどってきてくれた。唯円どの」

唯円はうつむいて、しばらくだまっていた。それから遠慮がちに懐《ふところ》から紫色の布包みをとりだし、親鸞の前においた。

「これは？」

と、親鸞がきいた。唯円が答えた。

「わたしが上京して、親鸞さまのところへまいると知ったまわりの念仏者のかたがたから托《たく》された、志《こころざし》の銭《ぜに》でございます。貧しい百姓や船頭たちが、わずかずつだしあって親鸞さまにお渡ししてほしい、と」

親鸞はうなずいた。そして布包みを手にとると、なむあみだぶつ、と、つぶやくようにとなえて軽く押しいただき、膝《ひざ》の上においた。

「ありがたいことだ」

と、親鸞《しんらん》はいった。

「非僧非俗《ひそうひぞく》、とはいいながら、いまのわたしは人びとの志《こころざし》によって生きておる。本来なら、みずから乞食《こつじき》して日々の糧《かて》をえるべきところを、日がな一日、机の前にすわってすごしているのだ。それでいいのか、と自問することも多い。阿弥陀丸《あみだまる》とよばれた賀古《かこ》の教信沙弥《きようしんしやみ》は、身を粉《こ》にして働きつつ念仏された。わたしもそのように生きたいと憧《あこが》れたこともある。しかし、自分にはこの生きかたしかない、といつしか思うようになった。世間の人びとに養われて生きる。その喜捨《きしや》のたえるときは、餓《う》え死《じ》にする。そう覚悟してきたのだ。この銭《ぜに》は東国《とうごく》の人びとの志《こころざし》として、うれしくおさめさせていただく。あとでそのかたがたへ礼の文《ふみ》を書こう。そなたがもどってきてくれたおかげで、次第にかぼそくなってきていた東国の人びととの縁《えにし》が、いま、ふたたびよみがえってきたような気がする。さあ、しばらくゆっくり休むがよい」

親鸞にうながされて、唯円《ゆいえん》はたちあがった。

善鸞《ぜんらん》の野心

西洞院《にしのとういん》の家に善鸞が姿をみせたのは、唯円《ゆいえん》がやってきて数日後のことだった。涼《すず》と如信《にょしん》もいっしょだった。

涼が顔をみせるのは、しばらくぶりである。覚信《かくしん》が親鸞《しんらん》と同居するようになってから涼はめったに顔をだすことがない。覚信と顔をあわせたくないらしいと、親鸞も察してはいた。

涼はすでに四十をこえているはずだが、あいかわらず美しかった。以前よりややふっくらした感じだが、かえってなまめかしい気配をただよわせている。

善鸞の息子の如信は、色白の温厚な若者に育って、いつも父親のそばにつきそっている。なににつけても従順《じゅうじゅん》な人柄で、親鸞にはそこがなんとなく物足りないところでもあった。

よく勉強もし、親鸞の話も熱心にきく。しかし、唯円のようにとことん疑問をぶつけてくるところがない。素直に親鸞《しんらん》の言葉をうけいれて、その通りを信じる控え目な性格だった。

唯円《ゆいえん》の姿をみて、善鸞《ぜんらん》と涼《すず》はおどろいたようだった。落ちついて挨拶《あいさつ》する唯円の表情には、戸惑った様子はなく、親鸞はそのことでほっとする気持ちがあった。東国での年月のあいだに、唯円も気持ちの整理ができたのだろう。

「善鸞さまの唱導《しょうどう》は、大変な評判でございますそうで。親鸞さまにうかがって、びっくりいたしました。なにしろ東国《とうごく》の田舎《いなか》に暮らしておりましたものですから」

と、唯円はいった。

「わたしもぜひ一度、お聞きしたいと思っております」

「それはそれは、すばらしいお声なのですよ」

横から涼が言葉をはさんだ。

「あちこちからのご依頼が、引きもきらぬ有様《ありさま》なのです」

「じつは、そのことで少し内輪《うちわ》のご相談がありまして」

と、善鸞がいった。唯円が気をきかせて、わたしはこれで失礼します、と頭をさげて部屋をでていった。

「どういう話だろう」

けげんそうな顔の親鸞に、涼が声をひそめていう。

「それが、まことにありがたいお話なのでございます」

涼は善鸞に催促《さいそく》するような目をむけた。さっきから横でだまっていた如信の顔に、少し困惑した色がうかんでいる。

「いま嵯峨野《さがの》のはずれに、あたらしい寺が建てられつつあることをご存じですか」

と、善鸞がきいた。親鸞は首をふった。

「いや、知らない」

「落成したあかつきには人びとをおどろかせる美しい寺になるものと思われます」

「ほう」

「紀国《きのくに》から運んだ木材をつかい、宋《そう》から招いた絵師に天井画を描かせる計画だとか。なにしろ費用を惜しまぬ檀越《だんおち》がついておりますので、さぞかし立派な寺ができることでしょう」

親鸞はだまって善鸞の話をきいていた。親鸞にとっては、堂宇《どうう》の華麗さなど、さして興味のある話題ではない。

〈その寺がどうしたというのか〉

善鸞はそんな親鸞の気持ちを察したように、あわててつけくわえた。

「しかし、その寺が他寺にまさるところは、堂宇の造作《ぞうさく》でもなく、凝《こ》った庭園でもございません。なによりもわたしがおどろいたのは、寺の中に書倉《しょそう》がつくられるということです」

「書倉？　はじめてきく言葉だが」

「はい。わたしが勝手にそうよんだのです。厚い壁をもった大きな倉。その倉が書庫になるというのです。そしてそこに天竺《てんじく》、西域《さいいき》、唐土《とうど》の貴重な書が収納されることになっているとか。それらの書物を船で宋《そう》から運びこむために、すでに数人の学僧が、かの地にわたっているそうです。なんとも壮大な話ではございませんか」

親鸞《しんらん》はうなずいて、小さく唸《うな》った。東国《とうごく》にいたころ、多くの書に目をとおすために、稲田《いなだ》神社の経蔵《きょうぞう》を利用させてもらったことがあった。また異国のあたらしい文《もん》章《じょう》をもとめて、鹿島神宮《かしまじんぐう》に通ったこともある。

「寺の建立《こんりゅう》にも相当な費用がかかるだろうが、異国から直接、さまざまな書を運んでくるとなれば、巨額の金がかかるはずだ。それをまかなえるような施主《せしゅ》が、はたしているのだろうか」

「それがおられるのでございます」

横から涼《すず》が言葉をはさんだ。

「親鸞さまは、竜夫人《りゅうぶにん》というかたをご存じでしょうか」

「いや、知らぬが――」

けげんな顔の親鸞に、涼が早口で説明をはじめた。

いま、京だけでなく全国いたるところで銭《ぜに》のやりとりがさかんにおこなわれている、それも小さな銭の話ではない、と涼はいった。

「これは、わたしが錦小路《にしきのこうじ》の蒲屋《がまや》道造《みちぞう》という借上《かしあげ》の元締《もとじ》めからうかがった話ですが」

と、前おきして、涼は竜夫人という不思議な婦人のことを語った。

このところ都を中心に、東国から西国までの銭の流れを牛耳《ぎゅうじ》っている二つの大きな勢力があるという。

一つは南都《なんと》北嶺《ほくれい》の財力にたよる流れである。最近では、熊野《くまの》のほうの力添《ちからぞ》えもあって、たいそうな勢いだ。京はもちろん、全国各地の借上《かしあげ》の大半はその傘下《さんか》にくわわっている。

涼の話に割って入って、善鸞《ぜんらん》がはなしだした。

「その勢力の裏にはいろいろあるようですが、一応、表にたっているのは、堀川《ほりかわ》の材木商の葛山《くずやま》申麻呂《さるまろ》でございます」

「犬麻呂《いぬまろ》どのの跡をついだ、あの申丸《さるまる》どのか」

「はい。最近、恰好《かっこう》をつけたいらしく、申丸《さるまる》から申麻呂《さるまろ》と改名したとか」

「葛山《くずやま》の店が全国の材木屋を集めて、大きな勢力になっているらしいことは耳にしていたが、いまはそんな立場にあるとはのう」

親鸞《しんらん》は生前なにくれと面倒をみてくれた葛山の店の先代、犬麻呂《いぬまろ》のことを思ってため息をついた。

世の中はめまぐるしく変わっていく。犬麻呂も、その妻サヨも、いまはもう歳月のかなたに去ってしまっている。

「この西洞院《にしのとういん》の家はもちろんだが、おりおりに常吉《つねきち》どのという老人が志《こころざし》をとどけてくれている。いつかあらためて礼にうかがわねばと思うておった」

「礼など必要ありません。いまはあの葛山家は、たいそうな勢いですから。銭は唸るほどあるでしょう。ところが、その大きな流れに対抗するもう一つの勢力がございまして」

話がどこへいこうとしているのか、親鸞には見当がつかなかった。親鸞の関心は、あたらしい寺につくられるという書庫のことだけである。

「それが竜夫人《りゅうぶにん》ひきいる替銭屋《かえぜにや》の一座でございます」

と、善鸞《ぜんらん》は説明した。親鸞には興味のない話だったが、だまって聞くことにした。

「竜夫人というのは、もともとこの国の人でございます。わけあって人買いの手で宋《そう》に売られ、遊里《ゆうり》に身を沈めたとききました」

善鸞はときどき涼《すず》のほうをふり返りながら、話をつづけた。

「わたしはくわしいことは存じませんが、さまざまな経緯《けいい》のあと竜大人《りゅうたいじん》という豪商に身請《みう》けされ、やがて男まさりの交易《こうえき》商人として育てられたそうです。そして竜大人の死後、この国にもどってきて、綾小路《あやのこうじ》に借上《かしあげ》の店をひらいたとききました。なにしろ竜一族の莫大《ばくだい》な財力が背後にあり、商才にもたけておられるので、この十年あまりのあいだにたちまち替銭の世界を一手ににぎる大物になられたとか。たいそう肥《こ》えておられるが、お年を召されてもなお美しい女性《にょしょう》だそうです」

「美しいといっても、もうずいぶんお年を召しておられるのでしょう」

と、涼がいうのに、かぶせるように善鸞が、

「その竜夫人が寺の建立《こんりゅう》を志されたのです。そして宋から運んできた貴重な文章《もんじょう》を山ほどおさめた書倉《しょそう》をおつくりになるとか」

「いったいどういう話なのだ」

親鸞はたずねた。

「わたしにはそなたたちが何をいおうとしているのか、さっぱりわからないのだよ」

「そこで、です」

善鸞《ぜんらん》がひと息いれて、ちょっとあらたまった口調でいった。

「むかしは錦小路《にしきのこうじ》の借上《かしあげ》で、いまは竜夫人《りゅうぶにん》の腹心《ふくしん》の一人となっている蒲屋《がまや》道造《みちぞう》というお人から、涼《すず》を介してわたしのほうへ申し出があったのです。寺が完成したあかつきには、親鸞《しんらん》さまにその寺をおまかせしたい、と」

親鸞《しんらん》はおどろいて目をみはった。

「このわたしに？　その寺をまかせる、だと？」

「はい。竜夫人が、こういわれたというのです。ただの寺ならどこからか名の知れた僧をひっぱってくればよい。しかし、こんどつくられるのは、万巻《まんがん》の文章《もんじょう》を集めた、この国にかつてなかった寺である。その寺の主《あるじ》は、当代随一の学僧でなければならぬ、と。そこで親鸞さまに白羽《しらは》の矢が――」

「ゆゆしき学僧なら、南都《なんと》北嶺《ほくれい》に掃いてすてるほどおられるではないか」

「しかし、こんどできる寺は、念仏の寺なのです。しかも、どこの宗派にも属さぬ独自の寺になさりたいとのこと。それでぜひとも親鸞さまにおあずけしたいとおっしゃっているそうです。ちなみに、その寺は、遵念寺《じゅんねんじ》と名づけられるとうかがいました」

「よいお話ではございませんか」

と、横から涼がはなやいだ声をあげた。

「都にも二つとないめずらしい寺の御住持《ごじゅうじ》になられれば、親鸞さまの念仏のお話をきこうと、たくさんの人が集まってくるにちがいありません。いまのように日々の暮らしに気をつかうこともなく、思うままに学問に専念なさることもできるでしょう。こんなよいお話がまいこんできたのも、親鸞さまのことを深く尊敬しているかたがたが、数多くおられることのあかしではありませんか。善《ぜん》さまもわたしも、そして如信《もとのぶ》も、それはもう感激しているところでございますよ。ねえ、如信」

幼名、如信《もとのぶ》の字をそのままに、成人してからは如信《にょしん》でとおっている息子を、涼はいつまでも子供のころの名でよぶのである。

母親の涼に同意をもとめられた如信は、目をふせて何もいわなかった。

「如信《にょしん》どの、そなたはいまの話をどう思う」

と、親鸞が静かな声できいた。

「はい」

「はい、ではわからぬ。そなたの考えをきいているのだ」

親鸞の問いかけに、如信はようやく答えた。

「親鸞さまは、たぶん――」

「遠慮せずにいいなさい」

「はい。たぶん、このお話はお受けにならないだろうと思うておりました」

「如信《もとのぶ》」

と、涼《すず》が眉《まゆ》をひそめていった。

「なんということを。あなたは親の考えに逆らうつもりなのですね」

如信《にょしん》はうつむいて、だまりこんだ。

涼のこめかみに青い血管がうきあがった。切れ長の目がほそくなり、鼻の穴がぴくぴくとうごいている。

善鸞《ぜんらん》があわててその場をとりつくろうように、おだやかな口調でたずねた。

「親鸞《しんらん》さまは、いまのままの暮らしをお望みなのですか」

「いや、そういうわけではない。しかし、如信《にょしん》が見抜いたように、わたしは立派な寺の主《あるじ》として、きらびやかな壇上から念仏を説《と》く気はないのだよ。唐土《とうど》の絵師が描いた美しい天井画の下で、この墨染《すみぞ》めの衣《ころも》が似合うとは思えないのでな」

「お断りになるのですか」

涼が悲鳴のような声をはりあげた。

「こんな、一生に二度とないお話を」

「まあ、まちなさい」

善鸞が涼を制して、

「こちらの話があまりにも唐突《とうとつ》すぎて、親鸞さまも面くらっておられるのだろう。涼はだまっていなさい。わたしがくわしくご説明するから」

善鸞はあらためて事のいきさつを語りはじめた。

「そもそものきっかけは、竜夫人《りゅうぶにん》があるとき、わたしの唱導《しょうどう》をおききになっていたく感激なさったことです。わたしはその日、〈法然上人《ほうねんしょうにん》室《むろ》の泊《とまり》の船説法《ふなせっぽう》〉という物語をいたしたのですが、その後しばしばあちこちでお招きをうけて、唱導をする機会にめぐまれました。竜夫人の陰のお力添《ちからぞ》えがあったときいております。そんなご縁で、こんど竜夫人が建立《こんりゅう》される寺には、大きな書倉《しょそう》とともに、唱導をきくためにわざわざ唱《しょう》楽堂《がくどう》という舞台までもうけられるそうです。わたしはぜひその寺で自分の唱導を完成させ、世にひろめたいのです。名だたる安居院流《あぐいりゅう》にもまけない一流一派を立てたいのです。親鸞さまが、その書倉の主《ぬし》として念仏を説き、わたしが唱楽堂で唱導を勤《つと》めれば、きっと都じゅうで評判になりましょう。そうなれば新たな念仏の波がそこからひろがります。ぜひ、このお話をお受けいただきたいのですが」

善鸞は頭をさげ、そして自嘲《じちょう》するようにつけくわえた。

「親鸞《しんらん》さまは、わたしのお父上ですよね。長い年月、親を知らずに育ったあわれな息子の願いを、ひとつぐらいきいてくださってもいいではありませんか」

親鸞は唇を噛《か》んでだまっていた。いま善鸞《ぜんらん》は息子としての自分を、父親に認めてもらいたがっているのだ、と親鸞は思った。

「親鸞さまは、勝手すぎます」

と、こらえかねたように涼《すず》がいった。

「この西洞院《にしのとういん》の借家でときどき訪ねてこられるお弟子がたにお話をされたり、一日中ずっと書きものをなさったり、それが自信教人信《じしんきょうにんしん》ということなのですか。きれいなお寺に沢山《たくさん》の人がやってくる。親鸞さまのお話と、善《ぜん》さまの唱導《しょうどう》をきいて、百人に一人、千人に一人は念仏の道にはいられるかたもいらっしゃるはずでしょう。それがいけないことだとは、わたしには思えません。どうしてそんなに世間をお嫌いになるのですか」

「世間を嫌ってなどいない」

と、親鸞はいった。

「いいえ、嫌っておいでです」

涼はいどむような目で親鸞をみた。

「以前、東国《とうごく》から上洛《じょうらく》された弟子のかたからうかがったことがあります。常陸《ひたち》の稲田《いなだ》におすまいのころは、水路をつたい山道をこえて、念仏を説《と》くために各地を回ってこられたそうではありませんか。人が集まるところでは、よく歌などもうたわれたときました。でも、京へもどってこられてからは、ときたま法然上人《ほうねんしょうにん》を偲《しの》ぶ催しにおでかけになるだけ。それも人目をしのぶように、こっそりと参加なさっていらっしゃる。善さまの唱導をききにこられることさえありません。もう少し世の中にかかわって、せっかくの学識を人びとのために役立てようとは、お考えにならないのですか」

「母上」

と、横から如信《にょしん》が袖《そで》を引くのをふりはらって、涼《すず》はいいつのった。

「こんど新たに建立《こんりゅう》される遵念寺《じゅんねんじ》の初代の御住持《ごじゅうじ》におなりになれば、やがては善さまが二代目をおつぎになるときもくるでしょう。そして、いつかはこの如信が、三代目の住持として世間から尊敬され、立派な一山一寺の主《あるじ》ともなる日が――」

「親鸞さま」

と、涼の言葉をさえぎって善鸞がいった。

「申しわけありません。わたしはただ、親鸞さまに甘えてみたかっただけなのです。この話はきかなかったことにしてください。涼、さあ、きょうはこれで失礼しよう。

あまり親鸞《しんらん》さまを困らせるでない。如信《にょしん》、いくぞ」

「おまちください」

と、如信が顔をあげていった。それまでのためらいがちな口調とはちがう、はっきりした声だった。

「親鸞さま、この寺の名前で、なにかお感じになったことはございませんか」

親鸞は目を閉じて、かすかにうなずいた。

「ある。そういえば遵念寺《じゅんねんじ》の遵《じゅん》は――」

「それでもなお、お心は動かぬわけでございますね」

「そうだ」

と、親鸞はいった。

「あたらしくできる立派な寺の主《ぬし》になるくらいなら、わたしは明日《あす》にでもふたたび東《とう》国《ごく》へおもむきたい。このところ、ずっとそう思っていたのだ」

「え？」

如信はびっくりしたように目をみはって、

「二十年も前に立ち去られた東国へ、なんのためにふたたびおもむきたいとお思いなのですか」

善鸞《ぜんらん》と涼《すず》も、けげんそうに親鸞をみつめた。

親鸞はいった。

「唯円《ゆいえん》どのの話によると、かの地では念仏の道場が数多くつくられているそうな。それはうれしいことだ。しかし、残念なことに他力《たりき》の念仏を正しく理解する人は、はなはだ少ないように感じられてならない。かねてからそのことを心配しておったが、最近とみに、本願《ほんがん》ぼこりと造悪無碍《ぞうあくむげ》の風潮が、目立ちはじめているとか」

本願ぼこりとは、易行《いぎょう》の念仏の広がりとともに必ず人びとのあいだに芽ばえてくる、あやまった自信である。

いかなる人でも必ず平等に迎えいれるという仏の慈悲の心に甘えて、自分が念仏者であることを誇り、他の人びとを嘲《あざけ》りおとしめたりすることだ。

法然上人《ほうねんしょうにん》が易行の念仏を説《と》かれたときから、この本願ぼこりは大きな問題となっていた。

そのことで、親鸞は複雑な感慨をいだいてきた。いまもそうだ。

かつて法然門下で、本願ぼこりとみなされる弟子たちを処分せよ、という意見がでたとき、上人はしみじみとこういわれたのである。その言葉は、いまも親鸞の耳の奥にはっきりと残っていた。それはこんな言葉だった。

〈わたしは彼ら本願《ほんがん》ぼこりの者たちを、厳しく叱る気持ちにはなれないのだ。たしかに彼らの本願に甘えた悪行《あくぎょう》が、世間に念仏門を誤解させ、困った結果をもたらしているのは事実だろう。しかし、ほかになにひとつほこるものなくして暗闇のなかに生きてきたあわれな人びとが、仏の本願という心づよいうしろだてを知って、狂喜し、それをほこらぬわけがあろうか。のう〉

そして法然上人《ほうねんしょうにん》は、こうもいわれた。

〈本願をほこる、しかしそれしかほかにほこるものなき人びとのことと思えば、わたしの胸はひどく痛むのだ。母親に愛されていることにはじめて気づいた子が、度をこして甘えたとしても叱るわけにはいくまい〉

悲しみにみちたその言葉に、涙をおさえきれなかった自分がいたことを、親鸞《しんらん》はいまもまざまざと思いだすのである。

親鸞にとって気がかりなことは、それだけではない。

本願ぼこりの横行《おうこう》も困った傾向だが、それ以上に胸をいためる問題があった。造悪《ぞうあく》無碍《むげ》、という思想がそれである。

本願ぼこりが仏の慈悲に対する甘えなら、造悪無碍は念仏者の驕《おご》りといってもいいだろう。造悪とは、悪をはばからずということである。むしろすすんで悪事をなさんとする姿勢だ。

無碍とは、さわりなし、の意味である。とらわれのない自由闊達《じゆうかったつ》な態度をいう。

つまり造悪無碍の考えかたとは、何をしてもかまわない、悪事すら一向に気にするなという立場である。いや、大胆不敵に悪をなせ、そのような悪人こそが往生できるのだ、とすら主張する者たちがいた。

なぜそのような思想が生まれるのか。

法然上人の教えは、だれにでもやさしく理解できるところに特長があった。

世間から悪人あつかいされている者たちも、罪おおき賤民《せんみん》とされ卑《いや》しまれている人びとも、男も女も、みな平等に往生できる。そう法然上人は説《と》いた。それまで浄土に迎えられる資格のある者は限られていた。善行にはげみ、徳をつみ、信心にはげむ者たちである。その考えを一挙にうち砕いたのだ。

仏は哀れなる者たちを救うために仏となったのだ、と法然上人は説いた。だからその呼びかけに念仏でこたえよ、というのである。

この世で弱き者、貧しき者、卑しき者、悪《あ》しき者とされている人びとに対してこそ、仏の手はさしのべられるのだ、と法然上人は語った。

悪人正機《あくにんしょうき》、という思想は、必ずしも法然上人の発明ではない。むしろ仏法の初期のころからその萌芽《ほうが》はあったはずである。

親鸞《しんらん》は比叡山《ひえいざん》に学んでいた若いころ、先輩の僧から袈裟《けさ》の起源《きげん》について教えられたことがあった。

僧侶が身にまとう袈裟は、古く天竺《てんじく》ではカシャーヤといった。それは死体捨て場やごみ捨て場などに残された汚れた布ぎれをつぎあわせたもので、もっとも下層の人びとの象徴のようなものだったという。

〈その心は、僧は世間において、もっとも低く、もっともおとしめられている場所に身をおく、ということだ〉

と、その先輩僧は教えてくれたのだった。

この世でもっとも弱き者、もっとも辛《つら》い思いをして生きている者、仏はそれらにまず慈悲の手をさしのべる。その考えは、ある意味ではわかりやすい。

まず水に溺れている者を助ける、病んだ子から先に乳をあたえる、それは当然だろう。しかし、すべての人びとがもれなく平等に救われるのか。

経典《きようてん》には、「ただし五逆誹謗正法《ごぎやくひほうしようぼう》を除《のぞ》く」と書かれている。

法然上人《ほうねんしようにん》は、そのことについてはっきりした意見をのべられてはいない。

「十悪五逆《じゆうあくごぎやく》の者を除く」

ともいわれなかったし、

「十悪五逆の悪人こそ救われる」

とも、明言されなかった。悪人もまた救われる、とはいっても、悪人こそが救われると強調しているわけではない。

親鸞が『教行信証《きょうぎょうしんしょう》』を執筆中、長年ずっと考えつづけてきたのは、そのことだった。

そもそも悪人という言葉の意味がはっきりしないのだ。たとえば殺生《せっしょう》をする者を悪人とみなし、それらの仕事にかかわる人びとを卑《いや》しむ風潮はすくなくない。

しかし、比叡山中《ひえいさんちゅう》や、越後《えちご》や常陸《ひたち》での生活のなかで、親鸞は一木一草《いちぼくいっそう》にも生命《いのち》があると自然に感じるようになってきていた。

そもそも仏法では動物《けもの》の生命は考えても、草や木に生命があるとはしなかったのだが、はたしてそうか。

庭の菜園で茄子《なす》をもぎ、大根をぬくとき、親鸞はふと言葉にならない痛みをおぼえることがある。野菜にも生命がある、と思うからだ。稲にも生命がある。麦にも、大豆にも、果物にも生命がある。

生命が生命によってささえられること。

そのことを悪とするなら、生きとし生ける人間はすべて悪人であり、罪人《つみびと》ではないだろうか。

素直に念仏を信じ、まっすぐにその道をあるく者もいれば、どうもがき苦しんでも仏の慈悲を信じられない者もいる。

十悪五逆《じゅうあくごぎゃく》の悪人こそ、もっとも哀れな者たちであると考えることもあったし、また、それを否定する心もあった。いまもそうだ。

親鸞《しんらん》は、ふとわれに返った。一瞬の沈黙のうちに脳裏《のうり》をかけめぐる思いに、言葉を失っていたのである。

「そういうわけだ」

と、親鸞はひとりごとのようにつぶやいた。

しばらくその場に無言の時間がつづいた。

ため息をついて最初に言葉を発したのは、涼《すず》だった。

「つまり、親鸞さまは、この願ってもないお話を断る、とおっしゃるのですね」

「うむ」

「わかりました」

涼は青白い顔に引きつるような笑みをうかべて善鸞《ぜんらん》をふり返った。

「親鸞さまは、血をわけた息子の将来など関係ないとおっしゃっているのですよ」

「涼、そういういいかたはよしなさい」

善鸞がたしなめるように、

「親鸞さまは何十年もご苦労をなさって、本当の念仏の道をもとめてこられたのだ。このわたしに意地悪をなさっているわけではない。わたしたちのことは、きっと心にかけてくださっているはず。遵念寺《じゅんねんじ》のことは、残念だが、あきらめよう。親鸞さまが御住持《ごじゅうじ》になられずとも、わたしの唱導《しょうどう》に目をかけてくださっている竜夫人《りゅうぶにん》のお力添《ちからぞ》えは変わるまい。気をおとすことはないのだ。さあ、きょうはこの辺で失礼しよう」

涼はまだ納得がいかないようだった。つんと顔をそむけて、皮肉な口調でいう。

「親鸞さまが本当に気にかけておられるのは、娘の覚信《かくしん》さまと、光寿《みつひさ》のことでしょう。おとなしい如信《もとのぶ》より、幼くして出家した光寿のほうがかわいいと思われているようです。なぜかきょうは覚信さまのお姿がみえませんが、わたしたちをさけて留守になさっておられるのではありませんか。万事につけ、よく気がつくおかたですから」

「母上」

と、如信《にょしん》が涼の袖《そで》をひいて、

「親鸞さまも、おつかれのようです」

「おつかれですって？　日がな一日、お坐《すわ》りになって文章《もんじょう》をなおし、文《ふみ》をしたため、ときおり訪ねてみえるお弟子たちとぼそぼそお話しなさるだけではありませんか。一方、善《ぜん》さまはお招きがあればお布施《ふせ》のいただけない田舎《いなか》へも、せっせとお通いになっておられます。日でりのときも、雨の日、風の日も、唱導《しょうどう》念仏をひろめるために骨《ほね》身《み》をおしまず歩きまわっておられるのですよ。どこにいっても親鸞《しんらん》さまがおつくりになった和讃《わさん》を、口うつしに教えておられます。ときには、道の辻《つじ》にたって唱導をなさることも――」

そこまで一気にしゃべると、涼《すず》は、両手で顔をおおって泣きだした。如信《にょしん》が涼の肩を抱くようにして、耳もとでなにかやさしくささやいた。涼はようやく泣きやむと、顔をあげて親鸞を見た。

「わたしは、善さまがかわいそうでならないのです」

親鸞はうなずいた。疳《かん》のつよい女ではあるが、夫の善鸞《ぜんらん》のことを思う気持ちにいつわりはない。それに涼は親鸞自身が気づいていない内面の感情までも、鋭く見抜いているようだった。

涼がいうように、親鸞は同じ孫でも、素直で温厚な如信より、いたずら好きで大胆不敵なところのある光寿《みつひさ》のほうが、なんとなく気にかかるのである。

もちろん如信のことも十分に認めてはいる。聖教《しょうぎょう》もよく学び、三部経の読誦《どくじゅ》も巧みで、人柄もいい。

それにくらべて、光寿はまことに危《あや》ういところのある少年だった。幼くしてある寺に入り、いまは覚恵《かくえ》と呼ばれているが、ときおり西洞院《にしのとういん》へ、母を訪ねてくる。

〈あの子は、幼いころの自分ににている〉

と、ふと思うことがある。好奇心がつよく、人みしりをしない。

親鸞の教えることにも、いちいち反論してくる。なぜ、なぜ、とたたみかけるように疑問をくりだして、素直に納得するところがない。

自分にもまた、よくにた面があるのだ。痴愚《ちぐ》にかえれ、素直に信じて念仏せよ、と教えられても、心のうちでは無意識にその論拠《ろんきょ》を手さぐりしている自分がいた。

〈なぜならば〉

というのが、自分の口ぐせだと親鸞は思っている。その疑問を口にせず、わけもなく念仏に身をあずけることができたのは、それが法然上人《ほうねんしょうにん》というたぐいまれな人格の肉声だったからだ。

法然上人に「ただ信じて念仏なされ」といわれるとき、人は赤子《あかご》のように素直になる。それは法然上人がえらい上人であるからではない。法然上人自身が生ける仏そのものであったからではないのか。

しかし、自分はただの人間である。ただの人間が他の人間になにかを信じさせるためには、「なぜならば」と、くどいほど説《と》かなければならないのだ。親鸞《しんらん》が心血を注いで『教行信証《きょうぎょうしんしょう》』を書いたのも、そのためだったかもしれない。

東国《とうごく》からの使者

善鸞《ぜんらん》たちの一家が帰ったあと、その時をみはからったように覚信《かくしん》が娘の光玉《こうぎょく》をともなってもどってきた。

親鸞《しんらん》の顔をみると、覚信は心配そうにたずねた。

「お疲れのご様子ですが、なにか面倒なことでもおありになりましたか」

「面倒、というほどのことでもないが」

親鸞は言葉をにごして、

「そなたにも話しておきたいことがある。唯円《ゆいえん》どのといっしょに聞いてほしい」

「はい。唯円どのをおよびしましょう」

親鸞が居間の机の前でまっていると、葛《くず》を湯にといた茶碗《ちゃわん》を盆にのせて、覚信がはいってきた。

「体があたたまりますから、どうぞ」

すぐに唯円《ゆいえん》も姿をみせた。二人は親鸞《しんらん》とむかいあって坐《すわ》った。

「常陸《ひたち》のほうでは、朝晩はもうかなりすごしやすくなっていることだろう」

と、葛湯《くずゆ》をすすりながら親鸞はいった。唯円がうなずいて、

「稲田《いなだ》にいらしたときは、暑さ寒さもきびしゅうございましたからね。でも、越後《えちご》のように雪が深くはないだけ暮らしやすかったのではありませんか」

「もう何十年も昔のことだ」

親鸞は首をふって、ため息をついた。

「お話というのは、なんでございますか」

と、覚信《かくしん》がきいた。

親鸞はさきほどの善鸞《ぜんらん》夫婦との話を、かいつまんで説明した。

「そのお話を、お断りになったわけでございますね」

覚信がほっとしたようにいう。

「善鸞さまは、ご自分の唱導《しょうどう》を思うままに披露《ひろう》する場がほしいのでしょう。たしかに、わたしどものいまの暮らしは大変でございますが、それでも倹約《けんやく》して生きているかぎりは、なんとかみなさまのお陰でやっていけます。きょうも、親鸞さまが書写なさいました文章《もんじょう》を三条烏丸《さんじょうからすま》の常浄寺《じょうじょうじ》さまのところへおとどけいたしまして、思いが

けぬお志《こころざし》をいただいてきたところでございます。お気にそまぬお話を、お受けになることなどございません」

　唯円が横からひかえめに口をはさんだ。

「まあ、善鸞さまもいろいろお考えになってのことでしょう。ご辞退なさったのなら、それでいいではありませんか」

「兄上は、すこし勝手すぎると思います」

　覚信が口をとがらせていう。

「それに涼《すず》さまのお気持ちが、わたしにはわかりません」

「善鸞どのも、それなりに努めてはいるのだよ」

　と、親鸞《しんらん》がおだやかにいった。

「自信教人信《じしんきょうにんしん》より、教人信自信《きょうにんしんじしん》の道をえらぶときいたときは、正直わたしも首をかしげるところがあった。しかし、最近は他力《たりき》の念仏のことも次第に正しく理解できてきたようだ。なによりも、ひたむきなところがよい。わたしも、できることはなんでもして力になりたいと思ってはいるのだが」

「わたしども田舎《いなか》の者にはない華やかな才をおもちです。善鸞さまの唱導《しょうどう》をきいて、念仏門にはいるかたがたも少なからずいるというお話も耳にしております」

唯円《ゆいえん》はしきりに善鸞《ぜんらん》をかばうような口調でいう。覚信《かくしん》には、それが気に入らない様子だった。しっかり者だけに、兄の善鸞の生きかたに関しては、かねてから不満をつのらせているのだろう。

「それはもうよい。それよりも、いま、わたしにはもっと気がかりなことがあるのだ」

と、親鸞《しんらん》はいった。

「東国《とうごく》のことでございましょう」

唯円がうなずいて、

「じつは、わたしからも親鸞さまにお話ししようと思っておりました。昨日、常陸《ひたち》の念仏者からわたし宛《あ》ての便りがとどいたのですが、みな気づかっていることは一緒のようです」

親鸞は唯円の話にだまってききいった。

「例の本願《ほんがん》ぼこりの横行《おうこう》も気がかりですが、それらの人びとを厳しくたしなめるあまり、念仏の集まりから追いだしたり、道場で制裁《せいさい》をくわえたりと、いろんなできごとがおきているとか。一方では領主とむすんだ寺社からも、さまざまに圧迫がつよまっているそうです。それだけではありません。他力念仏の考えかたが勝手に解釈されて、それぞれの道場がお互いに非難しあい、あげくのはては弟子のうばいあいまではじまっているとのこと。親鸞さまが去られてから二十年、いま東国は大きく揺れ動いているのです」

唯円がはなしおえると、親鸞が眉《まゆ》をひそめていった。

「きき捨てならぬことだ。念仏者同士で仲間に制裁をくわえたりしているというのか」

情けないことだ、と親鸞は口の中でつぶやいた。

唯円は自分がとがめられているかのように、申し訳なさそうな顔で口ごもった。

「は、はい。所によっては、道場にこまごまとした規則の文をはりだして、その規則にそむいた者には、きびしい制裁をくわえたりするそうです」

「それは、どのような制裁だろう」

「仲間はずれにして、日常のくらしでも一切かかわりあわぬようにしたり、また、違反した者を呼びだして、皆でひと晩じゅう責めつづけたり、ときには冬空の下で冷水をぶっかける、など、さまざまに痛めつけることも少なくないそうで」

「なんということをなさるのでしょう」

覚信がため息をついて首をふった。

言葉にならない激しい感情が体の奥にわきたってくるのを親鸞《しんらん》は感じた。

そもそも道場とは、念仏者同士がみずから集まって、念仏について語りあい、信心をたしかめあうための場《ば》である。親鸞が東国《とうごく》にいたころ、しばしば訪れたのも、そのような道場が多かった。

そこにはふつうの家より少し広い部屋があり、名号《みようごう》をかけ、ときには茶をのみ漬物などを口にしながら、心ゆくまで語りあうことができる集会所のようなものだった。当時は寺とまではいかない、素朴な建物だったのである。世話人はいても、道場主とか、住持《じゆうじ》、院主《いんじゆ》という立場ではない。

念仏する人が次第にふえてくると、その組織も大きくなり、師と弟子という上下関係もつよまってくる。それは仕方がないことだ。

多くの領主や在地の寺社などから念仏者への圧迫がつづいているなかでは、お互いに体をよせあって風雨をしのぐしかないだろう。しかし、どうやらいま東国でおこっていることは、そのような人びとを、弟子としてかこいこむような念仏者同士の争いであるらしい。

「道場の規則をやぶる、というのは、たとえばどういうことだろう」

と、親鸞はたずねた。唯円《ゆいえん》は困ったように目をそらせて、そうでございますね、とつぶやいた。

「わたしもくわしくは存じませんが——」

と、口ごもりながら唯円はいった。

「要するに、酒をのみすぎるとか、博奕《ばくち》にふけるとか、金を返さぬとか、仕事を怠けるとか、他宗の悪口をいうとか、年貢《ねんぐ》をとどこおらせるとか、そんな話でございましょう」

「ふしぎですね」

と、覚信《かくしん》が言葉をはさんだ。

「一方で造悪無碍《ぞうあくむげ》とかいって、気ままに悪をなそうとする人びとがはびこっているというのに、また一方ではそんな聖人君子《せいじんくんし》ぶった動きがさかんになっているとは。わたしには、わかりませぬ」

「造悪無碍の反対に、賢善精進《けんぜんしょうじん》という立場があるのです」

と、唯円が覚信にいった。

「ひたすら世間の法をまもり、正しく善いとされる暮らしにはげむのが、念仏者のあるべき姿だと説《と》く道場主がふえてきているそうです。信心よりも、日々の行いを皆に認められることが大事なかたがたですね。でも、そのほうが近所の人たちからも尊敬され、領主やお役人たちには受けがいいのでしょう。ですから、最近、東国《とうごく》各地では賢善派《けんぜんは》の道場がどんどんふえてきているそうです。しかも、道場主たちがいちばん気にするのは、ほかの道場に弟子をとられることでして、他の道場へ勝手に移ったりする念仏者に、もっともきびしい制裁《せいさい》をくわえるとか。くわえて、それぞれの道場が特色をだそうとしてか、道場主が念仏に独自の解釈をくわえて勝手な説をとなえているそうです。なんということでしょう」

親鸞《しんらん》はだまっていた。唯円《ゆいえん》も、覚信《かくしん》も、なにもいわなかった。

〈どうすればいいのか〉

親鸞は、いてもたってもいられないような気持ちにおそわれた。自分がこうして都にいて、文章《もんじょう》を書いたり、文《ふみ》をしたためたり、訪ねてくる念仏者たちと言葉をかわしたりして日々をすごしているあいだに、東国では大変な混乱が生じているのだ。

しかし、それは決して意外なことではない。

世の中のことは、つねに思うがままにはならないものなのである。人が煩悩《ぼんのう》をたち切れない凡夫《ぼんぷ》でしかないように、世間もまた清く正しい浄土《じょうど》ではありえない。

「そこで、だ」

と、親鸞は思いきっていった。

唯円と覚信は、じっと親鸞の目をみつめている。

「そこで、だ」

と、親鸞は同じ言葉をくり返した。これから自分がいいだすことに、二人がおどろき呆《あき》れることがわかっていたからである。親鸞はいった。

「ここはひとつ、このわたしが東国へおもむくしかあるまい。むこうにはかつて膝《ひざ》をまじえて念仏のことを語りあった親しい人びとが、まだ数多く残っておられる。高田《たかだ》の真仏《しんぶつ》どの、横曾根《よこそね》の性信《しょうしん》どの、鹿島《かしま》の順信《じゅんしん》どのらをはじめ、わたしがかの地を去ったあとも京へ訪ねてこられたり、便りをとりかわしたりしてきた人びとも少なくない。それらのかたがたこそが頼りだ。きっとわたしが、ふたたび東国へ姿をあらわすのを、みなが心待ちにしておられるにちがいない。唯円どの、覚信どの、よもや反対はなさるまいな」

唯円は唾《つば》をごくりとのみこんで、口を小さく動かした。だがそれは、はっきりした言葉にはならなかった。

やがて覚信が、くっくっと笑いながら、おだやかにいった。

「親鸞さま、それはもちろん、ご冗談でございましょうね」

親鸞《しんらん》は首をふった。

「いや、冗談ではない。本気でいうておる」

「親鸞さまは、ご自分がおいくつになられたか、お忘れになったのでは」

「八十一になっていると思うておったがのう。まちがっているであろうか」

「親鸞さま」

と、ようやく唯円《ゆいえん》が言葉をはさんだ。

「お気持ちは、よくわかります。東国《とうごく》の心ある念仏者たちが、親鸞さまの残された教えを必死で守ろうとしているときに、ああ、もしここに親鸞さまがおられたらなあ、そのお声がきけたらなあ、と切に思っていることはまちがいございません。しかし――」

「このわたしには、わずかながらも歩く力も、しゃべる力も残っておる。もし、いった先で倒れたとしても、仕方のないことであろう。とにかくわたしは、このままここで、じっとしているわけにはいかないのだ。この気持ちは、唯円どのにもわかってもらえると思うが」

「いまは、その時ではありません」

唯円がきっぱりといった。

「その時ではない、とは？」

親鸞の声には、詰問するような激しさがあった。

だが、唯円はたじろがずに、はっきりした口調で答えた。

「いま東国は、混乱しているのです。その渦中に親鸞さまがいらっしゃったなら、さらにその混乱は大きくなるでしょう。それは火に油をそそぐことになりかねません。しかも、ふだんから念仏者の動きに目をくばっているお役人や、念仏道場がふえていることを心よく思っていない側の人びとには大きなできごとです。東国全体の念仏者を一つにまとめて、親鸞さまがその勢力をひきいるつもりだなどと、ありもしない噂《うわさ》をながすにちがいありません。わたしにはそれがわかるのです。常陸《ひたち》の地で、さまざまに苦労してきたのですから。お体のことを気づかう気持ちは覚信《かくしん》さまと同じですが、それだけではありません。どうぞ、わたしの申すことにも、お耳をおかしくださいませ」

親鸞には、唯円がいつもよりはるかに強い気持ちで語っていることが、よくわかった。火に油をそそぐ、という言葉が、ひときわつよく耳にひびいた。

「唯円どののおっしゃるとおりです」

と、覚信《かくしん》がいった。

「たしかに、いまはその時ではございません」

「では、わたしはどうすればいいのだ」

親鸞《しんらん》は覚信《かくしん》の言葉をはじき返すようにいい返した。

「このまま机の前に坐《すわ》って、和讃《わさん》をつくったり、文章《もんじよう》を直したり、庭で茄子《なす》や大根《だいこん》の世話をしていればよいのか」

「ほかにも道はあるではございませんか」

「ほう。たとえば?」

「親鸞さまは、これまでにも何度となく東国《とうごく》のかたがたに文《ふみ》をお書きになりました」

覚信がなにをいいだすのかと、唯円《ゆいえん》も耳をかたむけた。覚信はつづけた。

「伝えきくところでは、親鸞さまのお便りを受けとったかたがたは、狂喜《きようき》して、それを皆でくり返しお読みになっているとか。また、表装《ひようそう》して道場にかかげ、朝夕それを読んでいるところもあるそうです。親鸞さまの書かれる文には、人の心をうごかすふしぎな力があります。自分の声でお話しなさるのと同じように、いえ、それ以上の働きがおありなのです。ですから——」

「覚信さまのおっしゃるとおりです」

唯円がすこし昂奮《こうふん》した声で横からいった。

「わたしもかねがね同じことを感じておりました。常陸《ひたち》にいたとき、あるかたに親鸞さま直筆の文をお見せしたところ、ひと月たってもその文字が目の前にちらついて離れなかったと感激されておりました。覚信さまは、よいことを申されました。みずから足を運ばれずとも、これというかたがたにお便りを書かれることは、お話よりもさらに大きな力になりましょう」

「わたしが口下手《くちべた》だとでもいうのか」

親鸞は苦笑していった。

「だが、いま覚信どのがいうたことは、たしかにひとつの方法かもしれぬ」

「そうでございますとも」

覚信は勢いのある声をはりあげて、

「文だけではございません。これまで頼まれて、いくつか名号《みょうごう》をお書きになりましたね。みなさま大変な喜びようでございました。ですから、これからはご自身でお書きになった名号を、正しい念仏を守っている道場に送ってさしあげれば、どれほどの力になりますことか。むしろ混乱の渦中にご自身でおでかけになりますよりも、はるかに人びとをはげますことになりましょう。ぜひ、そうなさってくださいませ」

「ふーむ」

親鸞《しんらん》は腕組みして考えこんだ。

覚信《かくしん》のいうことはうなずけるところがある。

文字を書くことは、そもそも自分にとっては呼吸をするようなものだ。東国《とうごく》の人びとに、わかりやすい言葉で、だれにでも伝わるような文《ふみ》を書いて送れば、きっと役に立つにちがいない。

わかった、と親鸞はうなずいた。

「ああ、よかった」

と、覚信が笑顔になった。

「おいくつになられても、自分だけは変わらない、とお思いなんですから。すこしはお年のこともお考えくださいませ」

唯円《ゆいえん》もほっとしたような顔になった。

親鸞はこれまでにも『唯信鈔《ゆいしんしょう》』をはじめ、いくつかの文章《もんじょう》を書写して人びとに渡している。足を運ぶかわりに文を書くということは、もっと深く、そして直接《じか》に人びとに自分の考えを伝えることができるだろう。

しかし、本当にそれが役立つのだろうか。

〈明日から精魂《せいこん》こめて文を書こう〉

と、親鸞は思った。あたらしい光がさしてきたような気持ちだった。

まだ紅葉ははじまっていないが、どこかに深まる秋の気配がある。傾いた日ざしが、庭の菜園におちている。

親鸞は筆をもつ手を休めて、左手で首筋のうしろをゆっくりと揉《も》んだ。ずっと机の前に坐《すわ》りつづけているので、体のふしぶしが石のようにこわばっている。手をあげると、腕のつけ根が痛む。左右の膝《ひざ》のあたりにも痺《しび》れを感じた。

〈年齢《とし》をとるというのは、こういうことか〉

親鸞は筆をおいて、書きかけの文を眺めた。

〈――他力《たりき》の本願とは、ただ口に名号《みょうごう》をばとなふるのみにて浄土《じょうど》へ迎へられんといふことにはあらず。ふかく信じて名号をばとなふることこそめでたう候ふ。また信心ありとも、一向に名号をとなへざらんは、浄土への往生かたかるべし。さらに凡夫《ぼんぶ》こそ本願の正機《しょうき》とききて、悪をおそれざるはよけれども、すすみて悪をなし、いかなるふるまひもくるしからずといふこと、ゆめゆめあるべからず。ふるまひはなにともこころにまかせよといひつるとさふらふらん、あさましきことなり〉

声にだして読むと、親鸞《しんらん》はため息をついた。書きかけの文をたたんで、机の脇においた。紙は反古《ほご》といえども貴重なのだ。

〈これではだめだ〉

いま自分がこうして書きつづけているのは、その文《ふみ》が人びとの心を打ち、念仏の正しい道筋《みちすじ》をあきらかに伝えるためである。そのための文であれば、声よりもなおつよく読む側に訴える力がなくてはならない。

親鸞はふたたび筆をとりあげた。

〈善導《ぜんどう》の御《おん》をしへには――〉

と、書きはじめて、すぐに書くのをやめた。

いま自分が書いている文は、ただ一人の相手にむかっての打ち明け話ではない。文字をも知らぬ多くの人びとが、文を読む先達《せんだつ》の声に耳を傾け、息をひそめて聴《き》きいるときこそ、それが生きるのだ。

これまでにも返事の文は何度となく書いている。質問にも丁寧《ていねい》に答えてきた。だが、いま自分が書こうとしているのは、そのたぐいの回答ではない。もっとわかりやすく、もっとまっすぐに人びとの心にひびく文でなくてはならない。これではだめだ。

唇をかむ親鸞の耳に、唯円《ゆいえん》の声がきこえた。どこかうわずった声だった。

「親鸞さま」

と、唯円が足音をたてながら姿をあらわした。

〈なにごとだろう？〉

と、親鸞はけげんに思った。ふだんは立ち居振る舞いや物いいも慎重な唯円である。部屋の外からつっ立ったまま呼びかけることなど、めったにないことだ。

「親鸞さま、はるばる東国《とうごく》からたずねてこられた念仏者のかたがたがおみえです。こちらにお通しいたしましょうか」

「幾人おみえになられた？」

「三人でございます」

「そうか」

親鸞はたちあがって部屋をでた。土間で旅ごしらえの男たちが、覚信《かくしん》のくんできた水で足を洗っている。

三人の男たちは、それぞれ日やけして、いかにも長旅に疲れはてた様子だった。

「ようこられた。わたしが親鸞だ」

雷《いかずち》にうたれたように三人はふり返った。膝《ひざ》に手をついて、ふかぶかと頭をさげる。

「笠間《かさま》からまいりました佐兵衛《さへえ》と申します」

と、いちばん年配の男が挨拶《あいさつ》した。すでに七十はすぎたと思われる小柄な老人である。

「鹿島《かしま》の方丈房《ほうじょうぼう》でございます」

三人の中では大柄の、黒衣《こくえ》の僧形《そうぎょう》の男が半分泣き顔で親鸞《しんらん》をみあげた。いかにも実直そうな、角ばった顔の中年男だった。

「高田《たかだ》からまいりました」

と、もっとも若い男が挨拶した。眉《まゆ》の濃い、精悍《せいかん》そうな青年である。

「与吉《よきち》と申します。唯円《ゆいえん》さまとは、何度かお話をいたしたことがございまして」

「与吉どのは真仏《しんぶつ》さまの道場にかよっておられます。親御《おやご》さまが熱心な念仏者でいらっしゃいまして、念仏のこともよく学ばれております」

と、唯円が横から口ぞえした。

「さ、ともかくわたしの部屋へ」

すっかり恐縮しきっている三人を、唯円が先にたって居間へ案内した。

親鸞はあらためて三人を前に、ちいさくうなずくと、本当にようこられた、と親しげな口調でいった。

覚信が茶を入れて運んできた。

「長旅でさぞお疲れになったであろう。どのような道をたどってこられたのか」

と、親鸞がたずねた。

三人は顔をみあわせて返事をためらっていたが、やがて鹿島の方丈房が口をきった。

「東国から都へのぼりますのは、わたくしははじめてではございません。これまでにも何度か東国と京とを行き来いたしましたが、このたびほど大変な目にあったのは、はじめてでございました」

大きな男が肩をすくめるようにして語るのを、親鸞は身をのりだすようにして聞いた。

山中で盗賊の群れにおそわれそうになり、きわどいところで難をのがれたこと。雨で川が増水して、あやうくおし流されそうになったこと。

横から笠間の佐兵衛が、訛《なま》りのつよい口調であいづちをうった。若い与吉は、終始はにかんだような表情で、うなずくだけである。

それは本当に大変なことでしたね、と唯円が常陸《ひたち》の言葉でいった。早口だったが親鸞には懐かしい言葉のひびきだった。かつて稲田《いなだ》に住んでいたころ、耳になじんだ訛りだったからである。

「なにぶんわたしが年寄りで、しょっちゅう足手まといになるものですから」

と、佐兵衛《さへえ》がしわがれた声で、

「もしものときには、遠慮なく道におきざりにしてくれと何度もたのんだのですが、この二人が、それはそれは親身《しんみ》になって手をかしてくれまして」

方丈房《ほうじょうぼう》の背中におぶさって峠をこえたこともありました、と、佐兵衛は感きわまったように目頭《めがしら》をおさえた。

「そこまでして上洛《じょうらく》なさったのか」

と、親鸞《しんらん》は胸が熱くなるのを感じていった。

「そなたたちが命がけでやってこられたことを、尊いことだと思わずにはいられない。ありがたいことだ。で、辛苦《しんく》をいとわずこの親鸞に会いにこられたのには、さぞかし深いわけがおありなのであろうな」

親鸞には、すでにおよその見当はついていた。三人とも熱心な念仏者のようである。なにか信心に関して、親鸞から直接《じか》にききたいことがあるにちがいない。

方丈房も、佐兵衛も、顔をみあわせて言葉を発しかねている風情《ふぜい》だった。与吉《よきち》は、まるで叱られてでもいるかのように、膝《ひざ》に手をそろえて口をとざしている。

遠慮なくおはなしなされ、と、唯円《ゆいえん》がはげますようにいった。では、と心を決めたように、方丈房が語りだした。

「自分で申すのもなんでございますが」

と、方丈房はいった。額《ひたい》に汗がにじんでいるのを、親鸞はほほえましい気持ちでながめた。

肩幅のひろい屈強《くつきよう》な男が、体をすくめるようにしてはなすのが好ましく感じられたのである。

「わたくしは若いころから念仏にしたしんでまいったのです。わが家も父が熱心な念仏者で、霞ヶ浦《かすみがうら》の乗念《じようねん》さまにお教えをうけたこともあると申しておりました」

「乗念さまは、鹿島《かしま》の順信《じゆんしん》さまの弟でいらっしゃいますね」

と、唯円が言葉をはさんだ。

「はい。さようでございます。しかし、最近、父は都からこられた妙禅房《みようぜんぼう》さまの弟子としてときどきその道場にうかがっております。わたくしも父につれられて妙禅房さまのもとにまいりまして、方丈という名前もいただきました」

「妙禅房、はて」

と、親鸞は首をかしげて唯円をみた。唯円は無言で目をそらせた。

「お話では、若いころ法然上人《ほうねんしようにん》のご門下の一人でいらしたとか。親鸞《しんらん》さまとお話をされたこともある、とうかがっております」

「ふーむ」

同じ法然門下といっても、すべての人びとを見知っているわけでもない。単に法然上人の説法《せっぽう》を聞いただけの者もいるだろう。

「その男のことなら――」

と、唯円《ゆいえん》が小声でいった。どこか苦々《にがにが》しげな口調だった。

「たしか十代のころ法然上人の大谷《おおたに》の房舎《ぼうしゃ》にかよっていたことがあるとか。親鸞さまは、その名におぼえがおありですか」

「いや、ない」

わたしは存じております、と唯円はいった。

「五、六年前に笠間《かさま》に道場をひらきまして、妙に人びとが多く集まるようになったのです。たぶん親鸞さまとどこかですれちがったくらいのことを、おおげさにいいたてているのでございましょう。わたしの話をよく聞きにこられていた念仏者たちのなかにも、その妙禅房《みょうぜんぼう》のところへうつっていくかたがたも少なくありませんでした。なにか人をひきつけるふしぎな力をもっているようでして」

「それで？」

と、親鸞は方丈房《ほうじようぼう》にむかってうながした。

「はい」

方丈房は、ごくりと唾《つば》をのみこんだ。そして、仲間のほうをふり返った。佐兵衛《さへえ》が方丈房をはげますようにうなずいた。

方丈房はどうやら覚悟をきめたらしく正面から親鸞をみつめていった。

「妙禅房さまというおかたは、まことに立派なかたでございまして、すべてのことに私心《ししん》をはさまず、ひたすら衆生《しゆじよう》の念仏往生のための教えを説《と》かれております。法然上人にならって、日に何万回となく念仏申されますし、暮らしぶりはおどろくほど質素で、戒律をまもり、つねにやさしく、わたくしたちをみちびいてくださいました」

親鸞はだまって聞いていた。方丈房はためらいがちにいった。

「わたくしは最初、父親のかいぞえのつもりで妙禅房さまのお話をうかがっていたのですが、そのうち、このかたについていけば、必ず往生できると思うようになったのです。なにもかもおまかせする気持ちになっておりました。ところが最近――」

「最近、どうされたのですか」

と、唯円がうながした。方丈房は思いきったように、また話をつづけた。

「じつは、妙禅房《みようぜんぼう》さまが京からおつれになられた古くからの弟子のおひとりが、こんなことをおっしゃったのです。皆はただ信じて念仏すればよいと思っているが、浄土《じょうど》への往生《おうじょう》はそんなにたやすいものではない、妙禅房さまは、これとみこんだ少数の弟子たちには、もっと大事なことをひそかにご伝授《でんじゅ》くださっているのだ、と」

「もっと大事なこと、だと？」

親鸞《しんらん》は眉《まゆ》をひそめてきき返した。方丈房《ほうじょうぼう》はいいにくそうに、はい、と答えた。

「お恥ずかしいことですが、わたくしもふとそのことを思うときがございました。人は死ぬほど辛《つら》い思いをして田畠《たはた》をたがやし、日々努力してその実りをいただくのです。世の中は辛棒《しんぼう》だと、わたくしの親もつねづねいっておりました。信心というのも、そういうことではないか、ただ信じて念仏する、それだけで極楽《ごくらく》浄土にいけるなどと安心してよいのだろうかと、正直、迷うところがございました」

「方丈房どの」

と、唯円《ゆいえん》が居ずまいを正して何かいいかけた。親鸞がそれを制するように手をあげて、

「方丈房どののお話をきこう。さあ、おつづけなされ」

方丈房は、そんな親鸞の言葉に安心したのか、急に声高《こわだか》にはなしだした。

「これまで教えられたところでは、わたくしどもを救ってくださる阿弥陀《あみだ》さまご自身

も、気の遠くなるほどの長い年月をかけて修行なさり、ようやく仏となられたとか。凡夫《ぼんぷ》であるわたくしたちが浄土に往生しようと願うならば、それにもまして血のにじむような努力、精進《しょうじん》が必要なのではないか、と、ふと考えてしまうところがあったのでございます」

それまでだまっていた若い与吉《よきち》が、おそるおそる口をはさんだ。

「わしもそう思うことがあるんです。ただ信じて念仏をとなえるだけでいいと教えられて、最初はよろこんだのですが、そんなうまい話があるもんだろうかと」

仲間の言葉に勇気づけられたように、佐兵衛《さへえ》がつぶやいた。

「みんな心のなかじゃ、そう思うておるんじゃなかろうか」

方丈房が佐兵衛にうなずき返していった。

「わたくしども無学な下々《しもじも》の者たちに、むずかしいことを教えても無理だから、いちばんやさしいことだけをくり返し教えてくださっているのだ、といわれるかたもおられます。念仏はただの入口にすぎない、と。妙禅房さまの道場だけでなく、いまはあちこちでそんな噂《うわさ》がひろがっておりまして、みな内心では迷って不安になっているのでございます」

親鸞《しんらん》はしばらくだまって三人の顔をみつめていた。やがて静かな口調でたずねた。

「なるほど。で、そなたたちは多くの念仏者のかたがたの迷いの雲をはらそうと、相談してこの親鸞のところへおみえになられたのか」

「はい」

と、方丈房《ほうじょうぼう》が答えた。

「親鸞さまご自身から、ぜひ本当のことをうかがいたいと思いまして」

「本当のこと、とは？」

問いかける親鸞から目をそらさずに方丈房がいった。

「ただ信じて念仏するだけでよいというのは、わたくしども無学な者たちへの方便《ほうべん》の教えで、本当はそのほかにももっと大切な、もっと深い方法が、あるのではございませんか。そこのところを親鸞さまのお口から、はっきりとうかがいたくてまいりました」

「方丈房どの」

と、唯円《ゆいえん》が眉《まゆ》をひそめて体をのりだした。

「あなたは、その疑問を師である妙禅房《みょうぜんぼう》に直接おたずねにはならなかったのか」

唯円の問いに、方丈房はちょっと躊躇《ちゅうちょ》してから答えた。

「はい。じつはあるとき、ひそかにおたずねしたことがございました」

「で、なんと？」

「そなたの疑問はもっともである、といわれました。そして、そなたがやがて念仏が身についた立派な念仏者だと、だれの目にもたしかになったあかつきには、きっと本当の往生《おうじょう》の道を教えてつかわそう、いまはただ一筋《ひとすじ》に念仏にはげむがよい、といわれたのです」

「わたしもそう聞いて十年がたちます」

と、佐兵衛《さへえ》がいった。

「わたしは方丈房どのとはちがう道場にかよっております。しかし、もう、この年でございます。一人前の念仏者になる前に死んでしまうことを考えますと、口惜《くちお》しくてなりませぬ。わたしも、この方丈房どのも、そして与吉《よきち》どのも、命がけで信心いたしてまいりました。これ以上待つわけにはまいりません。こうなったからには、親鸞さまに直接《じか》に本当の往生の道をおたずねしたいと、話しあって京へのぼってきたのでございます。どれほどむずかしくても、かまいません。ぜひ、ぜひ、わたしどもに本当の往生の極意《ごくい》をご伝授《でんじゅ》くださいませ。それをうかがうことができれば、本望でございます。ぜひ、ぜひ、わたしどもの願いをおききとどけくださいませ。おねがいでございます」

佐兵衛《さへえ》は床に手をついてふかぶかと頭をさげた。

「おねがいでございます」

と、方丈房《ほうじょうぼう》と与吉《よきち》も声をそろえていった。

親鸞《しんらん》は、なんともいえない深いかなしみが胸の底からわきあがってくるのを感じた。

〈この人たちは、本気で命をかけて自分のところへやってきたのだ〉

そのことに偽りはないだろう。そして、東国《とうごく》の多くの念仏者たちもまた、同じ迷いのなかに悩みつづけている。自分はその悩みに正面から向きあって、本当のことを告げなければならない。

しかし、彼らの迷う心がどこから生まれてきているのかがそもそも問題だ。

道場をひらいて、多くの弟子たちを教えている指導者たちのなかには、さまざまな考えもあるだろう。だが、それだけではない。親鸞は心をきめて、いった。

「佐兵衛どの。方丈房どの。そして与吉どの。そなたたちが命がけでこの親鸞の言葉をききにまいられたことは、ようくわかった。そのお気持ちは、うれしく、ありがたいことだと心から思う。しかし――」

親鸞は三人の男たちの顔を、順ぐりにみつめた。そして口から言葉をおしだすようにして、語りかけた。

「しかし、そなたたちのお考えは、まちがっている。まちがっているとしかいいようがない」

佐兵衛が、あ、と、あえぐような声をあげた。方丈房と与吉の二人は、こわばった表情で親鸞の次の言葉を待っている。親鸞はつづけた。

「そなたたちは大きな誤解をなさっているようだ。さきほどからの話をきいていると、この親鸞が念仏以外になにか特別な極楽往生《ごくらくおうじょう》の方法を知っていて、それを隠しているかのように勘《かん》ちがいされているとしか思えない」

親鸞は静かに首をふった。

「そういうものはないのだ」

「ない、と、おっしゃるのですか」

与吉が悲鳴のような声をあげた。親鸞は、はっきりとうなずいた。

「ない。わたしは誓って真実を語っている。念仏以外に隠された呪文《じゅもん》とか秘法《ひほう》とかいった方法はない。わたしは自分自身を、弱くて、愚《おろ》かな者だと思うておる。それは口だけの謙遜《けんそん》でも、卑下自慢《ひげじまん》でもない。わたしは若いころ学問をした。さまざまな修行もした。だが、そのことと自分をどう思うかということとは別だ。わたしは自分が闇の中に生きているように感じて、必死に光をさがしていた。そこで法然上人《ほうねんしょうにん》に出会ったのだ。この世に光あることを信じて、ただ念仏せよ、と法然上人はおっしゃった。そのお言葉を信じて、わたしは念仏の道にはいった。そしてきょうまで、その道を歩きつづけてきたのだ。そのことを心からうれしく、ありがたく思う。それだけのことだ。この世に光あることを信じて念仏せよ、そのお教えがなければ、わたしはいまもなお、ずっと闇の中をさまよいつづけていただろう」

「親鸞《しんらん》さまは、念仏されて闇の中に光が見えたのでございますか」

若い与吉《よきち》がかすれた声できいた。親鸞は、ゆっくりうなずいた。

「わたしは見た。いまもたしかに見えておる」

唯円《ゆいえん》が大きなため息をついていった。

「親鸞さまのおっしゃるとおりだ。あなたがたは、まちがっておられる。親鸞さまは法然上人のお言葉を信じて、ただ念仏のみ、と一筋《ひとすじ》にあゆんでこられた。わたしはその親鸞さまのお教えを信じて、いまはおそばに生きている。しかし、そんなわたしに、親鸞さまは一度も特別な往生《おうじょう》の道など語られたことはない。ただの一度もだ」

唯円はつよい口調で三人にいいはなった。

佐兵衛《さへえ》があえぐようにかすれた声をだした。

「本当に、本当になにもないのでございますか。では念仏以外に、なにか信心の奥義《おうぎ》のようなものがあるというのは、嘘なのでございますね」

「嘘というより、まちがった考えかただ」

と、唯円はいった。

「でも、親鸞さまは――」

方丈房《ほうじょうぼう》が口ごもりながら、上目づかいに親鸞をみつめた。

「親鸞さまは、なにか特別な文章《もんじょう》をお書きになったそうではございませんか。東国にいらした頃から、ひそかにその執筆に苦心なさっておられたと聞いております」

親鸞はだまって机の横の木の箱から、『教行信証《きょうぎょうしんしょう》』の文章をとりだした。

「これがその文章だ。稲田《いなだ》にいたときから、ずっと書きつづけて、いまでも読み直しては手を入れている。『顕浄土真実教行証文類《けんじょうどしんじつきょうぎょうしょうもんるい》』という。これはわたしが生涯をかけて書いている文章だ。その目的は、ただ念仏せよ、といわれた法然上人のお教えが真実であることを自分でたしかめ、それを明らかにするためにほかならぬ。たしかに世間には秘伝とか、奥義とか、特別に大事にされて伝えられているものがあるだろう。しかし、念仏の道には、そういうものはない。この世に光あることを信じて念仏する、ただそれだけのことだ。それを易行念仏《いぎょうねんぶつ》、という。とはいえ、それが実際にどれほど大変なことかは、この親鸞《しんらん》もよくわかっている。だが、念仏には近道もなければ、隠された特別な抜け道もない。たとえあったとしても、わたしは知らないし、教えられたこともない。くり返すが、これが本当のことだ。もし、この親鸞の言葉が信じられないのなら、どうぞ、このままお帰りになるがよい」

深い海の底のような沈黙がつづいた。それ以上、親鸞はなにもいわなかった。唯円《ゆいえん》もだまっていた。やがて三人は無言で頭をさげてたちあがった。

男たちの密謀《みつぼう》

師走《しわす》の気配がそこはかとなく町にただよっていた。餌取小路《えとりこうじ》をゆきかう人びとも、それぞれいかにもせわしげな表情だ。

日暮れとともに生き返ったように活気をおびてくる小路の、ある店の二階で、四人の男たちが酒をのんでいた。

覚蓮坊《かくれんぼう》と葛山申麻呂《くずやまさるまろ》、そして白河印地《しらかわいんじ》の党の若頭《わかがしら》である勘太《かんた》と、錦小路《にしきのこうじ》の借上《かしあげ》の元締《もとじめ》として知られる蒲屋道造《がまやみちぞう》の四人である。

覚蓮坊は酒をみたした盃《さかずき》を前にしたまま、ほとんど口をつけずに、壁によりかかっていた。色白のふくよかな顔だちは、いくぶん皺《しわ》がふえたとはいえ、七十代後半とはみえないつややかさである。

「最近、豪奢《ごうしゃ》な屋敷をかまえられたそうじゃな。堀川《ほりかわ》の材木屋の店は、どうなされた」

と、覚蓮坊《かくれんぼう》が中麻呂《さるまろ》にきいた。

中麻呂は酒のせいで赤くなった顔をほころばせて、おだやかな口調で答えた。

「全国各地の材木商の寄合所《よりあいどころ》として使っております。堀川《ほりかわ》の材木屋だけでも何十軒とあります上に、最近では各地から上京して泊まっていく同業の者もふえてまいりまして」

「中麻呂どのが中丸《さるまる》と名のっていた頃からの、長年の夢を実現されたのは大したものだ。さすがに先代の犬麻呂《いぬまろ》どのがみこんで後事《こうじ》を托《たく》されただけのことはある」

「とんでもありません。こうして京はもとより、各地の材木商を集めてささやかな一座《いち ざ》をつくりあげることができたのは、ひとえに覚蓮坊さまの陰のお力添《ちからぞ》えあればこそでございます」

中麻呂はかるく頭をさげて、

「以前はそれぞれの材木屋が勝手に競争して商売をいたしておりました。そのために材木の値段を引き下げるとか、無理な商《あきな》いに手をだすとか、厄介なことも多かったのですが、いまは材木を扱うわれらが一団となって買い手と交渉いたします。売り手と買い手をまとめ、銭《ぜに》の手当ても計《はか》らいます上、材木の生産、運送、支払いまでひとまとめにおこなっておりますので、ようやく世間から認められるようになりました。ことに、各地の山林から伐《き》りだした材木を運ぶことに関しましては、ここにおられる白《しら》河《かわ》のお頭《かしら》、勘太《かんた》さまがすべて引きうけてくださいますので、安心しておまかせいたしております」

中麻呂は、如才なく勘太の盃《さかずき》に酒をついで会釈した。

「いや、いや、それはご謙遜《けんそん》がすぎるやろ」

勘太は手をふって、盃をあけた。

勘太は以前は、田辺《たなべ》の勘太とよばれていた。白河印地《いんじ》の党では、かつて猫屋《ねこや》の叉《また》造《ぞう》、通称、猫叉《ねこまた》とともに頭《かしら》の代理をつとめていたが、片方の猫叉が隠居したため、いまは一人で白河の党を仕切っている。

長年、白河の党をひきいてきた頭目《かしら》の弥七《やしち》は、高齢でかなり前から寝たきりの有様《ありさま》だった。本当はもう亡くなっているのではないか、という噂《うわさ》も以前からあって、ちかぢか若頭《わかがしら》の勘太が正式に白河の党の頭になることはだれの目にもあきらかだった。

中麻呂が、勘太どの、ではなく、白河のお頭、勘太さまとよんだことが、いかにもうれしそうな顔だった。

「うちの白河の党がここまで大きくなったのも、この覚蓮坊さまのおかげや」

と、勘太はいった。

「それまで長年、争いあってきた牛飼《うしかい》たちと、馬借《ばしやく》、車借《しやしやく》の勢力が手を組んで白河《しらかわ》の党のたばねるところとなったわけやから怖《こわ》いもんなしや。それだけやない。家船《えぶね》の衆《しゆう》までまとまって、海山すべての稼業《かぎよう》がわれらのもとに集まってる。いまはもう、朝廷や鎌倉《かまくら》までわれらに頼みごとをしてくる始末。非人《ひにん》ばらと世間からいやしまれてきたわれらが、こうして大手をふって世の中をわたってる。それもこれも、のう、道造《みちぞう》どの、覚蓮坊《かくれんぼう》さまの銭《ぜに》の力がうしろについてるからや。そうは思わんか」

勘太の大声に陽気にあいづちを打ったのは、蒲屋《がまや》道造である。

「そのとおりですな。材木の座《ざ》にしても、運送の党にしても、なんといっても銭が大きな力になっております。いま、この国の銭の流れを見えないところで一手《いつて》に仕切っているのが、この覚蓮坊さま。そのことは、申麻呂《さるまろ》どのも勘太《かんた》どのも、ようくおわかりでしょう」

「そのとおりでございます」

と、申麻呂がうなずきつつも、

「しかし、一手に仕切っているというのは、いかがでしょうか」

「申麻呂どのは、なにをいいたいんや」

勘太が太い眉《まゆ》をひそめてきいた。

「わかっておる」

と、覚蓮坊が唇をゆがめていった。

「申麻呂どのは、竜夫人《りゅうぶにん》のことをいっておるのだ」

道造が居心地わるそうに、うつむいた。

申麻呂が皮肉な口調で道造にいう。

「竜夫人はたしかに大物《おおもの》です。そのへんの町の借上《かしあげ》とはくらべものにはなりません。それというのも、お身内に、錦小路《にしきのこうじ》の道造どのというとんでもない切れ者がついていらしたからでしょう」

申麻呂の言葉に、勘太が高笑いした。

「切れ者じゃのうて、とんだ曲者《くせもの》や。ま、ええから一杯のめ、道造どの」

「これは、これは。白河のお頭《かしら》のお酌《しゃく》とは、おそれいります」

芝居がかったしぐさで恐縮してみせると、道造はぐいと注《つ》がれた酒をのみほした。

蒲屋道造は、竜夫人が帰朝して数年後、すすんでその配下にくわわった。竜夫人が宋国《そうこく》にとほうもない財力をもつ竜一族を背おっていることを知ったからである。

長年、錦小路に店をかまえて借上の仕事をつづけてきた道造だが、当時、大きな銭を欺《だま》しとられて、借銭《しゃくせん》で身うごきできなくなっていた。ちょうどその時期に、竜夫人が借上《かしあげ》から全国各地をむすぶ替銭《かわし》の商売にのりだした。

竜夫人《りゅうぶにん》にはこの国の銭《ぜに》の流れに精通した手の者が必要だった。道造《みちぞう》自身も、町の借上よりもっと大きな商《あきな》いを狙っていたので、すぐさま竜夫人にとり入り、借銭《しゃくせん》を肩がわりしてもらった上で、裏で働いてきたのである。

しかし、竜夫人が本心から自分を信用しているのではないと、道造は知っていた。覚蓮坊《かくれんぼう》から誘いの手がのびてきたとき、道造が迷うことなく竜夫人を裏切る道を選んだのもそのためだ。

「わたしのことを二股《ふたまた》かけた裏切り者だと軽蔑なさっているのでしょうが――」

と、道造は勘太《かんた》と申麻呂《さるまろ》を交互に眺めながら、苦笑していった。

「銭《ぜに》の世界には、敵も味方もありません。わたしはただ、より太い流れにのるだけの話で」

「太い流れやと？」

勘太が吐きすてるように、

「南都北嶺《なんとほくれい》から熊野《くまの》までを味方につけた覚蓮坊さまと、異国の大商人の後家《ごけ》さんとくらべるのがそもそも無理というもんや」

「そうはいうものの、あの女も馬鹿にはできません。宋《そう》との交易を牛耳《ぎゅうじ》っておりますし、ひそかに持ちこんだ宋銭の量も相当なものです。覚蓮坊さまにはおよばずとも、替銭《かわし》の商《あきな》いは年々さかんになっております」

道造が反論すると、覚蓮坊がはじめて声をあげて笑った。

「心配はいらぬ」

と、覚蓮坊はいった。

「鎌倉《かまくら》のほうと話をつけたのだ。今後、宋からの交易船は一年に五隻だけに限られるようになるだろう。それも幕府の管轄《かんかつ》下におかれるはずだ。そうなれば――」

「竜夫人の太い銭の流れが、ぷっつりととまることになるわけやな。おもしろい」

勘太が愉快そうに声をはりあげた。

「さすがは覚蓮坊さまでございますな。鎌倉のほうにも強いお味方がいらっしゃるとは」

さも感心したように首をふる中麻呂を無視して、覚蓮坊はいった。

「しかし、それだけでは竜夫人を締めあげることにはならぬ。道造、例の寺の件はどうなった？」

「はい、こちらの計《はか》ったとおりに進んでおります」

「寺の件とは？」

横から勘太《かんた》がきいた。道造《みちぞう》がふくみ笑いをしながら説明した。

いま嵯峨野《さがの》のはずれに遵念寺《じゅんねんじ》という大《たい》そうな寺が建立《こんりゅう》されつつあること。

竜夫人《りゅうぶにん》が発願《ほつがん》して造られるその寺に、とほうもない銭《ぜに》が湯水のようにつぎこまれていること。

覚蓮坊《かくれんぼう》の指示をうけて、建立の費用《かかり》をできるかぎり巨額なものにするために道造が陰で動いていること。

「竜夫人は、それはたいへんな入れこみようで、天井画は宋《そう》から画工を何人もよびよせて描かせることになっておりますとか。よくわかりませぬが、よほどその寺の建立に執念をもやしているらしゅうございます」

覚蓮坊がかすかに笑った。

「うむ。これまではいくら銭をつぎこんでも平気だっただろう。しかし、これからはちがう。頼みの綱の宋からの後押しが一挙に失われるのだ。流れの水源を埋めて、入る銭はとめる、出る銭は際限なく吐きださせる。大寺《だいじ》は朝廷や公家《くげ》が建てるものだ。異国帰りの女借上《おんなかしあげ》ばらに手をださせてたまるか。必ず破滅させなければならぬ」

覚蓮坊の声には、つよい憎悪《ぞうお》がこもっていた。

「あの女を地獄につきおとしてやるのだ。かつて六条河原《ろくじょうがわら》で首を斬《き》られたやつと同じようにな」

覚蓮坊が盃《さかずき》を手にとり、一気にのみほした。

どこかで犬の遠吠《とおぼ》えがきこえる。

〈なにが悲しくて、あんな声で吠えるのだろうか〉

と、常吉《つねきち》は思った。

〈犬たちも、生きていることが辛《つら》いのかもしれない〉

長椅子《ながいす》の上によこたわり、玻璃《はり》の盃に注《つ》いだ血のような色の酒をのみながら、竜夫人がたずねた。

「常吉。そなたと知りおうて、もうずいぶんと年月《としつき》がたったのう。いったい、いくつになったのじゃ」

「年齢《とし》の話はご勘弁くださいまし。もう並の人の二倍は生きております。しかし、ふしぎなことに、これといった持病もございませんし、足腰も弱ってはおりますが達者でございます。耳も、歯も大丈夫で、かえってまわりに恥ずかしいくらいのものでして」

「人のことはいえぬ。わたしもそろそろお迎えがくる年頃になってしもうた。それにつけても、一日もはようこの国へもどってきた目的をやりとげねばのう」

灯心《とうしん》が、じじっとかすかに音をたて、灯《あか》りがゆれた。敷物の上に正座している常吉《つねきち》は、竜夫人《りゅうぶにん》の顔に歳月の跡《あと》をさがそうとしたが、すこしもその翳《かげ》はない。はじめて会ったころと変わりなく、つやつやと滑《すべ》らかにかがやいている。

「嵯峨野《さがの》のほうのお寺の普請《ふしん》は、予定どおりすすんでいるか」

と、竜夫人がきいた。常吉はうなずいて、

「大丈夫でございます。最初の予定より二倍あまりも大きな規模《きぼ》になりましたので、なにかと大変でございました。しかし、この常吉が命がけでとり組んでおりますのでご安心ください。ただ――」

「費用《かかり》のことを気づかっておるのだろう」

常吉は申し訳なさそうにもじもじした。

「はい。なにしろ寺の規模が並はずれて大きいだけでなく、ありとあらゆるところに工夫をこらしておりますゆえ、とほうもない銭《ぜに》が湯水のように出ていくのでございます。しかも、経蔵《きょうぞう》におさめる宋国《そうこく》の書を集めるために、学僧を何人もむこうにおつかわしになっておられるとか。天井画を描かせる画工も一流の者をよびよせられるそうですが、あまりといえばあまりの銭のかかりようで」

竜夫人がうっすらと笑った。どこかに翳《かげ》のある笑いだった。

「たしかに」

と、竜夫人はつぶやいた。

「いわれるまでもなく、最初、考えていた何倍かは、すでにつぎこんでいる。さらにこのあとどれくらいかかるか見当もつかない」

「さしでがましいようでございますが」

常吉が遠慮がちにいった。

「あの寺を建てるためには、際限なく銭をかけてもいいと――」

「そうだ」

竜夫人はきっぱりといった。

「わたしの財産のすべてを賭《か》けても、あの寺は完成させてみせる」

「わかりました。いや、こんなことをわたくしが申すのは、ですぎたことでございました」

「常吉」

と、竜夫人は盃《さかずき》をおいて、じっと灯りをみつめた。

「わけがあるのだ。わたしがあの寺に、遵念寺《じゅんねんじ》という名前をつけることは、わざと世間にひろく知れわたるように計《はか》らっている。その寺の名をきけば、必ずそこに注目して灯火《あかり》に群れる虫さながらに集まってくる者たちがいるはず。その者たちこそ、わたしが終生の敵《かたき》として怨《うら》みをはらすべき奴《やつ》らなのだ。それが狙いなのだよ。いずれひそかに動きだすだろう。いや、すでに奴らは動きはじめている。そのことは、そなたも感じているはずだ。ちがうか」

「そのとおりでございます」

常吉《つねきち》は竜夫人《りゅうぶにん》に、あらためて深い畏怖《いふ》の念をおぼえた。このおかたはすべてを見通されている。その上で、あえて事を運んでいるのだ。自分のような小物《こもの》が心配することではない。

「近ごろ、いろいろと気になる噂《うわさ》を耳にいたします。やがて大輪田泊《おおわだのとまり》や博多《はかた》などへの宋船《そうせん》の出入りが禁止され、鎌倉《かまくら》の船のみになるとかいう話もききますし、各地で替銭《かわし》の信用を落とすできごとがおきているそうでございますね。なにかを奴らがたくらんでいるとしか思われませぬ」

「そなたのいう奴らとは？」

常吉はためらったのちに小声で告《つ》げた。

「わたくしの店の主人、葛山中麻呂《くずやまさるまろ》と、そしていま白河《しらかわ》の党を仕切っている若頭《わかがしら》の勘《かん》太《た》、錦小路《にしきのこうじ》の道造《みちぞう》、それに——」

口ごもる常吉に、竜夫人がずばりといった。

「覚蓮坊《かくれんぼう》だ」

常吉はちいさくうなずいた。

「はい。竜夫人さまは、すべてお見通しで」

「奴らはこの国の物《もの》と銭《ぜに》とを、思うままにあやつろうと狙っている。物のほうはともかく、銭の世界で邪魔なのは、このわたしだ。そこでわたしに新寺の建立《こんりゅう》で財のすべてをはたかせ、一方で宋とのつながりを断ち切って、締めあげようとくわだてているのだろう。そのはてに、覚蓮坊はあの寺をのっとる気だ。錦小路の道造に小細工をさせて、わたしの足をすくおうと計《はか》っているのだろうが、そのくらいのことは子供にでもわかる。わたしが長く暮らしていたかの国では、欺《だま》された者は愚《おろ》かで、欺したほうが英雄なのだ。小さな島国の人間たちのたくらみなど、幼稚《ようち》なものでしかない」

竜夫人は鳩《はと》がなくような声で笑った。

「ところで、常吉、そなたの主人の中麻呂は、なかなか上手に立ち回っているようだな。材木商人の座《ざ》をつくりあげて、自分がその頭《かしら》のようにふるまっているが、それだけで満足する男でもないらしい。いったい本音はどうなのか。覚蓮坊《かくれんぼう》との仲も、利益あってのつきあいだとわたしはみているが、そなたはどう思う？」

「おっしゃるとおりで」

常吉《つねきち》はいった。

「一見、小心な商人《あきんど》のような顔をしておりますが、意外な野心家でございます。材木商人の元締《もとじ》めぐらいで満足するような男ではないでしょう。わたくしの察するところ、いつかは竜夫人《りゅうぶにん》さまのお仕事をわがものにし、さらにあわよくば覚蓮坊の立場ものっとって、この国を裏から牛耳《ぎゅうじ》ろうという魂胆《こんたん》かもしれませぬ。それに、あわてずさわがず、じっくりと機の熟するのをまつところは、わたくしからみましてもかなりのものだと」

「先代の犬麻呂《いぬまろ》どのが気づかっておられたのも、その気性のことかもしれぬ」

「そのようで。わたくしはもう明日をも知れぬおいぼれですから、だれがどう動こうと一向にかまいません。ただ残念なのは、以前、白河《しらかわ》の勘太《かんた》を殺《ば》らしそこねたことで」

竜夫人は長椅子《ながいす》から身をおこし、手をのばして常吉の頬をそっとなでた。

「わたしが信じているのは、常吉、そなただけだ」

心に吹く風

　きょうも風がつめたい。

　年の瀬をむかえた京の町は、底冷えのする寒い日がつづいて、人びとは肩をすくめるようにして歩いている。

　夕方、市で買いものをして帰ってきた覚信《かくしん》に、唯円《ゆいえん》が心配そうに声をかけた。

「親鸞《しんらん》さまは、きょうも朝餉《あさげ》をめしあがりませんでした。まだお熱がさがらぬようなご様子で」

「きっとお風邪《かぜ》をこじらせられたのでしょう。いま粥《かゆ》をたきますから、無理にでもおすすめしてください。毎晩、おそくまで書きものをなさっておられましたから、すこしお疲れがたまられたのではないでしょうか」

　唯円が庭で薪《まき》をわっているあいだに、覚信が手早く粥をたいて夕餉《ゆうげ》の用意をととのえた。

「わたしがお持ちします」

唯円《ゆいえん》はそれをうけとると、親鸞《しんらん》の居間の外から声をかけた。

「親鸞さま」

「うむ」

くぐもったような声が応じた。唯円が居間にはいると、寝ていた親鸞が上体をおこして、心配をかけてすまない、と元気のない声でいった。

「お具合は、いかがでございますか」

「体がだるくて、手足のふしぶしが痛むのだ」

「お風邪をこじらされたのだろうと、覚信《かくしん》さまが気づかっておられました」

「ただの風邪ならよいが」

親鸞はひどく疲れた顔をしていた。高齢のわりには、ふだんから壮健な親鸞である。表情にも、声にも力があって、対面していると圧倒されそうな精気があった。それが、いまは頬もこけ、眉毛《まゆげ》もたれさがって、にわかにふけこんだ感じだった。

「さきほどから、急に不安になってのう」

と、親鸞がいった。

「わたしはもう、法然上人《ほうねんしょうにん》がお亡くなりになられた年齢《とし》を過ぎてしまったのだ。ひょっとすると、このまま死んでしまうのではないかと、落ちつかない気持ちだった。だが、唯円どのの元気な姿をみて、ほっとしたところだ」

「温かい粥《かゆ》をおめしあがりください。なんといっても、食べることが一番でございます」

うなずいた親鸞に、唯円がためらいがちにたずねた。

「こんなことをうかがうのは、いささか心苦しいのですが――」

「なんでも遠慮なくきくがよい」

と、親鸞は粥をひと口すすっていった。

「そなたは正直な男だ。言葉にせずとも、その顔をみると、なにを不審《ふしん》に思うておるかはすぐにわかる」

「はあ」

「唯円どのは、わたしがちょっと体の具合を悪くしたぐらいで心細い気持ちになっていることが、納得いかないのであろう。ちがうか」

はい、そのとおりでございます、と申し訳なさそうに唯円はうなずいた。

「親鸞さまは、もう、とうの昔に信心決定《しんじんけつじょう》なされて、欣求浄土《ごんぐじょうど》の願いはただならぬものと拝察《はいさつ》いたしておりました。念仏を信じる人は、だれもが光にみちた浄土に往生することを夢みております。まして親鸞《しんらん》さまは――」

「ちょっとした病《やまい》でくよくよしたり、死ぬことをおそれたりするはずがない、そう思うておるのだろう」

「はい」

「唯円《ゆいえん》どの」

と、親鸞は粥《かゆ》の椀《わん》をおいて、おだやかな声でたずねた。

「そなたは一日もはやく、この世をはなれて浄土《じょうど》へいきたいと、本当に思うておるのか。わが命、ながからんことを願う気持ちはすこしもないのか。どうじゃ」

唯円は考えこんだ。ながい沈黙ののちに唯円はいった。

「浄土を憧《あこが》れる気持ちは本当でございます。聖徳太子《しょうとくたいし》は、世間虚仮《せけんこけ》、唯仏是真《ゆいぶつぜしん》とおっしゃったとか。この世が偽《いつわ》りにみちた空《むな》しき濁世《じょくせ》であることは、身にしみて存じております。しかし、それでもわたしは――」

唯円は言葉につまった。そして小さくあえぎながら同じ言葉をくり返した。

「それでもわたしは、それでもわたしは、大好きなものがこの世にたくさんあるのです。朝はやくおきて凛《りん》とした冷気《れいき》のなかに身をさらすとき、子供たちの無邪気に遊びたわむれる声をきくとき、みずみずしい野菜の色や形を目にするとき、そして美しい女性《によしよう》と出会うとき、わたしはどうしようもなく胸がはずむのを感じないではいられません。やわらかな日ざしをあびて、空の雲の行き来を眺めるときもそうです。寒い日に熱い粥をすするときもそうです。町のにぎわいも、野良犬さえも好きなのです」

唯円の言葉を、親鸞はうなずきながらきいていた。

唯円はやがて口をつぐんだ。そして、お恥ずかしゅうございます、と、手をついて頭をさげた。

「あやまることはないのだよ」

と、親鸞はいった。

「そなたのいっていることは、わたしにもよくわかる。わたしは御仏《みほとけ》の浄土を信じている。念仏して必ずそこへ往《ゆ》くことを疑ったことはない。しかし、それでもなお、この世に執着《しゆうじやく》する心は、なくならないのだ。こうしてちょっと寝込んだりすると、ひょっとしてこのまま死ぬのではないかと、ふと心細く感じたりもする。じつは、さきほどもそんな気持ちでくよくよしていたところだったのだ」

唯円はごくりと唾《つば》をのみこんだ。

「ほんとうでございますか」

と、唯円はいった。

「親鸞《しんらん》さまが、そんなことをおっしゃいますとは」

「人間というのは、弱いものなのだと、つくづく思う」

親鸞はしみじみとした声でいった。

「だからこそ、他力《たりき》をたのむ気持ちもうまれてくるのだろう」

どうぞ粥《かゆ》をめしあがってください、と唯円《ゆいえん》はいった。

「熱い粥ととりかえてまいりましょうか」

「いや、これでよい」

親鸞は音をたてて粥をすすった。

「このなかにはいっている芋《いも》がわたしは子供のころから好きでのう」

「覚信《かくしん》さまが、さきほど市場でもとめてこられたのです」

親鸞は粥をたべおえて、唯円に微笑した。

「このところずっと考えていたことがある。東国のことだ」

「はい」

「三人の念仏者がここを訪ねてこられたとき、そなたはわたしのあのかたたちへの応《おう》対《たい》の仕方が、いささか冷たいと思うたのではないか。そうであろう」

唯円はだまってうなずいた。そのことがなんとなく気になって、ずっと心に引っかかっていたのである。

「あのかたたちの一途《いちず》な思いが、わたしに伝わってこなかったわけではない。山をこえ、川をわたり、いくつもの国境《くにざかい》を抜けてわたしを訪ねてこられたのだ。しかし、その命がけの旅にも、どこか自力《じりき》をたのむ誤《あやま》った考えがひそんでいるように感じられて、わたしはつい厳しい言い方をしてしまったのだよ」

親鸞は唇をかんで、首をふった。

「他力往生《たりきおうじょう》の道に秘密はない。念仏は呪文《じゅもん》とはちがう。それ以外に、なにか特別な方法があるというものではないのだ。あのかたがたは、そこをまちがって考えられていた。だから、わたしは――」

「そのことは存じております。いかにしても救われることのない自分、罪業深重《ざいごうじんじゅう》の身と実感すれば、人は暗闇《くらやみ》のなかに立ちすくむだけでございます。そこへ一筋《ひとすじ》、心にさしてくる光があると感じたとき、思わず知らず、ああ、うれしい、ありがたい、と体の奥からわきあがってくるのが念仏でございましょう。しかし、法然上人《ほうねんしょうにん》は、ただ念仏せよ、と教えられたとききました。それは疑いながらでも念仏するがよい、ということではないでしょうか」

唯円はそこまで一気にしゃべって、あわてて口をとじた。ふだん言葉ずくなの唯円が、そんなふうに雄弁に意見をいうのは、めったにないことだった。

親鸞《しんらん》は唯円《ゆいえん》の言葉にうなずき、身をのりだすようにしていった。

「そのとおりだ。だが、唯円どの、法然上人《ほうねんしょうにん》はただ念仏すれば浄土《じょうど》へいける、とは、おっしゃらなかった」

「は？」

「いかなる人であろうと、必ず浄土にいくと信じて念仏せよ、とおっしゃったのだ。念仏すれば浄土にいける、という話ではない」

「では、その信じるということが先なら、疑いながらも念仏することは、無意味でございますか」

「疑いながら信じる、ということもあるのだ」

「疑いながら信じる、とは、一体どういうことでございますか。わかりません」

「わたしの話をしよう。わたしは比叡《ひえい》のお山にいたときから、理づめに物を考えないと納得できない人間だったのだ。一つ一つ、理解し、論をたて、証《あかし》をうることなしには、一歩も前にすすめない性格だった」

親鸞はどこか遠くの風の音をきくかのように、腕組みして目をとじた。

「向こうみずなくせに理屈っぽい、わたしは子供のころからそんな矛盾《むじゅん》した性格だった。いまでもそうだ。文《ふみ》を書きながら、なぜならば、とか、そのゆえは、とか、ついそのような言葉をつらねてしまう自分に苦笑するときがある。しかし、わたしは比叡のお山で学んでいたころから、とことん理づめで考えることを自分に課してきたのだ。そして、もうこれ以上、自分の頭では考えることができないというぎりぎりの崖っぷちにたって、その崖からとびおりるようにお山を下《お》りた。そして理のゆきつくはてに法然上人の教えに出会ったのだ。考えに考え、理のきわまるところにたどりついて、ようやく信《しん》を見出《みいだ》したとでもいおうか。わたしのいおうとすることが、わかるだろうか、唯円どの」

「どこまでも疑い、理をきわめたすえに信をえた、とおっしゃっているのでしょうか。しかし、それでは無学で愚《おろ》かな人が、赤子《あかご》のように素直に念仏することは、どうなのでしょう。ふつうの人は親鸞さまとはちがいます。かならず浄土にうまれると信じて念仏されよ、といわれて、はい、そういたします、と念仏する人をも、法然上人はよろこばれたときいております。苦しみぬいたはてにたどりついた信心と、理屈ぬきで念仏する信心と、どちらが尊いのでございましょう」

「どちらも同じことだと思う」

「わかりません」

と、唯円《ゆいえん》はいった。

「東国《とうごく》からやってこられた三人のかたがたも、必死で浄土往生《じょうどおうじょう》の道を求められていたのではないでしょうか」

「いや、そうではない。念仏のほかになにか抜け道はないのか、一部の人たちにのみ伝授《でんじゅ》される極意《ごくい》はないのかとたずねておられたのだ」

「しかし、親鸞《しんらん》さまは、さきほど疑いつつも信じる道があると――」

「あのかたがたは、みずからを疑ってはおられなかった。このわたしを疑って、なにか隠しているものがあるのではないかとたずねられたのだ」

「しかし――」

「唯円どの」

と、親鸞はかすかに目をあけて、唯円をのぞきこむような表情でたずねた。

「そなたは、自分のことをどう思うておる?」

「わたしでございますか?」

「そうだ。自分自身のことを、どのようにみておるのか」

唯円は言葉につまった。しばらく考えたすえに、ため息をつきながらいった。

「わかりません。正直なところ、自分で自分がわからなくなるときがございます。自分のことを救いようのない悪人、などとわりきってしまえば物事《ものごと》は簡単なのです。といって、まともな人間だと胸をはる自信もありません。わたしは、徹底的に自分に絶望することさえできない、中途半端な男なのです」

親鸞はだまってきいていた。

「わたしは自分で自分がいやになることがあるのです。念仏をして浄土にうまれる、そのことを考えても、心の底からわきあがってくるよろこびを感じないのです。親鸞さま、浄土へいくということは、この世と別れることでございますか。死ぬことでございますか。そうだとすると、わたしは——」

「そうは思わない」

と、親鸞はいった。

「浄土にうまれる、というのは、死んで極楽へいくという意味ではあるまい」

親鸞はややつよい口調になった。

「それは、闇のなかにいた自分が、光のなかにでてくるということだ。これまでの自分とちがう、あたらしい人間に生まれ変わるのだ。死んだあとのことなど、わたしにはわからない。しかし、比叡《ひえい》のお山を下《お》りて、やがて法然上人《ほうねんしょうにん》の念仏の教えに出会ったとき、わたしの前にあたらしい世界がひらけたのだ。希望をもって生きていくことができると思った。わたしはそのとき、たしかに生まれ変わったのだよ。浄土《じょうど》とは、光の国のことだ。絶望のなかにいた人間が、希望の光に出会う。浄土にうまれるとは、そういうことだ。しかし、人は迷う。心細くなるときもある。だから念仏にはげまされる。それを信《しん》という。信じるということは、迷信《めいしん》ではない。人に勇気とよろこびをあたえるものが信なのだ」

「迷信と、信は、どうちがうのですか」

「迷信は、人をおそれさせるもの、迷わせるもの、心細くさせるものだ。あれをしてはいけない、これをしてはいけない、とうるさくいう。しかし、信にはそれはない。わたしは、そう思う」

「そうでしょうか」

と、唯円《ゆいえん》はいった。

「お言葉を返すようで申し訳ございませんが――」

「気にすることはない。いうてみられよ」

「あれをしてはいけない、これをしてはならないと、ことごとしく申すのが迷信だとおっしゃいました。となれば、迷信におちいってはならないと禁じることも、また同じことではないでしょうか」

「迷信を禁じるのではない。迷信にしたがう必要はない、といっているのだ。そのちがいがわからないのか」

「それは言葉の綾《あや》のような気がいたします」

唯円の応答に親鸞《しんらん》はだまりこんだ。

「言葉の綾ではない」

しばらくして、ぽつんと親鸞はいった。

「はい」

「なぜならば、迷信におちいるとき、人は不安になり、おそれおののき、心が暗くなる。信というのは、その反対だ。勇気がうまれ、心があかるくなる。わたしがそうだった。二十九歳で法然上人《ほうねんしょうにん》に出会い、百日その教えをきいて信をえた。そのときは本当に自分が生まれ変わったように感じた。死んだのち自分は光の国へいくのだ、と固く信じたとき、生きていることがよろこびとなったのだ。死後の不安をかかえているかぎり、人は幸せにはなれぬ。わたしは法然上人のお言葉を信じた。いまも信じている。もし、万一、そのお言葉が嘘いつわりで浄土などなかったとしても、わたしはすこしも後悔などしない。だまされたと臍《ほぞ》をかむこともない。もしあのとき法然上人の教えに出会わなかったなら、わたしは生涯、無明《むみょう》の海を漂《ただよ》いつづけたことだろう。つくづくそう思うのだよ」

「はい」

唯円《ゆいえん》はみじかく答えて、頭をさげた。親鸞《しんらん》の言葉のすべてが完全に理解できたわけではなかったが、親鸞が自分を正面から受けとめてくれている、ということだけは、はっきりとわかった。

師とか、弟子とかいった世間の約束ごととは無関係に、ひたすら本当の生き方を求めている者同士の深い縁《えにし》を感じて、唯円は思わず泣きそうになった。

「そういうことだ」

と、親鸞がいった。

「わたしは、そう思っている。いまだにわからぬことも少なくない。迷うこともある。そなたはそなたで、自分なりに考えるがよい」

風の音がつよくなった。

（下巻につづく）

本書は二〇一四年十一月に小社から単行本として
刊行された上巻です。

|著者|五木寛之　1932年福岡県生まれ。戦後朝鮮半島から引き揚げる。早稲田大学文学部ロシア文学科中退。'66年『さらばモスクワ愚連隊』で小説現代新人賞、'67年『蒼ざめた馬を見よ』で第56回直木賞、'76年『青春の門』で吉川英治文学賞を受賞。'81年から龍谷大学の聴講生となり仏教史を学ぶ。代表作は『朱鷺の墓』『戒厳令の夜』『風の王国』『蓮如』『百寺巡礼』『大河の一滴』など。ニューヨークで発売された『TARIKI』は2001年度「BOOK OF THE YEAR」（スピリチュアル部門銅賞）に選ばれた。また'02年に第50回菊池寛賞を、'09年にNHK放送文化賞を、'10年には長編小説『親鸞』で第64回毎日出版文化賞特別賞をそれぞれ受賞した。

親鸞《しんらん》　完結篇《かんけつへん》（上）

五木寛之《いつきひろゆき》

講談社文庫

定価はカバーに表示してあります

2016年5月13日第1刷発行

発行者――鈴木　哲
発行所――株式会社　講談社
東京都文京区音羽2-12-21　〒112-8001
電話　出版（03）5395-3510
　　　販売（03）5395-5817
　　　業務（03）5395-3615

Printed in Japan

デザイン―菊地信義
製版――大日本印刷株式会社
印刷――株式会社KPSプロダクツ
製本――株式会社国宝社

ISBN978-4-06-293351-3

講談社文庫刊行の辞

二十一世紀の到来を目睫に望みながら、われわれはいま、人類史上かつて例を見ない巨大な転換期をむかえようとしている。

世界も、日本も、激動の予兆に対する期待とおののきを内に蔵して、未知の時代に歩み入ろうとしている。このときにあたり、創業の人野間清治の「ナショナル・エデュケイター」への志を現代に甦らせようと意図して、われわれはここに古今の文芸作品はいうまでもなく、ひろく人文・社会・自然の諸科学から東西の名著を網羅する、新しい綜合文庫の発刊を決意した。

激動の転換期はまた断絶の時代である。われわれは戦後二十五年間の出版文化のありかたへの深い反省をこめて、この断絶の時代にあえて人間的な持続を求めようとする。いたずらに浮薄な商業主義のあだ花を追い求めることなく、長期にわたって良書に生命をあたえようとつとめるところにしか、今後の出版文化の真の繁栄はあり得ないと信じるからである。

同時にわれわれはこの綜合文庫の刊行を通じて、人文・社会・自然の諸科学が、結局人間の学にほかならないことを立証しようと願っている。かつて知識とは、「汝自身を知る」ことにつきていた。現代社会の瑣末な情報の氾濫のなかから、力強い知識の源泉を掘り起し、技術文明のただなかに、生きた人間の姿を復活させること。それこそわれわれの切なる希求である。

われわれは権威に盲従せず、俗流に媚びることなく、渾然一体となって日本の「草の根」をかたちづくる若く新しい世代の人々に、心をこめてこの新しい綜合文庫をおくり届けたい。それは知識の泉であるとともに感受性のふるさとであり、もっとも有機的に組織され、社会に開かれた万人のための大学をめざしている。大方の支援と協力を衷心より切望してやまない。

一九七一年七月

野間省一